Deux hommes en un

Chez le même éditeur

Deux hommes en un
Le Ministère de la Peur
Le Troisième homme suivi de *Le Dixième homme*
(à paraître)

Graham Greene

Deux hommes en un

roman

NOUVELLE TRADUCTION DE CLARO

Flammarion

Titre original : *The Man Within*

ISBN : 978-2-0804-7799-6

« Il y a en moi un autre homme qui m'en veut. »

Sir Thomas Browne

Pour Vivien

Note de l'auteur

Deux hommes en un est mon premier livre publié. J'avais déjà écrit deux autres romans, et je remercie l'éditeur Heineman de les avoir refusés tous les deux. J'ai commencé ce texte en 1926, alors que je n'avais pas encore vingt-deux ans, et il a été publié avec un succès inexplicable en 1929, de sorte qu'il a aujourd'hui l'âge de son auteur. J'ai tenté l'autre jour de le reprendre pour cette édition, mais après m'être acquitté de cette triste et vaine tâche, il m'a paru toujours aussi gênant par son romantisme, son style dépourvu d'originalité – or j'avais éliminé ce qui était peut-être sa seule qualité : sa jeunesse. Aussi n'ai-je finalement pas changé une virgule pour cette réimpression. Pourquoi le republier, en ce cas ? Je n'ai pas d'excuse valable à avancer, mais peut-être un auteur peut-il avoir droit à un geste sentimental à l'égard de son passé, cette époque d'ambition et d'espoir.

PREMIÈRE PARTIE

1

Il parvint en haut de la colline aux toutes dernières lueurs du jour et manqua pousser un cri de soulagement en apercevant la forêt en contrebas. Il eut envie de s'élancer parmi les herbes rases et rêches afin de mieux contempler cette pénombre rassurante dont il n'avait osé rêver. Il pourrait alors soulager son point de côté, de plus en plus douloureux à mesure qu'il dévalait la colline. L'absence du vent froid venu de la mer, ce vent qui le giflait continûment depuis une demi-heure, fit à son visage l'effet d'une bouffée d'air chaud alors qu'il descendait en dessous du niveau du ciel. Comme si la forêt était une porte articulée sur d'énormes gonds, une ombre s'avança vers lui, et l'herbe sous ses pieds passa du doré au vert, puis du vert au violet et enfin du violet au gris sombre. Puis ce fut la nuit.

Une haie jaillit devant lui à une dizaine de mètres. Ses sens, bien que las et confus, perçurent l'odeur des vieux mûriers après la pluie.

Ce parfum l'apaisa un court instant et il regretta de n'avoir pas le temps de s'attarder. Les herbes devinrent plus hautes avant qu'il atteigne la haie, et ses pieds furent bientôt lestés de terre humide et il sut qu'il était sur un sentier. Ses pieds le comprirent avant son cerveau. Ils progressaient de façon irrégulière, tantôt au milieu du sentier boueux, tantôt dans l'herbe sur sa droite, frottant parfois contre la haie située de l'autre côté. Son esprit était assailli d'odeurs et de sons : le bruissement la mer au loin, le souvenir de cailloux entrechoqués, l'odeur des feuilles mouillées et de la marne piétinée, la gifle salée du vent au sommet de la colline, des bruits de pas imaginaires. Toutes ces sensations se mélangeaient telles les pièces d'un puzzle, en partie effacées par la fatigue et la peur.

La peur était là pour lui rappeler que les sentiers étaient dangereux. Il se répéta la chose à voix basse mais insistante : « Dangereux, dangereux », puis, s'imaginant que cette voix était celle d'une autre personne marchant à ses côtés, il s'enfonça dans la haie, soudain paniqué. Les ronces des mûriers s'agrippaient à lui et tentaient de le retenir amoureusement, leurs petites épines torves s'accrochant à ses vêtements et simulant des caresses, comme les doigts d'une catin dans une taverne bondée. Il n'y prêta pas attention et s'enfonça davantage. La fureur s'empara des doigts, qui griffèrent son visage de leurs ongles acérés et pointus. « Mais tu te prends pour qui ? Tu te prends pour qui, avec tes airs supérieurs ? » Il entendait encore la voix, stridente et hargneuse. Elle avait un beau visage et la peau blanche. « Un autre jour », dit-il, parce que le temps pressait. Il devait quitter la ville. Les dernières ronces cédèrent et la nuit devint plus sombre dans la forêt. Derrière le treillis des feuilles, une demi-douzaine d'étoiles apparut soudain.

Il heurta un arbre et s'appuya un instant contre son tronc, pour reposer ses jambes. Délestées d'une partie de son poids, celles-ci lui parurent plus douloureuses que jamais. Il essaya de se ressaisir et de se rappeler où il était exactement – non plus à Shoreham, mais dans une forêt. L'avait-on suivi ? Il tendit l'oreille, avide de silence, et fut récompensé. Avait-il jamais été suivi ? Il avait aperçu Carlyon au bar du Sussex Pad, mais seulement dans le miroir derrière la tête de la prostituée. Carlyon se tenait de profil et commandait un verre. Sauf si Carlyon l'avait vu partir, il ne craignait rien. Fallait-il être bête pour s'éclipser aussi soudainement. Il aurait dû s'en aller sans bruit et emmener la fille avec lui. Idiot, idiot, idiot, le mot bourdonnait dans sa tête, de façon mécanique et somnolente. Ses yeux se fermèrent, puis se rouvrirent soudain quand une brindille céda sous son pied. Il aurait pu être en train de dormir dans un lit confortable, d'autant plus confortable qu'il n'y serait pas seul. La fille était jolie et avait une belle peau. Il doutait qu'il serait resté endormi… Il se réveilla de nouveau deux minutes plus tard, transi. Il avait rêvé qu'il était de retour dans la taverne et qu'il observait le visage de Carlyon dans le miroir, et dans son rêve le visage se tournait lentement vers lui. Mais était-ce seulement dans ce rêve ? Il ne pouvait pas rester ici et une fois de plus il se mit à courir, mais en trébuchant souvent à cause des racines des arbres.

Oh, comme il était las, las, las. Son poignet lui faisait mal, il était moite et faible, lacéré par les épines de la haie. Si Carlyon était soudain apparu devant lui, Andrews serait tombé à genoux en pleurant. Carlyon ne ferait rien. Carlyon était un gentleman comme lui. Et on pouvait toujours compter sur le sens de l'humour de Carlyon. « Salut, Carlyon, mon vieux, ça fait des lustres que je ne t'ai pas vu. Tu la connais celle-là, Carlyon, mon pote ? Carlyon, Carlyon, Carlyon. » « Et il y aura des pleurs et des grincements de dents. » « Comment osez-vous inculquer ces choses-là à mon garçon ? » puis il l'avait frappée. Son père l'avait toujours appelé « mon garçon », comme si sa mère n'avait pas accouché dans la douleur. Quel hypocrite, ce vieux butor. « S'il te plaît, Seigneur, donne-moi un ours. » Il ne voulait pas d'un chiot, dont il faudrait s'occuper. Vais-je m'évanouir, se demanda-t-il ? C'est quoi, cette forêt ? Pourquoi une forêt ? Hansel et Gretel.

Il verrait bientôt une chaumière avec une sorcière dedans, et la chaumière serait en sucre d'orge. « J'ai tellement faim », dit-il tout haut. « Je ne peux pas attendre Gretel. » Mais en son for intérieur, il savait très bien qu'il n'y avait pas de Gretel. Gretel et lui s'étaient embrassés un jour de printemps sous le houx du terrain communal. Dans le ciel vaguement coloré, quelques nuages replets ne cessaient de faire la culbute. Très souvent, il avait gravi un escalier étroit menant à de petites pièces avec des lits défaits, puis il était redescendu, frustré, parce que Gretel n'y était pas. Comme tout était étrange. Et à présent, cette forêt… Il vit une lumière scintiller devant lui à une distance qui lui parut infinie et se mit à courir, se rappelant que Carlyon pouvait très bien être quelque part derrière lui dans l'obscurité. Il devait avancer, avancer, avancer. Il trébuchait, trébuchait, et à chaque fois qu'il trébuchait une douleur vive remontait le long de son bras jusqu'à son épaule, en partant de son poignet blessé, mais la lumière n'était pas plus proche à chaque trébuchement. La lumière brillait au loin, moqueuse, minuscule et précise, incommensurablement sûre d'elle. C'était comme si le monde s'était soulevé, à la façon d'un bateau sur une mer démontée, hissant une étoile au niveau de sa lampe. Mais la lumière était aussi distante et inaccessible qu'une étoile.

Il avait presque atteint la lumière quand il comprit que seule la distance la faisait paraître aussi petite. Les pierres grises d'un cottage apparurent soudain derrière les arbres. Quand on tendait le cou pour distinguer la masse délabrée, on avait l'impression que les épaules noueuses et inégales de l'endroit s'étaient haussées toutes seules hors de la terre. Le cottage ne possédait pas d'étage, et la fenêtre qui donnait sur la forêt était en verre épais, légèrement teinté, comme celui des bouteilles de liqueur. Les pierres de la bâtisse semblaient avoir été empilées précipitamment et grossièrement les unes sur les autres, de sorte qu'avec le temps elles avaient fini par glisser, tantôt dans un sens, tantôt dans l'autre, gâtant un peu la vision d'ensemble. Une excroissance, greffée maladroitement à un bout, pouvait être des toilettes de fortune, ou une porcherie, voire une petite écurie.

Il resta là à l'observer en se balançant sur ses pieds. Il n'allait pas tarder à frapper à la porte, mais pour l'instant, malgré la fatigue et son poignet douloureux, il se livrait à son activité préférée, à savoir la dramatisation de ses actes. « Hors de la nuit », se dit-il, et comme l'expression lui plut, il la répéta : « Hors de la nuit. » « Un homme traqué », ajouta-t-il, « poursuivi par des assassins », mais il modifia ces derniers mots et pensa : « par pire que la mort ». Il s'imagina frapper à la porte. Il la voyait s'ouvrir, apparaissait alors une vieille femme au visage pâle, au visage de sainte. Elle le faisait entrer, et le protégeait.

Elle était comme une mère pour lui, bandait son poignet, lui donnait à manger et à boire, et quand il avait dormi, il lui disait tout : « Je suis un homme traqué poursuivi par pire que la mort ».

Il prit peur en s'entendant répéter les mots « pire que la mort ». Il y avait peu de satisfaction à tirer d'une image qui remplaçait un fait. Il scruta l'obscurité d'où il était venu, s'attendant à moitié à y voir le visage de Carlyon éclairé comme une citrouille d'Halloween. Puis il s'avança vers le cottage.

Quand sa paume rencontra les pierres grossières, il fut rassuré. C'était là au moins quelque chose de solide auquel s'adosser. Il se retourna et fit face à la forêt, la scrutant intensément, s'efforçant de distinguer le moindre détail, chaque tronc. Mais soit ses yeux étaient fatigués, soit l'obscurité était trop dense. La forêt demeurait une immensité noire et interdite. Il longea prudemment le mur à tâtons jusqu'à la fenêtre, puis, se dressant sur la pointe des pieds, essaya de voir à l'intérieur. Il ne distingua que des ombres, et la flamme d'une bougie posée sur le rebord intérieur. Il crut voir bouger une des ombres dans la pièce, mais ce devait être l'effet de la lueur vacillante. Il se ressaisit un peu et son esprit retors reprit le dessus, aussitôt teinté d'appréhension. Il continua de longer le mur vers la porte, à l'affût de bruits à la fois dans le cottage et dans la forêt.

Ça lui ressemblerait bien, tiens, pensa-t-il en sentant son estomac se nouer, de tomber sur un repaire de contrebandiers. Lui aurait choisi une nuit sombre et sans lune pour transporter de la marchandise. Il ferait peut-être mieux d'éviter cet endroit et d'aller de l'avant, mais alors que cette pensée lui traversait l'esprit, ses doigts rencontrèrent le montant de la porte. Il avait les jambes en coton, son poignet l'élançait douloureusement jusque dans le bras, et sa conscience était de plus en plus gagnée par la brume. Il ne pouvait pas aller plus loin. Mieux valait affronter ce que recélait ce cottage que de rester prostré dehors sans défense pendant que Carlyon traversait la forêt à sa recherche. La vision de la vieille aux cheveux blancs avait complètement disparu. Il fit pression contre la porte mais, ne s'attendant pas à ce qu'elle s'ouvre aussi facilement, il tomba bêtement à genoux sur le seuil.

Il leva les yeux. Assourdie par le brouillard de plus en plus proche, une voix retentit. « Reste où tu es », dit calmement la voix sans laisser transparaître la moindre surprise. Il vit alors à quelques pas devant lui, oscillant telle la flamme fine et élancée d'une bougie, une femme. Elle était jeune, ce qui éveilla sa concupiscence, avec un visage blême mais nullement effrayé. Malgré l'immense fatigue qu'il éprouvait, il n'osa pas se relever, car elle pointait une arme sur lui d'une main ferme. Il vit que le chien était armé.

« Ça alors », dit-il. « Ça alors. » Le son plat de sa voix lui déplut. Il sentit qu'elle aurait dû être pleine de pathos, mêler l'épuisement à la plainte. « Inutile d'avoir peur », dit-il, « je suis crevé. »

« Relève-toi, que je te voie mieux. » Il obtempéra non sans mal, profondément vexé. Une femme ne devrait pas se comporter ainsi. Elle aurait dû avoir peur, mais c'était loin d'être le cas. C'est lui qui ressentait de la peur, lui dont l'œil méfiant restait rivé sur l'arme.

« Bon, tu veux quoi ? » demanda-t-elle. Il fut surpris de n'entendre aucune colère dans sa voix, juste une sincère curiosité. Ça l'agaça de savoir qu'elle maîtrisait de toute évidence la situation. Même dans son état affaibli, il eut envie de la bousculer, de s'en prendre à elle. Si seulement il pouvait s'emparer de cette arme…

« Je cherche un endroit où me cacher », dit-il. « Je suis poursuivi. »

« Par des contrebandiers ? Des douaniers ? Tu ne peux pas rester ici. Tu ferais mieux de repartir par où tu es arrivé. »

« Mais c'est impossible, ils m'attraperont. Écoute, je n'ai rien fait de mal. Ce n'est pas la police qui me cherche. »

Les yeux fixés sur l'arme, il fit un pas en avant et écarta les mains de façon implorante, un geste qu'il avait souvent vu sur scène.

« Recule », dit-elle, « tu ne peux pas rester ici. Fais demi-tour et va-t'en. »

« Pour l'amour de Dieu », dit-il. Il tenait cette expression également de la scène, mais la fille ne pouvait pas le savoir. Ça paraissait sincère, car sa voix était pleine de larmes véritables. Il était épuisé et n'aspirait qu'à dormir.

« Si tu es poursuivi », dit-elle comme si elle s'adressait à un enfant très stupide, « alors tu perds un temps précieux. »

« Quand tu seras à ma merci », dit-il avec une rage soudaine, « tu verras ce que c'est que la charité. Et ça se dit chrétienne » – ses yeux s'emplirent de larmes chaudes et sentimentales en imaginant soudain de petites églises grisâtres, des champs de maïs, le son doucereux des cloches au crépuscule, des rouges-gorges sur la neige. « Je t'apprendrai, moi, ce que c'est », répéta-t-il. Le visage pâle et serein de la jeune femme le rendait fou furieux. « Je vais te dire ce que je te ferai. » En proie à une colère puérile, il voulut souiller une chose belle et lointaine, tout en se détestant et en prenant plaisir à cette détestation. Il décrivit ce qu'il lui ferait en une phrase brève et imagée et se réjouit de la voir rougir. Sa virulence ne fit qu'épaissir la brume autour de lui. « Tu pourras alors rejoindre tes pareilles sur le trottoir », lui lança-t-il, décidé à la blesser avant de s'évanouir et de n'être plus qu'une loque honteuse à sa merci. Il crut pendant un instant qu'elle allait presser la détente. Trop épuisé pour avoir peur, il était ravi d'avoir été odieux au point de la pousser à agir. Puis le danger passa. « Je t'ai demandé de partir », dit-elle simplement. « Je ne sais pas ce que tu cherches ici. »

Il chancela un peu. C'est tout juste s'il la voyait à présent. Elle était comme une fine volute dans la grisaille ambiante. « Regarde, il est là, derrière la fenêtre », lança-t-il avec un regain d'énergie, et quand la volute bougea il se jeta sur elle.

Sa main se referma sur l'arme et la dirigea vers le haut, s'efforçant dans le même temps de presser la détente. La fille avait été prise au dépourvu et parut capituler un moment.

Le canon toujours dirigé vers le plafond, il pressa la détente. Le chien claqua, mais aucune détonation ne s'ensuivit. La jeune femme l'avait berné avec une arme non chargée. « Je vais te corriger, moi », dit-il. Il essaya de lui arracher l'arme, pour mieux se venger, mais son poignet droit parut se plier en deux et se briser sous l'effort. Il sentit une main faire pression sur son visage, tout son corps fut pris de faiblesse, et il bascula en arrière. Il heurta une table qu'il n'avait pas encore remarquée, tellement ses yeux étaient restés concentrés sur le danger en face de lui. Il tendit une main pour se retenir, car ses jambes semblaient composées de nombreuses articulations, se repliant à présent les unes sur les autres. Quelque chose tomba par terre avec un bref éclat doré, comme une guinée qu'on jette avec mépris, et une flamme lui brûla les doigts.

La douleur lui rendit les idées claires avec la soudaineté d'une main invisible qui écarte un rideau. Il se retourna et se retrouva nez à nez avec un gros visage barbu, sur lequel trois autres bougies répandaient une lumière flottante.

« Mais... » s'écria-t-il, et il ne sut jamais ce qu'il voulait ajouter. Il recula de dégoût devant le cadavre allongé dans un cercueil ouvert en bois brut. Il n'avait encore jamais vu la mort d'aussi près. Sa mère, il ne l'avait jamais vue morte, car son père l'avait vite mise en terre avec une croix et quelques fleurs, et son père était mort à la suite d'un combat en mer, son corps jeté discrètement par-dessus bord pendant qu'Andrews apprenait la déclinaison d'*oikia* à l'école dans le Devon. Il était effrayé, dégoûté, écœuré – vaguement honteux. Il trouva assez déplacé de se brûler ainsi au-dessus d'un cercueil, même si ledit cercueil était en bois brut. Ses yeux scrutèrent l'obscurité croissante, où scintillaient des points dorés là où brillaient les chandelles, et finirent par se poser sur un visage livide, plus las que serein. « Je suis désolé », dit-il, puis toutes les lumières s'éteignirent.

2

Deux vieilles bavardaient au-dessus d'un tas de légumes instable. Elles scandaient leurs propos comme des poules qui picorent. « Y a eu un assaut et un des officiers a été tué. » « Ils le pendront pour ça. Mais trois d'entre eux se sont enfuis. » Les légumes étaient de plus en plus gros, des choux-fleurs, des choux, des carottes, des patates. « Trois d'entre eux se sont enfuis, trois d'entre eux se sont enfuis », répétait l'un des choux-fleurs. Puis tout le tas tombait par terre et Carlyon se dirigeait vers lui. « T'as entendu ça ? » disait-il. « Trois d'entre eux se sont enfuis. » Il se rapprochait de plus en plus et son corps grandissait jusqu'à donner l'impression qu'il allait éclater comme une vessie distendue. « Tu la connais, celle-là, Andrews ? » disait-il. Andrews avait conscience qu'on brandissait une arme quelque part derrière lui, il se retournait, mais il n'y avait que deux hommes, dont il ne pouvait voir les visages, et qui tous deux riaient. « Le vieil

Andrews, on n'est pas près d'en revoir, des comme lui. Tu te rappelles la fois où... » « Oh, tais-toi, tais-toi », disait-il, « ce n'était qu'une brute, je te le dis. Mon père était une brute. » « Dansons la capucine », Carlyon et son père dansaient autour de lui en se tenant la main. Le cercle se refermait, se refermait, et il sentait leurs souffles, l'haleine fraîche et inodore de Carlyon, celle rance et empestant le tabac de son père. On l'attrapait par la taille, et quelqu'un s'exclamait : « Trois d'entre eux se sont enfuis. » Les bras commençaient à l'entraîner. « Ce n'est pas moi », s'écriait-il, « ce n'est pas moi. » Les larmes coulaient sur ses joues. Il se débattait sans fin entre les bras qui l'entraînaient.

Il émergea lentement dans une brume grise de plus en plus éparse, où saillaient des formes irrégulières, qui se précisèrent et devinrent des caisses, de vieilles malles, un bric-à-brac poussiéreux. Il s'aperçut qu'il gisait sur un tas de toiles de jute. Une odeur rance de terre moisie flottait dans la pièce. Des outils de jardinage étaient appuyés contre un mur, et il y avait une malle ouverte pleine de petits bulbes racornis. Il crut au début qu'il était dans le cabanon du jardin, chez lui. Il devait y avoir dehors une pelouse et un grand pin, et bientôt il allait entendre les bruits de pas traînants du jardinier. Le vieil homme avait toujours la jambe gauche plus lente, de sorte qu'aucune cadence régulière ne marquait ses pas. On les comptait comme ceux d'une chouette – *une deuuuux – une deuuuux*. Comment se faisait-il qu'il soit allongé dans le cabanon du jardin dans la lumière grise du petit matin ? Andrews n'en avait aucune idée. Il savait très bien que se poser la question était déraisonnable – et devinait vaguement où il se trouvait. Je vais continuer ce petit jeu encore un peu, pensa-t-il, et il se retourna et resta le visage tourné vers le mur, afin de ne pas voir les détails inhabituels de la pièce, du cabanon, quel que fût ce lieu. Puis il ferma les yeux, parce que le mur qu'il regardait était en pierres alors qu'il aurait dû être en bardeaux.

Les yeux fermés, tout allait bien. Il huma l'odeur chaude et rassurante de la moisissure.

Le vieux jardinier allait râler en le découvrant ici, se plaindre qu'il avait déplacé une houe, une pelle, une fourche. Puis, aussi sûr que la nuit succède au jour, il allait prendre une boîte pleine de semences, les remuer en faisant un bruit de grêle furtive et murmurer : « Poussière de bigorneau. » Andrews ferma les yeux encore plus fort, inspira plus profondément. Il revoyait le vieux jardinier debout sous le pin au bout de la pelouse. Ce dernier se caressait le menton d'un air songeur en contemplant le tronc sombre et fuselé. « Trois cents ans », disait-il pour lui-même, « trois cents ans. » Andrews avait fait une remarque sur l'odeur suave et fugace que charriait l'air. « C'est l'âge », avait dit le vieux jardinier, « c'est l'âge. »

Il parlait avec une telle conviction qu'Andrews s'attendait presque à le voir disparaître et devenir une vague senteur, née des bulbes et de la terre humide retournée. « On fait des cercueils avec le sapin », reprit le vieil homme, « des cercueils, c'est pour ça qu'on sent cette odeur même quand il n'y a pas de sapins. Ça traverse le sol, tu comprends. »

Penser à des cercueils lui fit rouvrir les yeux. Il revit la bougie tomber et le visage barbu qui le regardait. Il avait eu de la chance de ne pas poser la main sur ces poils morts. Trois années passèrent en coup de vent : le présent lui irrita les nerfs. Il se leva d'un bond et regarda autour de lui. Combien de temps avait-il dormi ? Qu'avait fabriqué la fille entre-temps ? Il avait été faible et stupide en s'effondrant ainsi, un idiot sentimental qui rêvasse au passé. Le présent réclamait une action prompte s'il voulait parvenir en lieu sûr, mais, se rappelant toutes les circonstances des dernières semaines, il se demanda, le cœur serré, s'il existait un seul havre de paix où Carlyon ne pourrait pénétrer.

Sur le mur d'en face se trouvait une fenêtre sale et couverte de toiles d'araignée. En empilant deux caisses, il put y accéder et estima qu'il pourrait se faufiler par l'ouverture. Il avait peur de briser la vitre et de faire du bruit, et ses doigts manipulèrent prudemment et timidement le loquet, qui était presque soudé en place par des années de rouille. Il entreprit de gratter celle-ci avec ses ongles et lentement mais sûrement finit par faire bouger le loquet. Les petits bruits ainsi causés le rendaient nerveux, et la nécessité d'être prudent le rendait négligent. Il se tenait sur la pointe des pieds, à la fois excité et pressé à l'idée de s'enfuir, afin d'exercer plus de pression sur le loquet récalcitrant. Dans un long grincement, ce dernier bascula et la fenêtre s'ouvrit. Au même instant, le bruit d'une poignée de porte qu'on tournait le fit pivoter sur lui-même. Il avait à peine prêté attention à la porte de la pièce, tellement il avait été sûr qu'elle était fermée à clé, jusqu'à ce qu'elle s'ouvre et que la fille apparaisse. Andrews se sentit on ne peut plus ridicule, perché sur les caisses. Prudemment, lentement, et ce sans la quitter des yeux, il redescendit.

Elle rit, mais d'un rire sans joie. « Qu'est-ce que tu fabriques là-haut ? » demanda-t-elle. Il lui en voulait de l'avoir surpris dans une posture aussi ridicule.

« J'essayais de m'enfuir », dit-il.

« De t'enfuir ? » dit-elle en testant le mot sur ses lèvres comme si c'était une saveur inconnue. « Si c'est partir que tu voulais, il y avait la porte, non ? »

« Oui, et toi avec une arme », rétorqua-t-il.

« Oh, l'arme », dit-elle en riant de nouveau, sans mépris cette fois-ci mais avec une réelle gaieté. « Je n'ai aucune idée de comment on la charge. »

Il fit quelques pas vers elle sans quitter des yeux la porte ouverte derrière elle, laquelle menait, il le vit, dans la pièce où il avait été humilié la veille au soir. Il était certain qu'elle bluffait. Il devait y avoir plus qu'un cercueil et un mort dans cette pièce pour qu'elle ait le courage de l'affronter aussi calmement – voilà ce qu'il pensa impudemment. Il avança encore un peu, afin d'élargir sa vision de la pièce au-delà.

« Tu veux dire que je peux partir ? » demanda-t-il.

« Je ne compte pas t'en empêcher », répondit-elle. Dans sa voix, une nuance de colère le disputait à l'amusement, et l'amusement finit par l'emporter. « Je ne t'ai pas invité à passer la nuit ici. »

« Ne parle pas autant », dit-il, furieux, et il rougit un peu quand elle lui demanda s'il guettait quelque chose. Car il tendait visiblement l'oreille et crut un instant entendre le parquet grincer, suivi de la respiration d'un homme. Et si elle était sortie pendant la nuit et avait trouvé Carlyon…

« Dis donc », s'écria-t-il, incapable de supporter davantage le suspense, « qu'est-ce que tu as fait ? »

« Fait ? » dit-elle. « Fait ? »

Il l'observait d'un air soupçonneux, horripilé par la façon qu'elle avait de retourner les mots comme une galette, d'abord d'un côté puis de l'autre.

« Qui es-tu allée chercher pendant que je dormais ? Je les connais, les filles dans ton genre. »

« Tu es un homme, n'est-ce pas ? » dit-elle soudain avec véhémence, ce qui lui valut un regard libidineux et purement mécanique de la part d'Andrews, suivi de : « Tu veux que je te le prouve ? » C'était comme si le visage du jeune homme était un masque auquel étaient reliées de petites ficelles. Elle avait tiré l'une d'elles, et la bouche s'était ouverte, les lèvres se tordant légèrement à une commissure. Elle admira brièvement les ficelles reliées aux yeux qui demeuraient fixés sur elle, soupçonneux, un peu effrayés, complètement indépendants des lèvres. Andrews lui-même n'avait pas conscience de ces ficelles qui mettaient ses mots et sa bouche à la disposition d'autrui. C'est toujours avec un certain retard qu'il essayait de se rappeler ses propres paroles, non qu'il éprouvât de la honte à leur égard – il en serait allé de même si elles avaient été d'essence poétique – mais parce qu'elles lui étaient dictées par un autre. Voilà pourquoi cette prise de conscience, qui arrivait un peu trop tard, fit qu'il tenta de camoufler ses précédents propos par d'autres prononcés avec colère. « Tu veux dire quoi, d'ailleurs ? »

« Tu crois vraiment qu'un homme peut connaître une femme ? Si je le pensais, je... » Elle le regarda avec étonnement, comme si c'était lui qui avait parlé. « Tu peux partir », ajouta-t-elle, « il n'y a personne ici pour t'en empêcher. Pourquoi voudrais-je que tu restes ? »

C'est bien beau, tout ça, pensa-t-il, mais est-ce qu'elle ne bluffe pas ? La fille avait du cran. Vu la façon dont il avait fait irruption chez elle la veille au soir, il y avait des chances pour qu'elle ait tenté de communiquer avec quelqu'un. Tout le voisinage devait causer à présent de contrebandiers et de douaniers. Il ne savait pas trop à quoi s'attendre de leur part, et il ne faisait pas non plus confiance, comme Carlyon, à sa propre nature insaisissable. Néanmoins, elle lui disait qu'il pouvait partir et attendait qu'il le fasse. Cette femme était diabolique – elle l'obligeait à agir. Il ne voulait plus s'enfuir et se retrouver à détaler dans un paysage inconnu. Il voulait s'allonger face au mur et somnoler. Mais elle attendait, attendait, et il devait agir. Il se dirigea lentement et prudemment vers la porte, en progressant avec méfiance comme un chat dans une maison inconnue. Une fois sur le seuil, il ouvrit en grand la porte, de peur que quelqu'un soit caché derrière, prêt à lui sauter dessus. Il entendit un éclat de rire dans son dos et se retourna. Il était las et traqué, et tout sauf d'humeur à plaisanter. S'apitoyant sur lui-même, il se vit sans ami et seul, poursuivi par d'impitoyables ennemis dans un monde indifférent. Des vieilles femmes aux cheveux blancs et aux doux yeux plissés se penchaient au-dessus de lui, leurs gros genoux et leurs seins confortables le raillant par leur absence. Des petites larmes lui picotèrent les yeux. Je sais que je suis lâche, et on ne peut plus méprisable, se dit-il, toujours prêt à se rabaisser et s'efforçant vainement de sous-estimer sa véritable nature, je sais que je n'ai pas une once de courage en moi, que si Carlyon m'apparaissait maintenant je me mettrais à genoux devant lui, mais tout ce que je demande c'est un peu de compassion. Je pourrais devenir un homme, un vrai, si quelqu'un témoignait un peu d'intérêt – si quelqu'un croyait en moi… Mais son autre moi reprit le dessus. Il était, il le savait, constitué désagréablement de deux personnes, l'enfant sentimental, brutal et habité par le désir, et un autre, un critique sévère. Si quelqu'un croyait en moi – mais il ne croyait pas en lui-même. Toujours, quand une part de lui s'exprimait, l'autre part se tenait en retrait et s'interrogeait : « Est-ce moi qui parle ? Suis-je vraiment ainsi ? »

« Tu as beau jeu de te moquer », dit-il amèrement. Mais suis-je vraiment amer ? se demanda l'autre part de lui. Suis-je encore en train de jouer un rôle ? Et si je joue un rôle, est-ce moi qui joue ou un autre qui tire les ficelles ? Ah, quel pharisien que cet autre en lui ! Il ne contrôlait jamais ses lèvres pour parler en son nom – et dire des choses pénibles, sincères, crédibles. Non, il restait toujours à l'écart, il écoutait, raillait et émettait des doutes. Aussi laissa-t-il sa voix reprendre, avec sincérité ou jouant la comédie : « Tu ne sais pas ce que c'est que d'être seul. » Tout en contemplant le visage qui lui souriait encore, sans hostilité, presque moqueur, amical, il eut peur de la réalité involontaire de ses propos. Il était effectivement seul. Peut-être que l'autre part de lui se taisait, non par suffisance, mais parce qu'elle n'avait rien à dire. Il n'y avait en lui que sensiblerie, peur et lâcheté, rien qui ne soit pas négatif. Comment quiconque pouvait-il croire en lui s'il n'existait même pas ?

Il fut surpris quand, du fond du labyrinthe dans lequel il se poursuivait lui-même, la jeune femme dit ceci : « J'ai été seule moi aussi, ces deux dernières nuits. Le jour, ça ne me gêne pas, mais j'ai un peu peur la nuit maintenant qu'il est mort. » Elle désigna d'un mouvement de tête la pièce sur le seuil de laquelle il se tenait.

Il examina les lieux. Le cercueil était toujours posé sur la table de la cuisine. Les bougies n'étaient plus allumées et semblaient courber la tête, comme si elles avaient honte de quelque chose.

« Mari ? » demanda-t-il. Elle secoua la tête.

« Père ? »

« Pas exactement. Mais il m'a élevée. Je ne me souviens pas de mon père. Je l'aimais beaucoup », dit-elle en agitant de nouveau la tête. « Il était bon avec moi à sa manière. C'est un peu effrayant de se retrouver toute seule. »

C'était comme si elle avait oublié les circonstances de l'arrivée d'Andrews. Ils se faisaient face. Elle semblait elle aussi perdue dans une sombre forêt. Elle aussi avouait qu'elle avait peur, mais la main innocente qu'elle semblait tendre dans l'obscurité à Andrews était courageuse et exacerba la honte qu'éprouvait ce dernier.

« Ça sera pire ce soir », dit-elle. « Je dois l'enterrer aujourd'hui. »

« J'aurais cru que ça serait moins… effrayant sans un cadavre dans la maison » répondit Andrews, qui repensa à la barbe naissante sur laquelle il avait failli poser la main.

« Oh non, loin de là », dit-elle en tournant vers lui un regard intrigué. « Il ne peut pas me faire peur. » Elle s'avança et se tint sur le seuil, à côté d'Andrews, et regarda le cercueil ouvert. « Il doit se sentir terriblement seul, mais la paix de Dieu est sur son visage. Regarde. » Elle traversa la pièce, suivie à contrecœur par Andrews.

Il ne vit guère la paix dont parlait la jeune femme sur le visage du mort. Les yeux de ce dernier étaient fermés, et en examinant la texture rêche des paupières, Andrews se dit que les fermer n'avait pas dû être facile. Il eut l'impression que d'un instant à l'autre la tension allait être trop forte et que les paupières allaient se relever dans un cliquetis soudain comme des stores.

Autour de la bouche, de petites rides fourbes s'étendaient sur le visage en rayons furtifs. Andrews observa la jeune femme pour savoir si elle se moquait de lui en associant Dieu à ce vaurien barbu, mais celle-ci contemplait calmement le cadavre, avec une tendresse dénuée de passion. Il eut soudain envie de dire : « La paix de Dieu est avec toi, pas avec lui », mais il se retint. Cela aurait paru mélodramatique, et elle se serait encore plus moquée de lui. Ce n'est que lorsqu'il voulait atteindre un objectif ou se conformer à son apitoiement sur lui-même qu'il s'autorisait le plaisir du mélodrame.

Alors qu'il étudiait les traits sournois du défunt, de plus en plus conscient dans le même temps de la fixité de pensée de la fille, tel un mur solide et rassurant à côté de ses eaux houleuses, il crut entendre un bruit de pas chancelants. C'était la peur qui rendait son ouïe aussi sensible ; la fille à côté de lui n'avait pas bougé. Il s'arracha à sa contemplation et se tourna de nouveau vers elle.

« Alors comme ça, tu m'as enfermé ici ? » dit-il. C'est à peine s'il se rendit compte de la stupidité de son accusation. La part sensée en lui lui dit qu'il n'avait passé que quelques minutes avec elle depuis qu'il s'était réveillé, mais apparemment la raison semblait s'être absentée de cette maison depuis qu'il y était entré et avait vu ce qui aurait dû être une jeune femme effrayée le tenant en joue avec une arme entre des bougies dardant leurs flammes jaunes. Depuis qu'il s'était ressaisi, cinq ou dix minutes plus tôt, il avait revécu une enfance dans le Devon et s'était trouvé, se dit-il en proie soudain au ressentiment, entre la terre fourbe mais grossière et le courage déterminé de l'esprit. Ces expériences ne pouvaient rester confinées dans un intervalle de quelques minutes, aussi l'accusa-t-il, se sentant sincèrement floué : « Tu me retiens ici ? »

« Te retenir ? » dit-elle. « Qu'entends-tu par là ? » Soudain, les pas qui avaient été très légers se firent plus nets, accompagnés par un bruit d'éboulement. La peur arracha Andrews à son dédale de pensées vagues et il traversa presque en courant la pièce jusqu'à la porte par laquelle il était entré la veille au soir. Un sentiment de désolation s'abattit sur lui, il se demanda s'il connaîtrait jamais la paix de n'être pas poursuivi, et il poussa une plainte inconsciente comme un lapin pris au piège. En l'entendant gémir, la jeune fille parut prendre la mesure de sa peur.

« Ne sors pas par là ! » lui lança-t-elle.

Il hésita, une main sur le loquet. La jeune femme se touchait la joue du bout des doigts. « C'est juste la femme qui vient faire le ménage », dit-elle.

« Elle ne doit pas me voir », murmura Andrews, effrayé à l'idée que leurs voix parviennent jusqu'au sentier.

« Si tu sors par là, tu vas la croiser. Elle doit venir du puits. Mieux vaut retourner dans la pièce où tu as dormi. » Puis, comme il revenait sur ses pas : « Non. » Une rougeur passa lentement de son cou à son visage.

« Quoi encore ? demanda-t-il, agacé.

« Si elle te trouve… caché… elle va croire que… »

« Allons donc, tu es quelqu'un de respectable », dit-il, avec une pointe de ressentiment dans la voix. C'était comme si l'esprit serein qui avait veillé sur le mort avait été terni par la grossière fourberie de ce dernier. Un rayon de soleil jaune, rendu clair et froid par le gel, traversa la pièce et se posa sur le visage de la jeune femme, démentant ses propos en apparence sensés.

« Non, mais ne te cache pas », dit-elle. « Ce n'est pas comme si tu courais un danger. »

Il s'approcha d'elle, la prit par les bras et l'attira contre lui. « Écoute-moi », dit-il. « Je cours un danger. Je préférerais tuer cette vieille femme plutôt qu'on parle de moi à Shoreham. Je suis un lâche, tu comprends, et il me serait plus facile de la tuer que de tuer l'homme qui me poursuit. Tu vas me laisser me cacher à présent ? » Il la lâcha et elle s'écarta de lui. « Il doit y avoir une autre solution », dit-elle. Son débit s'accéléra. « Tu es mon frère, d'accord ? Tu es arrivé la semaine dernière en apprenant qu'il se mourait parce que tu n'aimais pas l'idée de me savoir seule. » Elle grimaça légèrement comme si elle avait un mauvais goût dans la bouche.

Un bruit d'éclaboussures produit par un seau trop plein l'interrompit. Le raclement des pas semblait presque sur le seuil. « Tu dois inventer des choses », dit-elle. « Quoi d'autre ? J'ai dû oublier de… »

« Comment dois-je t'appeler ? Ton nom ? » Andrews parla vite et tout bas, tandis que le loquet de la porte se soulevait avec un grincement aigu.

« Elizabeth », dit-elle. « Elizabeth. »

La porte s'ouvrit et, après la panique suscitée par le bruit des pas, la vision d'une vieille femme portant un seau d'eau qui clapotait et éclaboussait le sol parut incongrue. Petite, âgée et trapue, la vieille donnait l'impression d'être maintenue ensemble par de nombreux boutons qui s'échappaient de leurs positions normales, dépassant des interstices et des revers de ses volumineux vêtements. Elle avait de tout petits yeux et des sourcils très pâles, quasi invisibles. Ses cheveux étaient gris et blancs, avec des mèches d'un jaune métallique très pâle qui paraissaient inutilement désinvoltes sur une tête âgée. Quand elle vit Andrews à côté de la jeune fille, elle posa son seau par terre et pinça les lèvres pour siffler, et ses lèvres semblèrent un bouton de plus à sa vaste collection. Elle ne siffla pas vraiment, et ce furent ses yeux, où se lisaient de la surprise, puis de la curiosité et enfin une sorte d'amusement sournois, qui parurent émettre un sifflement. Sous ce regard narquois et sans gêne, Andrews devint nerveux et espéra que la jeune femme allait parler.

Enfin la vieille entra sans attendre qu'on l'y invite. Ses yeux les avaient vus et n'étaient plus intéressés. Elle posa de nouveau son seau par terre puis, au moyen d'une vieille serpillière toute sale, se mit à frotter. Elle avait nettoyé juste un petit carré de sol quand elle jugea bon de déplacer la table sur laquelle reposait le cercueil, ce qu'elle fit avec une grande désinvolture qui surprit Andrews. Ses yeux avaient vu tout ce qu'ils désiraient voir, mais ses pensées demeuraient amusées. Elle émit un petit rire et remua aussitôt l'eau dans son seau en toussant pour cacher son rire.

La jeune femme sourit à Andrews et, avec une moue qui disait très clairement « c'est parti », prit la parole : « Voici mon frère, Mrs Butler », dit-elle.

La voix qui monta de la silhouette agenouillée était complètement inattendue. Elle s'accordait, non avec ses cheveux blancs et gris par endroits, mais avec ses mèches d'un jaune un peu trop métallique. C'était une voix douce, nullement âgée, presque belle, qui évoquait une jolie pâtisserie imbibée de porto. Elle aurait pu être séduisante si elle avait eu l'assurance de la beauté, mais elle était complètement détrempée.

« Ça alors, j'ignorais que vous aviez un frère, Miss Elizabeth », dit la voix.

« Il est arrivé la semaine dernière en apprenant que Mr Jennings se mourait », répondit la jeune femme.

« Comme se doit de le faire un frère. » La vieille tordit sa serpillière dans le seau et s'assit sur ses talons de façon inattendue. Ses yeux n'étaient pas doux comme sa voix mais aussi vifs qu'ils étaient petits. Andrews et la jeune femme prirent conscience de leur posture raide et irréelle, chacun restant campé un peu à l'écart de l'autre sans rien attendre de particulier. « Tout le monde était bien bâti dans votre famille, Miss Elizabeth », dit Mrs Butler. « Votre frère ne paraît pas très costaud – ou alors il est fatigué. » Un petit rire commença à se former dans ses yeux telle une bulle de savon. Il grandit sous une pression quasi visible jusqu'à ce qu'elle le laisse s'égailler joyeusement dans la pièce. Puis la vieille trempa de nouveau son chiffon et se mit à frotter furieusement comme pour démentir son attitude aussi désinvolte que grossière. « Et comment vous appelez-vous, monsieur, si ce n'est pas indiscret de ma part ? »

« Eh bien, comme ma sœur », répondit Andrews, s'efforçant de paraître amusé et à l'aise.

« Je veux parler de votre prénom », reprit-elle en progressant rapidement sur le sol.

« Oh, Francis, bien sûr. Ma sœur ne vous a pas parlé de moi ? » Entre les deux phrases, il avait eu le temps de voir la lumière du soleil nimber le visage de la jeune femme, conférer quelque légèreté à ses traits un peu épais, et en effacer toute perplexité. Une Elizabeth brune, pensa-t-il en regardant ses cheveux, comme c'est étrange. Il commençait à s'amuser, le fardeau de sa peur avait disparu, le laissant au milieu d'un jeu pour enfant exempt de toute dure réalité. « Elizabeth », dit-il, « tu n'as jamais parlé de moi à Mrs Butler ? Je le prends très mal, tu sais. Et moi qui m'imaginais, quand j'étais en mer, que tu pensais à moi. »

« Ça alors, vous êtes marin, monsieur ? » demanda Mrs Butler, sans prendre la peine de lever les yeux de l'arc de sol dans lequel s'agitaient ses petits bras dodus. « Je ne l'aurais pas deviné. »

« C'est que je suis un mauvais marin », reprit-il, les yeux fixés sur la lumière ou plutôt le rai de lumière qui s'était posé sur le visage d'Elizabeth. « Quand j'ai appris... qu'il allait mourir, j'ai quitté mon bateau. Je me suis dit que ma sœur aurait besoin de quelqu'un, en plus de vous, pour la protéger. Vous n'imaginez pas, Mrs Butler, combien de fois j'ai pensé à vous deux sous les étoiles. » Il s'interrompit. Il avait mérité de sourire.

Et pourtant, bien qu'ayant mérité de sourire, il était mal à l'aise. Ça lui rappelait sans doute des tas de choses inaccessibles – non pas le désir, car il était trop las pour désirer, mais la civilisation. La civilisation, ça voulait dire pour lui apprécier le calme – celui des jardins et des repas paisibles, la musique et les chants dans la cathédrale d'Exeter. Ces choses-là lui étaient inaccessibles du fait de Carlyon. Les autres ne lui faisaient pas peur. Ils savaient qu'ils ne pouvaient échapper à leur milieu – cette vie rude, passée à boire et jurer. Lui pouvait leur échapper dans un salon, mais même tandis qu'il prenait tranquillement le thé, même baigné par les ombres paresseuses d'un feu, même conversant à voix basse, la porte pouvait s'ouvrir et Carlyon entrer.

Mrs Butler continuait de frotter le sol, ses fesses oscillant en rythme avec les mouvements circulaires de ses bras. Il vit soudain en elle une espionne hostile dépêchée par la réalité, même s'il ne l'aurait pas formulé ainsi. Sa peur le mettait à l'abri de telles abstractions. Mais dans un coin obscur de sa conscience, ce cottage lui faisait penser à une maison de conte de fées. Il était tombé dessus au sortir d'une forêt alors que le sommeil le rendait confus. Le cottage lui avait offert un abri et une impression de mystère ; cet endroit n'avait rien à voir avec le monde qu'il avait connu, la mer qui vous irritait et vous fatiguait, la peur des derniers jours. Mais Mrs Butler était venue de la ville ce matin. Dans le dédale de ses oreilles se terraient encore les bruits qu'il avait fuis, les vagues, la voix des épouses de pêcheurs, le raffut des chariots, « Maquereau, frais le maquereau », les ragots du marché, « Trois d'entre eux se sont enfuis ».

Mrs Butler avait laissé la porte ouverte et il pouvait voir à présent clairement ce qui, quand il était arrivé, avait été obscurci par la fatigue et la nuit. Il avait cru que le cottage était perdu en pleine forêt. Il vit alors que ce dernier se trouvait à la limite d'un simple taillis. Au-dessus des arbres, telle une cloque, se profilait la colline qu'il avait dévalée. « C'est quoi, ça ? » dit-il en entendant un bruit, incapable de chasser la peur de sa voix.

« Bah, c'est juste un chariot », répondit la jeune femme.

« Un chariot ? » s'écria-t-il et il s'approcha de la fenêtre. C'était vrai. Ce cottage dissimulé, comme il l'avait cru, dans une forêt se trouvait en fait à une centaine de mètres de la grand-route. Il ne servait à rien de se dire qu'une grand-route était un endroit sûr pour lui, et que Carlyon, dont la tête avait probablement été mise à prix entre-temps, devait lui aussi craindre d'avancer à découvert. Andrews était superstitieux en ce qui concernait Carlyon. Il n'arrivait pas à imaginer Carlyon se cacher.

« Un marin ? » dit Mrs Butler, les yeux fixés sur le sol. « Il y a marin et marin. Y en a que les douaniers aiment pas trop, mais moi je dis qu'ils font juste leur boulot. Ils sont payés pour ça tout comme moi pour nettoyer ce sol. Bon, c'est vrai que ça leur attire de sacrés ennuis la plupart du temps. Y a qu'à voir mardi. »

« À quelle heure a lieu l'enterrement ? » demanda Andrews, qui tourna alors brutalement le dos à Mrs Butler. Il avait tout à fait conscience que, dans son dos, elle levait un visage étonné et l'observait avec perspicacité. Il vit que la jeune femme s'était approchée de la porte et il la suivit, soulagé, heureux de laisser derrière lui, ne serait-ce qu'un instant, cette fouine de Mrs Butler et sa jolie voix humide. « À quelle heure a lieu l'enterrement ? » répéta-t-il.

« Ils vont venir le chercher à onze heures », dit-elle, et cette phrase toute simple dissipa la dernière illusion d'être isolé. Le temps existait dans ce cottage. Les horloges marquaient les heures et leurs aiguilles tournaient comme partout ailleurs. Il eut l'impression que le temps s'agitait autour de lui et se précipitait tels ces démons changés en porcs dont parle la Bible, hâtant la destruction. Le temps couinait en le dépassant, dévalait de plus en plus vite une pente raide. Les poètes n'avaient cessé de lui répéter que la vie était brève. Maintenant, pour la première fois, il l'éprouvait dans sa chair. Il aspirait à la paix et à la beauté, mais les minutes filaient, et il était toujours un fugitif, dont l'esprit confus restait obscurci par la peur de la mort.

« Serons-nous seuls ? » demanda-t-il, la voix pleine d'espoir et de crainte.

« Seuls », répéta-t-elle tout bas, afin que sa voix n'arrive pas, parmi les claquements du chiffon mouillé, jusqu'aux oreilles de Mrs Butler. « Non, nous ne serons pas seuls. Tu ne connais pas les gens d'ici. Je les déteste », ajouta-t-elle avec une véhémence inattendue. « Pour eux, c'est un spectacle. Ils vont venir nombreux, mais je ne leur donnerai rien à manger. Ils s'attendent à ce que je leur donne à manger. Ils ne sont pas venus me voir depuis qu'il est mort, et j'aurais bien aimé qu'on me tienne compagnie pendant la veillée. Ils ne sont jamais venus de son vivant. »

« Qu'est-ce que tu veux dire ? » Il avait élevé la voix, sous le coup d'une peur irréfléchie. « Nombreux ? » Il la prit par le poignet. « Si jamais c'est toi qui as manigancé tout ça… » dit-il.

« Faut-il qu'en plus d'être lâche tu sois stupide ? » répondit-elle d'un ton las et désinvolte. « Pourquoi manigancerais-je quoi que ce soit ? Tu ne m'intéresses pas à ce point. » Elle dégagea sa main et sortit. « Je me demande bien pourquoi j'ai pris la peine de t'aider », ajouta-t-elle avec un petit haussement d'épaules.

Il la suivit, toujours soupçonneux. Il était complètement abattu maintenant qu'il savait que ce cottage n'était pas la maison isolée qu'il avait imaginée. « Ne t'en attribue pas le mérite », dit-il. « C'est moi qui t'ai forcé la main. »

Elle ne le regarda pas. Les mains sur les hanches, elle contemplait avec une petite grimace perplexe la colline par laquelle il était venu. Elle semblait chercher à comprendre pourquoi elle agissait ainsi. « Ça n'a rien à voir avec la peur », dit-elle, mais ce n'était pas à lui qu'elle s'adressait. « Il faudrait être sacrément bête pour avoir peur de toi », dit-elle, puis elle sourit comme visitée par un amusant souvenir. « Je suppose que j'en avais assez d'être seule. »

3

« Et même quand écorché tout entier je serai, dans ma chair je verrai Dieu ; je Le verrai moi seul, de par mes propres yeux, et non ceux d'un autre. »

Le prêtre était grand, mince et voûté, et passablement enrhumé. Il reniflait entre chaque phrase tout en avançant dans le cimetière à longues enjambées. Le temps était froid et humide, et il comptait expédier au plus vite cette fastidieuse affaire. Entre deux tirades, il reniflait et à la fin de chaque phrase, il s'essuyait le nez d'un geste vif et furtif avec le coin de son surplis que le vent faisait voler comme un étendard. Il marchait d'un pas vif, sans dissimuler sa haine du froid, mais ceux qui le suivaient, un vaste groupe épars de villageois austères, marchaient aussi lentement qu'il le leur permettait, et semblaient presque le retenir par l'extrémité battante de son surplis. Ils ne voulaient pas d'un enterrement bâclé. Leurs joues et leurs nez étaient écarlates, et leurs yeux, qui scintillaient comme du givre, ne perdaient pas de vue le cercueil de bois.

Ça ne veut rien dire pour eux, pensa la jeune femme avec mépris, ce sont là des paroles ronflantes qui flottent au-dessus de leur masse, bien trop légères pour eux. Ils étaient venus parce qu'un enterrement était un spectacle et que, convenablement organisé, il impliquait de la bière et des gâteaux, et aussi parce que les volutes sonores qui s'amassaient à intervalles réguliers pour s'élever et éclater en un long phrasé (« Seigneur, dis-moi quand surviendra ma fin et dans combien de jours, afin que je sache exactement le temps qu'il me reste à vivre ») les gonflaient d'importance. Elle ne leur proposerait ni bière ni gâteaux, car elle avait aimé l'esprit ayant habité le corps qu'on portait devant eux. Mais, parce qu'elle n'avait éprouvé aucun amour pour le corps lui-même, qui quand elle était petite l'avait battue et, quand elle avait grandi, avait eu pour elle d'étranges gestes déplacés et l'avait dégoûtée, elle ne ressentait aucune émotion. Elle s'était habituée à l'absence de son esprit retors, triste, insultant. Elle l'avait aimé avec une tendresse calme et constante. Son esprit l'avait nourrie et protégée et elle lui en était reconnaissante, et quand sur la fin elle l'avait vu, cet esprit, lutter comme jamais avec son corps vicieux, elle l'avait plaint.

« Car auprès de toi je suis un étranger, et un voyageur, comme l'étaient tous mes ancêtres. Ô aide-moi à recouvrer un peu de ma force : avant que je quitte ce monde et disparaisse à jamais. »

Andrews s'agita légèrement. C'étaient les premières paroles à toucher sa conscience depuis que la peur de cette foule avait engourdi son cœur. Il avait eu peur quand les villageois étaient arrivés, les femmes pour inspecter le cadavre et les hommes pour chercher en vain de la bière. Chaque nouveau visage avait été source d'angoisse puis, parce qu'inconnu, de soulagement, jusqu'à ce que les courants réguliers et alternés de la peur et du soulagement bercent et endorment son esprit. Tournant le dos aux femmes qui devisaient, il avait été aidé par la vision de la brume marine qui s'attardait un moment au sommet de la colline par laquelle il était arrivé. Poussée par une brise trop faible pour la disperser, la brume vacilla un moment tel un ivrogne sur le point de tomber, puis se répandit nappe après nappe dans la vallée. Elle apportait avec elle un soupçon de mystère et ce qu'il savait être au fond de lui une fausse sécurité. Dans son for intérieur, tout était teinté d'ironie, comme s'il assistait à une farce. Il était certes le frère de la fille du défunt, mais ne voyait en cette cérémonie qu'un mimodrame solennel. L'homme qu'on mettait en terre et pour qui tous ces gens chantaient à intervalles réguliers d'une voix morne et plaintive était pour lui un inconnu et se résumait à la vision d'un visage barbu et à la chute d'un éclat doré.

La jeune femme – Elizabeth – sa sœur (se rappeler qu'elle était sa sœur n'était pas chose facile) avait gardé le silence au milieu de la cascade de voix. Quand l'employé des pompes funèbres referma le couvercle du cercueil, quelques villageoises curieuses se précipitèrent pour apercevoir une dernière fois le « défunt ». C'est seulement alors qu'elle avait manifesté son émotion. Elle s'était tournée pour leur faire face comme si elle allait les repousser, et sa bouche s'était tordue en un mot coléreux qu'elle n'avait pas prononcé. Elle fit un petit geste avec les doigts, à elle seule adressé, puis s'écarta, et l'employé des pompes funèbres referma le couvercle, aussi nonchalamment que s'il refermait un livre. Son geste n'avait rien d'irrévocable, même quand il enfonça les clous. Andrews aperçut un petit groupe de femmes qui murmuraient dans un coin. Elles observaient la scène en s'entretenant à voix basse, et la peur envahit un instant son esprit. Il regarda autour de lui et imagina tous les visages tournés vers lui. Les hommes, déçus par l'absence de bière, n'avaient d'autre choix que de causer et scruter avec curiosité l'intérieur du cottage, dans lequel ils n'étaient encore jamais entrés. Les femmes se moquaient un peu entre elles de la pauvreté des lieux, touchaient furtivement ici une chaise, là une table et faisaient des commentaires sous cape. Andrews crut qu'elles parlaient de lui. Les hommes étaient mal à l'aise, ils restaient groupés et se balançaient d'un pied sur l'autre. Ils en voulaient à leurs épouses de les avoir traînés dans un endroit où il n'y avait aucun rafraîchissement. La plupart possédaient de petites fermes et ils auraient mieux fait de vaquer aux corvées qui les attendaient. N'ayant rien d'autre à faire, ils observaient la jeune femme du coin de l'œil. Ils l'avaient souvent croisée mais avaient toujours eu peur de lui parler. Des rumeurs circulaient – elle aurait été la maîtresse du défunt, sa fille illégitime, une dizaine de versions contradictoires qui s'unissaient pour en faire quelqu'un de « peu fréquentable », à qui ne pas dire bonjour, ni parler du temps ou des récoltes, ou même saluer de la tête. La mort la rendait désormais abordable et un peu jalousée. Ils parlaient d'elle en catimini, moins pour qu'elle n'entende pas leurs commentaires que pour que leurs épouses ne les entendent pas, des commentaires sur son physique, sur son potentiel au lit, sur les joies qu'elle avait pu apporter à l'homme aujourd'hui mort. Andrews croyait qu'ils parlaient de lui.

Il fit un effort pour se ressaisir. Il se vit debout à l'écart, de toute évidence un étranger ici, indifférent et à part. « Elizabeth », lança-t-il, faussement désinvolte. Il avait la vague intention de les convaincre qu'il était son frère. Elle ne réagit pas, et il ne trouva rien d'autre à dire. Sa volonté retomba mollement. (« Car je suis un étranger à Tes côtés ; et un voyageur, comme l'étaient mes ancêtres. »)

Debout là-bas dans le cimetière brumeux à côté d'Elizabeth en deuil, Andrews éprouva pour la première fois un semblant de pitié pour son propre père. Ce dernier était venu le voir à l'école un jour. Andrews se trouvait dans la cour de récréation. C'était dans l'intervalle entre deux cours et il était en train de réviser sa grammaire latine. Il avait levé les yeux, surpris par la vision inattendue de son père, un homme grand et massif avec une barbe fournie, vêtu maladroitement, se dirigeant vers lui avec le directeur. Le directeur était petit, vif et bien habillé, avec des mouvements d'oiseau. Son père était timide, mal à l'aise, soudain conscient de sa masse rustre. Il avait dit : « Je passais dans le coin et je me suis dit que j'allais venir te voir. » Il s'interrompit, ne sachant trop quoi dire d'autre et resta là à se balancer d'un pied sur l'autre. « Heureux ? » demanda-t-il. Andrews avait la cruauté instinctive d'un enfant. Il revit son père à la maison, dominateur, brutal, un vrai tyran, peu avare des coups qu'il distribuait à sa femme ou à son fils. « Très », dit-il. Sa voix s'emplit d'un plaisir artificiel et il déclara avec une netteté tout aussi artificielle : « Nous étudions Horace ce trimestre, père, ainsi que Sophocle. » Le directeur était aux anges. Son père marmonna qu'il devait y aller, disparut à l'autre bout de la cour, son pas pesant trahissant son malaise.

Andrew ignorait alors ce qui retenait son père loin de chez lui pendant de brèves mais fréquentes périodes de paix bienheureuse. Il ne sut jamais la raison de cette visite malencontreuse. Peut-être se rendait-il sur la côte, la pensée que sa carrière serait tôt ou tard sanctionnée par la mort lui donnant envie de voir son unique conception de l'immortalité. Le voyage qu'il fit suivit de toute évidence son cours normal et habituel, car quelques semaines plus tard, quand Andrews revint chez lui pour les vacances, son père était là, dominateur, facilement agacé, son fouet toujours à portée de main, un fouet qu'il semblait réserver davantage à sa famille qu'à ses chiens. Un an plus tard, alors que l'enfant était à l'école et le père en mer, la mère mourut, avec la tranquille assurance d'une volonté brisée.

Le prêtre au pas traînant lisait son sermon d'une voix lasse et peu compréhensible, rendue encore plus confuse par la brume et le rhume. Les mots n'avaient pas plus de sens pour lui que n'en avait le défunt. C'était un rituel mécanique, moins conscient que l'acte de se brosser les dents.

« Je le dis à votre honte. Mais certains hommes diront : comment ressusciter les morts ? Et sous quelle apparence reviennent-ils ? Insensé, ce que tu sèmes ne peut revenir s'il ne meurt. »

Le cercueil avait été acheminé en charrette depuis le cottage. Avec Elizabeth à ses côtés, Andrews s'était enfoncé dans un mur blanc qui cédait devant lui à chaque pas avant de se refermer dans son dos. Les villageois les suivaient, leurs pas ne faisant guère plus de bruit que la brume qui gouttait des arbres et des buissons le long de la route. Le silence n'en était que plus sonore, du fait du clapotis régulier des pas et des gouttes d'eau. Ils distinguaient l'arrière de la charrette mais pas le cheval qui la tirait. Andrews regarda autour de lui et vit un régiment de fantômes. Les visages et les mains tendues de corps invisibles apparaissaient et disparaissaient. Il sut alors qu'il ne risquait rien tant que durerait l'enterrement. Il espérait, non pas ardemment – son esprit était trop engourdi pour cela – mais néanmoins avec un petit pincement au cœur, ne jamais atteindre le cimetière. Cette gêne s'était insinuée dans son sommeil, tout comme un sentiment fraternel pour la fille qui marchait lentement à ses côtés. Il somnolait et espérait vaguement ne pas se réveiller. Dans son sommeil, quelqu'un était allongé à ses côtés, qui ne serait plus là quand le jour se ferait dans son esprit.

Ils atteignirent le cimetière et, à mesure que se déroulait le service, la fatigue grandissait et menaçait de dissiper son inconscience. Il sentit que quelque part, en dehors de son esprit mais prêt, à la moindre occasion, à bondir en lui, gisait la peur à laquelle il s'était habitué. Il la maintenait à distance, hors de lui, mais la lutte, à mesure que les minutes s'écoulaient et que la voix du prêtre bourdonnait, était de plus en plus difficile.

Ils avaient déposé le cercueil au bord de la fosse, et le service allait bientôt toucher à sa fin. Le débit du prêtre s'accéléra comme le pas d'un cheval quand sa tête se tourne vers les écuries, de plus en plus rapide et en proie à une discrète excitation à la pensée de manger et se reposer après un long périple : « Ô saint et très miséricordieux Sauveur, toi le plus valeureux Juge éternel, ne souffre pas qu'à notre dernière heure, devant les tourments de la mort, nous nous détachions de toi. » Ils avaient abaissé le cercueil dans la fosse et commencé de la combler. Les pelles glissaient sur la terre que le froid avait durcie. Pour Andrews, les mottes de terre qui tombaient mesuraient le temps, scandant le retour imminent du danger. Il aurait aimé rester éternellement dans le froid et le brouillard à regarder le ballet des pelles. La peur assiégeait son esprit. Il ne pourrait pas longtemps l'empêcher d'entrer.

Des ballots de brume se délitaient. Les langues se délièrent alors doucement, rassasiées par la bénédiction qui venait d'être dite, et les villageois s'approchèrent de la tombe. Les fermiers formaient un cercle et contemplaient avec intérêt le petit monticule de terre. Les femmes observaient la parente du défunt. Selon les règles du village,

Elizabeth ne devait pas s'effondrer. Puis, après une brève lutte pour obtenir ce privilège, l'une d'elles passerait un bras autour de ses épaules et pleurerait avec elle. Plus tard, on leur demanderait de l'accompagner pour aller prendre un rafraîchissement. Leurs soupçons concernant la naissance et la moralité d'Elizabeth furent confirmés quand elle tourna abruptement le dos à la tombe.

D'une voix évoquant de la paille gelée, elle dit à Andrews : « Je t'en prie, débarrasse-moi de ces gens. Je ne veux pas d'eux. Je ne veux pas d'eux. » La brume s'entrouvrit, se referma – elle n'était plus là.

Andrews se retrouva seul. Il avait envie de tourner les talons, de courir et de mettre un mur de brume entre lui et ce rassemblement d'yeux étonnés. La solitude et la peur étaient comme un vide creusé par la faim dans son ventre. S'il s'éloignait ne serait-ce que de quelques pas, il disparaîtrait aux yeux du monde entier, enveloppé dans une couverture de laine blanche. Il pourrait alors jouir d'un réconfort puéril, enfouir sa tête sous les draps et ne plus craindre le grincement des vieux meubles, au fond d'une double obscurité. Pourquoi un homme devrait-il être harcelé comme il n'avait cessé de l'être, doté à la fois des instincts d'un enfant – désirs, peurs, réconforts – et de la sagesse d'un adulte ? En ces moments de crise, il se sentait physiquement coupé en deux –

un étirement douloureux des nerfs. Une part de lui disait : « Cache-toi dans la brume. Tu ne verras personne et personne ne te fera de mal. Tu seras réconforté. » L'autre part disait : « Insensé ! Tu feras jaser. » Il était le frère de la jeune femme. Il devait se comporter comme tel encore quelque temps. C'était la seule façon de s'en sortir indemne.

Il leur dit – non à eux mais seulement à leurs yeux étonnés et vexés : « Ma sœur ne va pas bien. Pardonnez-nous si nous ne vous convions pas chez nous. Elle a besoin d'être seule un certain temps. Vous comprendrez que ça a été pour elle un énorme choc. » Sa voix lui parut peu convaincante et forcée. Il attendit que l'espoir d'être invité cesse de luire dans leurs yeux. Puis il se lassa et s'éloigna. Ce faisant, il trébucha sur une pierre, qui avait glissé de la pelle d'un fossoyeur.

Quand il eut parcouru une dizaine de mètres, il heurta de nouveau une grille métallique et le froid du métal le ramena en partie à la conscience. Il longea à tâtons la grille, du bout des doigts, puisant un soulagement dans la légère douleur que lui infligeait le froid mordant. Quand ses pieds, piétinant dans un vide invisible, sentirent sous eux les ornières irrégulières de la route, il s'immobilisa. Il lui suffisait de la suivre sur huit mètres sur sa gauche, selon ses calculs, pour arriver aux lumières du cottage. Mais il n'avait aucune raison valable de revenir là-bas.

Il devait s'estimer reconnaissant d'avoir été hébergé toute une nuit et d'avoir pu bénéficier d'un havre de paix. Un havre chiche, pensa-t-il en ressentant vaguement de la faim. Il n'avait rien mangé depuis plus de quinze heures. Un reste de bonne éducation persistait en lui sous le double fardeau de la peur et de la faim, mais cette piètre relique ne lui donnait guère envie de jouer de nouveau les invités indésirables. Le fait qu'elle l'accepte sans manifester d'intérêt pour lui le dissuadait. Si seulement elle résistait un peu, alors il serait heureux d'être hébergé contre son gré. Il savait combien il était capable de s'abandonner à une juste colère et de s'oublier. C'est encore ce fichu esprit chrétien, pensa-t-il, ou bien son absence. Il voulait voir en elle une ennemie, ou alors une amie qui le prendrait en pitié et comprendrait sa peur. C'était sa froide neutralité qu'il détestait.

En proie à une détermination inattendue, il renonça à emprunter le chemin par lequel il était arrivé ce matin-là et s'enfonça en courant presque dans un avenir obscur. Plus il pensait à la jeune femme, plus il la détestait et se prenait en pitié. Si j'avais été un chat, songea-t-il, elle m'aurait donné à manger. Le fait qu'on ne lui ait rien proposé à manger, telle était la pensée qui le tourmentait. Penser à elle attisa tellement sa haine, elle était une telle incarnation de l'indifférence humaine qu'il faillit rebrousser chemin pour aller la retrouver. Il voulait la faire souffrir, la frapper, la faire pleurer. Elle ne sait pas ce que c'est que d'être seul et d'avoir peur, pensa-t-il. Si j'avais été un chat... Un arbre effleura son visage de ses brindilles humides ; même les choses inanimées semblaient le traiter avec un mépris désinvolte. « Je ne peux pas être lâche, pas complètement », dit-il d'une voix basse et implorante. Il avait fallu du courage pour écrire cette lettre et continuer de vivre parmi eux. Et se placer dans le camp de la justice, ajouta-t-il, avant que son esprit cède en sourdine à la jalousie.

Il eut conscience au bout d'un moment d'un sentiment gênant, qui n'était ni la peur, ni la honte, ni la faim. Revenir sur ses pas était dangereux, se dit-il. Je peux fuir cet endroit pendant que le brouillard persiste. Il marcha encore un peu, mais sans conviction. Carlyon est intelligent, pensa-t-il. Il va inspecter tous les refuges. Je suis plus en sécurité dans ce brouillard. Quand la faim se manifesta de nouveau en lui, il se rassura de façon illogique. Après tout, je peux trouver refuge ailleurs que dans ce cottage. Il s'aperçut qu'il était rassurant de parler tout haut. Le son ténu de sa voix lui tenait compagnie dans cette blanche obscurité, même si, assourdie par la brume, elle ne portait pas assez pour que d'autres l'entendent. Il commença d'imaginer un autre refuge ; aiguillonné par la faim, il repensa presque à contrecœur aux vieilles femmes bienveillantes. Mais un élément manquait dans ces songeries qui ne manquait pas la veille au soir. Son esprit le tiraillait comme son ventre, même s'il refusait de l'admettre. Il y avait quelque chose d'extrêmement frustrant dans l'accueil généreux qu'il imaginait, mais comment pouvait-il admettre le fait, bien trop ridicule pour être exprimé, qu'il n'avait qu'une envie, retourner dans ce cottage où il avait passé quelques heures inconfortables ? Il résista de toutes ses forces à cette pensée et pressa même le pas pour se soustraire à l'influence d'un enchantement néfaste. Dans sa lutte, pour la première fois ou presque depuis trois jours, il oublia sa peur et le danger qu'il courait. Il ne s'aperçut même pas qu'il gravissait la colline et que le brouillard se dissipait progressivement devant lui. S'il avait eu des oreilles pour entendre, ses propres paroles lui seraient parvenues avec une étonnante netteté en comparaison de son emprisonnement précédent.

« Un chat », dit-il, « elle aurait donné à manger à un chat », mais la colère restait confinée de façon déconcertante dans sa voix. Car, pour ce qu'il en savait, la jeune femme n'avait peut-être rien mangé elle aussi. Il s'accrocha à la pensée d'un chat comme il put, mais cette image d'inhumanité fut rapidement supplantée par de nouvelles lignes de réflexion, quand bien même il s'efforça de la garder intacte. Il se rappela quand elle l'avait emmené devant le mort, éveillant ainsi un bref sentiment d'intimité entre elle et lui, et il se rappela ses paroles sur la paix de Dieu.

La personnalité d'Andrews était faite de rêves superficiels, de sentimentalisme, de lâcheté, et pourtant il sentait en permanence derrière ces choses la présence d'un critique désagréablement soupçonneux. Et voilà que l'autre en lui se demandait s'il n'avait pas confondu cette paix avec de l'inhumanité. La paix n'était ni lâche, ni sentimentale, ni pleine d'illusion. La paix était une santé mentale qu'il doutait d'avoir jamais connue. Il se rappela la fois où, encalminé en mer pendant une interminable journée, il en était venu à détester la surface lisse et inaltérée des eaux et voir en elles le symbole d'une divinité d'une indifférence haineuse. Et pourtant, au cours de la semaine de tempête qui suivit, il avait aspiré de nouveau à cet état qu'il commençait à considérer comme de la paix.

C'est en sentant le soleil sur ses yeux qu'il revint à la réalité immédiate et perçut le danger. Il avait gravi la colline et émergeait à présent du brouillard aussi dense qu'un tunnel. Le brouillard formait une masse compacte derrière lui comme un mur blanc. Devant lui, de vagues volutes flottaient, adoucissant les haies, les rameaux élancés et les rayons du soleil. Toutefois, ce n'était pas la simple peur abstraite de la lumière qui fit sursauter Andrews. Un homme grand aux cheveux noirs et à la tête nue se tenait au milieu de la route.

Andrews reconnut aussitôt la position des jambes et des épaules qui semblaient indiquer un esprit juché sur la pointe des pieds. Il avait gravi si rapidement la colline que, quand il s'arrêta soudain, il manqua se retrouver à quatre pattes. Bien qu'ayant passé les trois derniers jours dans la peur presque continuelle de Carlyon, maintenant que le moment tant redouté était arrivé, son premier instinct ne fut pas de s'enfuir. Il paraissait incroyable de craindre à ce point Carlyon, l'homme dont il n'avait cessé de rechercher l'amitié dans une autre existence brutale. Il faillit s'avancer et toucher le coude de Carlyon quand la vision des mains de ce dernier le retint. Elles étaient serrées, crispées. C'étaient les mains d'un homme se tenant aussi immobile que possible pour tendre l'oreille. Andrews avait bougé un pied, et les épaules devant lui s'étaient raidies. Il se rappela une remarque que Carlyon lui avait faite un jour, motivée par une soudaine amitié. « Je reconnaîtrais ton pas parmi des milliers, Andrews. » Il distinguait l'étrange et laid visage de Carlyon aussi nettement que lorsque ce dernier l'avait regardé, nuancé d'une tendresse abstraite. Le visage était légèrement basané, et très anguleux. Un front bas trahissait l'intelligence cachée derrière. Ç'aurait été un visage grossier et presque criminel s'il avait été distinct du corps vif et massif et des yeux qui semblaient toujours contempler tristement des choses indéfinissables, sauf quand ils s'éclairaient d'une sorte de mépris pour le corps qui les abritait. Ce visage avait été décrit un jour comme celui d'un singe chevaleresque.

Ces mains, simiesques, étaient puissantes. Andrews, se déplaçant aussi doucement qu'il le put, recula de trois pas et fut avalé par le brouillard. Il resta là à écouter, le cœur battant follement ; le bruit de ses battements devait, pensa-t-il, étouffer tout autre bruit. Il ne voyait plus Carlyon et par conséquent était certain que ce dernier ne pouvait pas le voir. L'angoisse qui hérissait ses nerfs venait de ce qu'il ignorait si l'autre avait reconnu ou non ses pas. Il attendit, n'osant pas courir, car il aurait été alors contraint de lui tourner le dos.

Aucun bruit n'était audible, sauf celui de l'eau s'écoulant goutte à goutte d'une branche derrière son oreille droite. Il essaya de se persuader que Carlyon n'avait rien entendu, et pourtant il ne pouvait chasser la vision des mains crispées. Son esprit changea de tactique et il se dit que, même si Carlyon avait entendu et reconnu son pas, il n'avait rien à craindre. Après tout, Carlyon n'avait aucune raison de supposer que lui, Andrews, était à l'origine d'un certain affrontement désastreux. Carlyon était son ami. « Mon ami, mon ami, mon ami », se répéta-t-il pour essayer de calmer la panique dans son cœur.

Plusieurs minutes durent s'écouler avant qu'un bruit rompe le silence. Ce n'était pas un bruit qu'Andrews s'était attendu à entendre. C'était un sifflement grave, comme celui émis inconsciemment par un homme en proie à l'étonnement. Andrews avait compté six battements de cœur plus intenses quand le sifflement reprit. Puis ce fut le silence. Andrews s'écarta très prudemment sur le côté de la route et s'enfonça davantage dans le brouillard. Ses mouvements paraissaient extrêmement bruyants. Il se pencha en avant et tendit l'oreille. Une vague lueur orangée brillait là où le tunnel de brume s'interrompait brutalement. Quelques mètres plus loin se dressait l'invisible Carlyon. Andrews ne pensait pas qu'il ait bougé de plus de trente centimètres.

Andrews se pencha encore un peu plus en avant. Il crut percevoir un léger murmure. Il frissonna. La vision qu'il avait eue de Carlyon était troublante : son visage triste et simiesque, son dos immobile, ses mains crispées, en train de siffloter et murmurer pour lui-même. Pendant un moment, Andrews se demanda si son ami (il lui était impossible même en fuite et dans la panique de considérer Carlyon autrement que comme un ami) avait perdu la tête, suite aux récents événements. Il eut envie de quitter son tunnel et de prendre Carlyon par le bras. Il songea, comme il l'avait souvent fait, que tout aurait été si différent si Carlyon avait été son père. Hier soir, dans la forêt obscure, loin de Carlyon, il avait eu peur de lui. Désormais, confronté à un danger imminent, il était déchiré entre sa peur, une peur vive, irraisonnée, et une amitié qui était presque un amour contrarié, aigri.

Andrews songea qu'en d'autres circonstances il se serait avancé et aurait salué Carlyon, mais alors qu'il contemplait la lueur orangée, la peur se vit accorder une nouvelle occasion de l'emporter sur l'amitié. Une ombre traversa verticalement la lueur et disparut de nouveau sans un bruit. Quelqu'un venait de pénétrer dans le brouillard. Andrew recula de nouveau contre la haie et tendit l'oreille. Le silence était complet. Il était certain que quelque part, juste à côté, Carlyon lui aussi tendait l'oreille, essayant peut-être d'entendre ses battements de cœur qui se trahissaient par leur puissance. Puis une pierre fut délogée et roula lentement sur quelques mètres le long de la pente. Une deuxième ombre passa devant la lueur et disparut.

Ce fut probablement cette autre ombre, moins prudente, qu'Andrews entendit ensuite avancer à tâtons le long de la haie, accompagnée du bruit d'une petite brise dans les herbes rases. Son avancée était lente, tant son effort pour ne pas faire de bruit se révélait pathétique, pathétique du pathos d'un hippopotame marchant prudemment sur un tapis de brindilles sèches. Le pathos, toutefois, ne plut pas à Andrews, qui comprit très clairement qu'il allait être inévitablement repéré d'ici quelques minutes. Il ne pouvait s'enfuir sans se trahir, et son seul espoir était de s'avancer sans faire de bruit au milieu de la route. Mais où était passée la première ombre ? Carlyon ? Il fallait un courage qu'il n'avait pas l'habitude de solliciter pour éloigner son dos de la rassurante fermeté de la haie et s'avancer à découvert sur le chemin. Il craignait qu'en bougeant il n'entre en contact avec Carlyon. Seule la lente pression de la nécessité, symbolisée par le prudent craquement dans la haie qui se rapprochait de plus en plus, le contraignit enfin à bouger.

Les deux pas qu'il fit sur le chemin parurent silencieux même à ses propres oreilles, mais il n'était pas rassuré. Il se sentait complètement exposé. Bien qu'il ne pût rien voir, il sentit, alors qu'il restait là sans bouger, les bras ballants et impuissants, que tout le monde pouvait le voir. Il crut les entendre se diriger vers lui et eut l'envie folle de leur crier : « Stop, stop, stop, par pitié stop. » Il y avait un jeu auquel il jouait à l'école, où un garçon, trop souvent lui-même, tournait le dos à ses camarades en comptant jusqu'à dix, tandis que les autres enfants avançaient pour lui toucher le dos. Andrews avait sans doute oublié, tout en l'éprouvant encore en son for intérieur, la tension liée à l'attente, au décompte, à la possibilité d'une main se posant sur son dos. Aussi se mit-il à compter rapidement : « Un, deux, trois, quatre, cinq, six, sept, huit, neuf, dix », comme si, à dix, il allait connaître une rémission. Il ignorait pourquoi il comptait et il n'y eut pas de rémission.

Il se souvint qu'il avait sur lui un couteau, dans une poche, mais il ne savait plus laquelle, et il n'osait pas chercher. Il avait peur de ne serait-ce que lever une main, de crainte qu'elle fasse du bruit en fendant l'air. Il restait là, les bras ballants le long du corps, comme une poupée aux bras vidés de leur sciure. Après un temps considérable, le bruissement dans la haie cessa. Quelque part derrière lui, il entendit un murmure, bien trop faible pour qu'il en détache un mot. Puis il y eut un bruissement dans la haie de l'autre côté du chemin, plus rapide, plus sommaire. Puis cela aussi cessa et le murmure reprit et plana vaguement dans le brouillard. Il eut l'impression qu'il provenait tantôt de sa droite, tantôt de sa gauche, et d'autres fois de derrière lui. Le murmure se fit plus vif, parut palpiter désespérément, tel un oiseau enfermé dans une pièce. Andrews crut distinguer peu à peu des mots. Il pensa entendre à plusieurs reprises son propre nom, « Andrews ». Il se mit à espérer que Carlyon renonce aux recherches et accepte sa fuite. Comme pour confirmer cet espoir, les murmures se firent de plus en plus imprudents. Il put distinguer des phrases. « Quelque part ici », et « J'aurais juré entendre ses pas ».

Au bout d'un moment, la voix de Carlyon souffla comme un vent mélancolique à travers le brouillard. « Andrews », fit la voix. « Andrews. » Puis : « Pourquoi as-tu peur ? C'est quoi ton problème ? C'est Carlyon, juste Carlyon. »

La fascination qu'exerçait cette voix ! Elle semblait contenir tout ce qu'Andrews désirait sur terre – la paix, l'amitié, la fin d'une lutte inutile. Il eut envie de dire : « Je suis là, Carlyon », de s'allonger dans le brouillard et de dormir ; puis de se réveiller et de trouver Carlyon assis à côté de lui, lui parlant de ceci et cela avec une sombre bienveillance, noyant la fatigue écœurante du danger, l'odeur âcre de la fumée, la monotonie des vents par la fraîche beauté de sa voix. Au-dessus : le sempiternel crépitement des pieds sur le pont, le flap-flap-flap des voiles qui claquaient, les jurons, le mouvement, les bruits de pas, l'agitation ; en dessous : le visage simiesque de Carlyon transfiguré par la paix –

Vous étiez frais et verts,
Vous étiez pleins de fleurs,
Ô vous les clairs sentiers où
Sont passées les jeunes filles.

« Andrews, Andrews », avec une douce mélancolie. « Je ne dois pas, je ne dois pas », se dit-il en sanglotant nerveusement tout en essayant de rester silencieux, même si cet effort douloureux lui déchirait la gorge et la poitrine. « C'est fini. » Finis à jamais l'amitié, la poésie, le silence au cœur du bruit ; ne restaient que la peur et une fuite perpétuelle. Et il avait voulu trouver la paix.

Il s'aperçut alors que Carlyon n'avait rien dit depuis un bon bout de temps. Il était de nouveau entouré de silence, rompu seulement par les gouttes tombant des branches empesées de brume. L'espace qui s'était refermé sur lui pendant que parlait la voix s'étendit de nouveau de tous côtés. Il était seul dans l'étendue déserte du brouillard blanc, en l'absence de toute compagnie. Il tendit l'oreille encore un moment puis retourna en titubant dans le brouillard d'où il était venu. Il se dit que Carlyon s'était laissé abuser ou avait renoncé aux recherches. Il ne lui vint pas à l'esprit que Carlyon pût guetter patiemment le moindre bruit afin de savoir quelle direction il avait prise. Andrews courut en crabe le long d'invisibles ornières, le cœur lentement et étrangement de plus en plus léger.

4

Il devina la présence du cottage au rougeoiement d'une flamme invisible, qui s'immisçait dans la nappe blanche du brouillard et promettait chaleur, compagnie et nourriture. La peur n'avait pas chassé sa faim, elle l'avait enfouie dans une sensation plus violente encore. Ayant enfin retrouvé une paix intérieure, il se rappela ce que désirait son estomac. Il n'était à présent ni furieux ni effrayé, juste un peu mal à l'aise. Il avança prudemment, son esprit sur le qui-vive comme pour parer un coup.

Il scruta par la fenêtre la pièce que le jour n'éclairait plus. Un grand feu brûlait avec une sorte de férocité contenue et ses flammes rouges, au lieu de dispenser de la lumière, répandaient des flaques d'obscurité encore plus sombres dans la pièce. Il ne subsistait devant lui qu'un petit espace en demi-cercle, l'obscurité ainsi repoussée formant un mur plus dense à l'autre bout de la pièce. Accroupie dans cet espace éclairé, Elizabeth reprisait avec un éclair métallique – l'éclair de l'aiguille pareil aux étincelles qu'émet un charbon gazeux.

Sa silhouette se détachait si distinctement parmi les ombres, même déformée par la vitre, qu'Andrews ne se rendit pas compte que son propre visage était voilé. Il tapota avec les doigts en priant pour que le bruit soit doux et rassurant. La jeune femme leva les yeux et le fixa avec un mélange de peur, de perplexité et de doute, puis elle laissa tomber son ouvrage sur ses genoux. Il sourit mais sans savoir qu'elle ne pouvait pas voir son sourire, et ne devait distinguer au mieux qu'une vague grimace sur des lèvres presque invisibles. Il tapota de nouveau le carreau et la vit porter ce qu'elle était en train de repriser à sa poitrine et l'appuyer dessus légèrement. Comme elle était mince, pensa-t-il, alors qu'elle se levait (une Elizabeth brune, s'émerveilla-t-il de nouveau), les flammes dansantes jetant des reflets sur son corps pareils aux doigts avides et hébétés d'un amant. Sa main faisait tellement pression sur son sein qu'elle semblait vouloir atteindre son cœur pour en calmer les battements. Ce n'est qu'alors qu'Andrews comprit qu'elle ne pouvait pas le voir nettement, et qu'elle avait peur. Mais au moment où il s'apprêtait à la rassurer, le petit tremblement de peur quitta ses lèvres et elle sortit de la zone éclairée pour traverser les ombres jusqu'à la fenêtre.

Il entendit ses doigts tâtonner à la recherche du loquet. Puis elle ouvrit la fenêtre et recula. « Tu es vraiment revenu ? » murmura-t-elle, et il ne sut dire à sa voix si elle avait peur ou si elle était contente.

« Oui, oui », dit-il, « c'est moi. »

« Oh, toi », dit-elle d'une voix morne et déçue. « Qu'est-ce que tu veux ? » Il eut peur qu'elle referme la fenêtre et le laisse dans le froid, loin du feu qui crépitait.

« Tu veux bien me laisser entrer ? » demanda-t-il. « Tu n'as rien à craindre. » Et quand elle éclata d'un rire ironique, il enchaîna rapidement :

« J'ai fait ce que tu m'avais dit de faire. Je me suis débarrassé de tous ces maudits villageois.

« Était-il nécessaire de venir jusqu'ici pour me dire ça ? » demanda-t-elle.

« J'ai besoin d'un refuge », dit-il avec une simplicité désespérante. Il l'entendit s'éloigner et aller ouvrir la porte. « Entre donc, dans ce cas », lui lança-t-elle.

Il entra et s'approcha aussitôt de l'âtre, son état d'esprit du moment absorbé par le simple désir de se réchauffer, d'engranger de la chaleur par tous les pores de sa peau. Il eut l'impression que, dûment encouragé, il aurait pu se saisir des braises et les presser contre sa poitrine. Il plia son corps en d'étranges formes torves, afin que chaque partie de ce dernier reçoive la bénédiction des flammes qui gesticulaient gracieusement.

« Tu as quelque chose à manger ? » demanda-t-il. Acquiesçant froidement, comme il l'avait redouté, elle alla chercher une miche de pain, et l'aurait posée sur la table s'il n'avait pas tendu les mains pour la prendre. Toujours accroupi devant le feu, il en détacha des morceaux avec les doigts. Ce n'est que lorsque sa faim fut en partie rassasiée qu'une gêne prit forme dans son esprit et lui fit présenter des excuses.

« Je n'ai rien mangé depuis quinze heures », dit-il. « J'avais faim et froid dehors. C'est gentil de ta part… »

Elle s'avança dans le demi-cercle éclairé par le feu. « Je n'ai aucune raison de te laisser dehors », dit-elle. « J'ai été si seule. Plutôt ta présence que personne. »

Réchauffé par le feu, et sa faim rassasiée par le pain, il redevint badin.

« Tu ne devrais pas avoir de mal à te trouver de la compagnie », dit-il en riant. « Et qui t'attendais-tu à voir derrière la fenêtre ? »

« Nous l'avons enterré », dit-elle. « Je doute qu'il revienne. »

Andrews leva des yeux étonnés sur son visage pâle et tendu, marqué par un chagrin contrarié. « Ne me dis pas », commença-t-il, abasourdi, « que tu as cru… »

« Pourquoi n'y croirais-je pas ? » fit-elle, non pas indignée mais mue par une naïve curiosité. « Il n'est mort que depuis peu. »

« Mais les morts ne reviennent pas », dit Andrews de la même voix ténue qu'il adoptait, enfant, dans la chapelle de l'école.

« Leur esprit, si », répondit-elle, et son visage calme et blanc continua de l'interroger.

« Tu crois à ces choses ? » demanda-t-il, non pour se moquer, mais avec un réel intérêt teinté d'espoir.

« Bien sûr. On en parle dans la Bible. »

« Dans ce cas », il hésita un moment, « si les gens ne meurent pas vraiment, quand on les enterre, on peut encore leur faire du mal, les faire souffrir, se venger. »

« Faut-il que tu sois bien cruel », dit-elle avec effroi, « pour penser une telle chose. Mais n'oublie pas qu'eux aussi peuvent nous faire du mal. »

Elle se rapprocha du feu et se tint à côté de lui ; il bougea un peu sous le regard clair et courageux de ses yeux. « Je n'ai pas peur de toi », dit-elle. « Tu es juste une connaissance, mais quand tu es arrivé hier soir tu étais un inconnu et j'ai eu peur. Mais je me suis dit alors que lui », et elle désigna la table comme si le cercueil était encore là, « ne me laisserait pas sans défense. C'était quelqu'un de mauvais, mais il me voulait, et n'a jamais laissé quiconque s'en prendre à moi. »

« Je n'ai jamais eu l'intention de te faire du mal », marmonna Andrews, avant d'ajouter d'un ton plaintif : « C'est juste la peur qui m'a conduit ici. Vous autres ne semblez rien comprendre à la peur. Vous vous attendez à ce que tout le monde fasse preuve du même courage que vous. Ce n'est pas la faute d'un homme s'il est courageux ou lâche. Il est né comme ça, c'est tout. Mon père et ma mère m'ont fait. Je ne me suis pas fait moi-même. »

« Je ne t'ai rien reproché », protesta-t-elle. « Mais tu sembles toujours oublier Dieu. »

« Oh, ça », dit-il. « C'est un peu comme tes fantômes. Je ne crois pas à ces fadaises. J'aimerais bien croire aux esprits, et me dire qu'on peut encore faire du mal à un mort », ajouta-t-il avec un mélange de passion et de mélancolie.

« C'est impossible s'il est au paradis », commenta-t-elle.

« Ce n'est pas le cas de celui que je déteste », dit-il avec un rire rageur. « Étrange, n'est-ce pas, à quel point on peut détester un mort. On pourrait presque croire à ton histoire. Si les morts sont transparents comme l'air, on doit pouvoir les respirer, non ? » Il tordit les lèvres comme s'il avait un mauvais goût dans la bouche.

Elle le regarda bizarrement. « Au fait, tu es allé où après l'enterrement ? »

Il se mit à parler avec une colère pleine de ressentiment : « Je t'ai dit que c'était juste la peur qui m'avait conduit jusqu'à toi, non ? Eh bien, je ne veux pas t'embêter davantage. »

« Et c'est aussi la peur qui t'a ramené ici ?

« Oui, du moins pas complètement. » La vision de ses cheveux noirs, de son visage pâle et de ses yeux sereins semblait l'exaspérer. « Vous autres les femmes, vous êtes toutes pareilles. Vous êtes tout le temps sur vos gardes avec nous. Vous imaginez toujours qu'on veut s'en prendre à vous. Vous ne savez pas ce que veut un homme. »

« Qu'est-ce que tu veux ? » demanda-t-elle, et d'ajouter avec un sens pratique qui augmenta son absurde colère : « À manger ? Il me reste encore un peu de pain dans un placard. »

Il eut un geste impuissant de la main, qu'elle interpréta comme un refus. « On finit par se lasser de ses semblables », dit-il, « de leur grossièreté, de leurs poils – tu ne comprends pas. Il m'est arrivé parfois de payer des filles des rues juste pour leur parler, mais elles sont comme toutes les autres. Elles ne comprennent pas que je ne veux pas de leur corps. »

« C'est vous autres les hommes qui nous avez dit quoi penser », l'interrompit-elle avec une légère amertume qui entamait la paix de son esprit.

Il ne releva pas son propos. « Je vais te dire pourquoi je suis revenu. Tu peux te moquer. Cet endroit me manquait. »

Il lui tourna le dos. « Je ne te fais pas la cour. Ça n'a rien à voir avec toi. C'est juste cet endroit. J'ai dormi ici, or je n'avais pas dormi depuis trois jours. » Il attendit en voûtant les épaules qu'elle éclate de rire.

Elle n'en fit rien et au bout d'un moment il se retourna. Elle avait contemplé son dos. « Ça te ne fait pas rire ? » demanda-t-il, moqueur. Ses rapports avec elle étaient entachés d'une nécessaire méfiance. La première fois qu'il était venu, il s'était méfié de ses actes et maintenant il se méfiait de ses pensées.

« Je me demandais de qui tu avais peur et pourquoi je t'aimais bien », dit-elle. Ses yeux le détaillèrent de haut en bas et s'arrêtèrent sur son pied droit. « Tes chaussettes sont tout usées », dit-elle simplement, mais la façon dont elle retournait les mots avec sa langue, jusqu'à ce qu'ils sortent pour ainsi dire polis, conférait à leur simplicité un sens caché.

« Elles ne sont pas en soie », dit-il, s'attendant toujours à ce qu'elle se moque.

Elle tendit la main qu'elle avait posée au préalable sur sa hanche. « Tiens, prends cette chaussette », dit-elle. « Dis-moi si elle te va. »

Il s'en empara aussi prudemment que s'il s'était agi d'un étrange reptile et la retourna dans tous les sens. Il vit qu'elle avait été en partie reprisée et se souvint qu'il l'avait vue depuis la fenêtre travailler à la lumière de l'âtre.

« C'est ce que tu reprisais quand j'étais derrière la fenêtre », dit-il. Elle ne répondit rien, et il s'exclama de nouveau : « Une chaussette d'homme », fit-il.

« C'était à lui », dit-elle.

Il rit. « Tes fantômes portent des chaussettes ? » demanda-t-il.

Elle serra et desserra les mains, comme lorsqu'une remarque stupide vous rend nerveux. « Il fallait que je m'occupe », murmura-t-elle rapidement comme si son souffle avait été épuisé par une course trop longue et harassante. « Je ne pouvais pas rester sans rien faire. » Elle lui tourna le dos et s'approcha de la fenêtre puis posa son front contre la vitre, comme si elle cherchait la fraîcheur ou peut-être un soutien.

Andrews retourna la chaussette dans sa main. Devant la fenêtre, la silhouette d'Elizabeth était immobile. Il n'arrivait même pas à entendre sa respiration. Une zone d'ombre les séparait, et les flammes dansantes faisaient des efforts vains mais répétés pour traverser l'ombre. L'obstination patiente de leur compassion lui fit honte, et il fut arraché un court instant à sa peur, à sa haine et à son mépris pour lui-même, en proie brièvement à un désir désintéressé d'autosacrifice. Il ne franchirait pas ce pont d'ombres, car il craignait que, s'il la touchait, c'en soit fini de la nature inaccessible de sa beauté – son esprit chevaleresque s'effacerait alors devant la personne lâche et brutale, le sentimental concupiscent auquel il était habitué. Pendant un instant, son moi critique resta silencieux ; il était bel et bien ce moi.

Il était sur le point d'esquisser un vague geste de contrition, quand le lâche en lui bondit et lui ferma la bouche. Sois prudent, le mit-il en garde. Tu es un fugitif ; tu ne dois pas t'attacher. Au moment même où il cédait devant cet argument, il regretta sa reddition. Il sut que, pendant quelques secondes, il avait connu le bonheur, le même, mais en plus intense, que celui que lui avaient procuré naguère la musique, la voix de Carlyon, l'amitié entre hommes.

Le brouillard blanc avait viré au gris. L'obscurité véritable approchait, mais ça ne changea rien à l'aspect de la pièce. Andrews, sentant la chaleur confortable du feu derrière lui, se demanda comment allait Carlyon, lui qui évoluait dans un monde autrement plus glacial et inquiétant. Mais était-il vraiment aussi inquiétant ? Carlyon jouissait de l'amitié et de la confiance de ses deux compagnons de fuite. Il n'était pas seul. La manie qu'avait Andrews de s'apitoyer sur lui-même le reprit, alors qu'il fixait le dos immobile de la fille.

« Ne pourrait-on allumer quelques bougies et rendre cette pièce plus gaie ? » demanda-t-il.

« Il y a deux bougeoirs sur la table », dit-elle, en gardant le front appuyé contre la vitre, « et deux sur la commode. Tu peux les allumer si tu veux. »

Andrews roula un bout de papier qu'il trouva dans sa poche et s'en servit comme d'une allumette pour l'enflammer dans la cheminée. Puis il passa d'un bougeoir à l'autre, et des petites flammes pointèrent, perçant les ombres. Elles grandirent et de discrets halos se formèrent à leur pointe, diffusant une lueur poudreuse pareille aux particules qui dansent dans un rayon de soleil. Protégées des courants d'air par la brume environnante, elles se consumaient toutes droites, s'achevant en une pointe aussi fine qu'une aiguille. Les ombres se réfugièrent au fond de la pièce où elles restèrent tapies tels des chiens qu'on a grondés.

Après avoir allumé la dernière bougie, Andrews se retourna et vit qu'Elizabeth le regardait. La joie et la peine parvenaient à se succéder sur son visage sans perturber le sérieux de ses yeux, lesquels semblaient poser sur l'existence un regard entièrement dénué d'émotion. Les bougies nimbaient à présent son visage de gaieté. Elle fit comme si elle n'avait pas cédé brièvement au chagrin et joignit les mains ; il l'observait, stupéfié par ce rapide changement d'humeur.

« Ça me plaît », dit-il. « Prenons le thé. Je suis content d'avoir quelqu'un à qui parler – même toi. » Elle s'approcha de la commode et commença à sortir des assiettes, des tasses, une miche de pain, un peu de beurre, une bouilloire qu'elle remplit et mit sur le feu. Avec fierté et respect, elle sortit une boîte à thé de la commode, la manipulant avec autant de vénération que s'il s'agissait d'un coffret en or.

« Je n'ai pas bu de thé depuis que je suis parti de chez moi… Mais j'en avais envie », dit-il lentement. Il hésita. « C'est bizarre que tu me traites ainsi, comme un ami. »

Approchant les deux seules chaises de la pièce près de la cheminée, elle l'observa d'un air vaguement amusé. « Tu trouves que je te traite comme un ami ? » demanda-t-elle. « Je ne saurais le dire. Je n'en ai jamais eu. »

Il eut soudain envie de tout lui raconter, de lui dire ce qu'il fuyait et pour quelle raison, mais la prudence et une sensation de paix le retinrent. Lui-même souhaitait oublier tout ça, il voulait juste se raccrocher à ce sentiment croissant d'intimité, de deux esprits avançant côte à côte, et regarder le feu danser dans l'ambre sombre du thé.

« C'est bizarre », dit-il, « ça fait longtemps que je rêve d'un thé comme ça. Quand on fréquente des hommes mal dégrossis, on rêve parfois de raffinement – et le thé me semble un symbole de ça – paix, intimité, femme, causerie – et la nuit dehors. »

« Une miche de pain, dit-elle, pas de confiture, pas de gâteaux.

« C'est pas grave. » Il médita devant l'épaisse tasse en porcelaine qu'il tenait maladroitement d'une main peu habituée à ce genre de chose.

« Que viens-tu faire ici ? » demanda-t-elle. « Tu détonnes. Tu dois être un étudiant, à mon avis. Tu as l'air perdu dans tes pensées. »

« Même un étudiant a besoin de courage, non ? fit-il amèrement. Et je ne suis pas du genre rêveur. Je déteste les rêves.

« À quoi aspires-tu, au fond ? » Elle l'observait comme si c'était un drôle d'animal inconnu.

« À être rien et vide », dit-il sans hésiter.

« Mort ? »

Le son de ce mot parut détourner son regard vers la fenêtre, laquelle donnait à présent sur l'obscurité totale.

« Non, non », dit-il, « pas ça. » Il eut un petit frisson et reprit. « Quand il y a de la musique, on ne voit rien et on ne pense à rien ; on entend à peine. Un bol – et la musique se déverse dedans jusqu'à ce qu'il n'y ait plus de "je", je *deviens* la musique. »

« Mais pourquoi, pourquoi en es-tu venu à vivre ainsi ? » demanda-t-elle, et elle fit un petit geste de la main qui semblait englober sa peur, son malheur, son corps en fuite et son esprit.

« Mon père faisait ça avant moi, répondit-il.

« C'est tout ? »

« Non, j'étais fasciné », dit-il. « Je connais un type dont la voix est plus proche de la musique que toutes les voix que j'ai entendues. » Il hésita puis la regarda et dit : « À part la tienne. »

Elle ne releva pas le compliment, mais, fronçant légèrement les sourcils en regardant le feu, serra sa lèvre entre ses petites dents pointues.

« Il ne peut pas t'aider maintenant que tu as des ennuis ? demanda-t-elle. Tu ne peux pas aller le voir ? »

Il la regarda d'un air stupéfait. Il avait oublié qu'elle ne savait rien de son histoire ni de sa fuite loin de Carlyon, et parce qu'il l'avait oublié, sa remarque lui fit l'effet d'une sage suggestion. « Andrews, Andrews », l'écho d'une voix douce et mélancolique lui parvint. « De quoi as-tu peur ? C'est Carlyon, juste Carlyon. » La voix était empreinte de cette pure et fraîche poésie qu'elle aimait. Pourquoi, en effet, ne pas aller trouver Carlyon et avouer le tort qu'il avait fait et s'expliquer ? Cette voix ne pouvait que comprendre. Il agirait comme la femme qui a péché devant le Christ, et cette comparaison ne lui parut entachée d'aucun blasphème, tant l'envie de se lever et de sortir dans la nuit était forte.

« C'est de lui que tu as peur ? » demanda-t-elle en guettant un changement sur son visage.

Il avait trouvé sa voix elle aussi musicale, et maintenant il restait là sans bouger, à observer avec un étrange désintérêt les deux musiques entrer en conflit pour la maîtrise de ses mouvements. L'une était subtile, tout en suggestions et souvenirs, l'autre, simple, précise, retentissante. L'une invitait à fuir la réalité pour le rêve ; l'autre était la réalité, délibérément saine. S'il restait, il devrait tôt ou tard affronter sa peur ; s'il partait, il quitterait le calme, la clarté, la sagesse instinctive pour un vague et incertain refuge. Comment Carlyon accueillerait-il sa confession ? Carlyon était un romantique avec la tête dans les nuages, qui détestait quiconque le mettait en contact avec la terre infâme. L'esprit oscillant encore entre les deux musiques différentes, Andrews se rappela soudain un autre Carlyon, un Carlyon qui avait abattu un de ses propres hommes dans le dos, parce qu'au cours d'un transport de marchandise l'homme avait violé une jeune fille. Ça n'avait pas fait de vagues, car l'homme en question était un lâche, impopulaire auprès de l'équipage qui, en dépit de ses défauts et vilenies, se distinguait par son courage. Andrews revoyait le visage de Carlyon, alors que ce dernier s'éloignait de la masse sombre qui gisait sur la plage baignée d'argent par la lune. Les yeux songeurs qui brillaient sous le front simiesque étaient empreints de dégoût et d'une sorte de désillusion. Ils avaient repris la mer extrêmement vite, de peur que le coup de feu ait alerté les douaniers, mais Carlyon avait été le dernier à monter sur le bateau. Il l'avait fait avec une immense répugnance comme un homme ayant laissé un être cher à terre – et c'était bel et bien le cas – qu'il ne reverra pas pendant de nombreuses semaines, une illusion d'aventure, on ne peut plus romantique.

« Andrews, Andrews », la voix avait perdu son charme. Cette musique n'ensorcelait plus, car

Andrews se rappelait à présent que c'était avec la même mélancolie et le même regret dans la voix que Carlyon s'était adressé au contrebandier coupable. Désignant la mer, il lui avait dit : « Regarde là-bas. Tu peux me dire ce que c'est ? » et l'homme lui avait tourné le dos pour scruter une étendue de minuscules corniches, qui se formaient, avançaient, tombaient et reculaient, et continuaient de se former, d'avancer, de tomber et de reculer, tandis que ses yeux se vitraient dans la mort.

« Je ne peux pas aller le trouver », dit-il tout haut.

« Mais si c'était lui qui venait te voir… ? » demanda-t-elle, comme si elle voulait apaiser une querelle stupide entre deux écoliers dont l'honneur a été bafoué.

« Non, non », dit-il, et il se leva alors en proie à une peur lancinante. « C'est quoi, ça ? » murmura-t-il. Elizabeth se pencha en avant sur sa chaise et tendit l'oreille. « Tu imagines des choses », dit-elle.

Avec une brutalité inattendue, il frappa sa main, qui était posée sur la table, avec son poing, et elle retint son souffle. « Mais parle moins fort, bon sang », dit-il. « Tu veux que le monde entier sache que je suis ici ? Alors, tu as entendu ? » Et cette fois-ci elle crut entendre un vague bruit de graviers piétinés guère plus fort que le bruissement des feuilles. Elle acquiesça très lentement.

« Quelqu'un arrive sur le chemin », murmura-t-elle. La main qu'il avait frappée se raidit en un petit poing déterminé.

« Bon sang », marmonna Andrews en regardant autour de lui. Elle désigna du doigt la porte qui donnait dans la remise où il avait dormi la nuit précédente. Il s'en approcha rapidement sur la pointe des pieds, puis, se retournant, vit qu'elle avait repris la chaussette qu'il avait laissée tomber par terre. Le rougeoiement du feu jetait des couleurs sur son visage pâle et serein. Il referma la porte et resta dans l'obscurité de la remise, agité de brefs frissons comme un homme en proie à la fièvre.

Le bruit qu'il entendit ensuite n'était autre que la voix de Carlyon. Sa soudaineté le transperça. Il pensait qu'il aurait eu le temps de réagir, d'être averti à l'avance, ne serait-ce que par un coup frappé à la porte ou le déclic d'un loquet qu'on levait.

La voix lui parvint, bienveillante et rassurante, par le trou de la serrure et par une fente. « Veuillez m'excuser », disait-elle. « Je me suis complètement perdu dans ce brouillard. »

Ripostant par sa clarté à la mélodie trompeuse, la voix d'Elizabeth ferrailla avec celle de Carlyon telles deux épées s'entrechoquant. « Pourquoi n'avez-vous pas frappé ? » demanda-t-elle.

Avait-elle compris, se demanda Andrews en tendant l'oreille dans l'obscurité, qu'il s'agissait de l'homme dont il avait peur ? Il chercha vainement dans son esprit apeuré un moyen de la prévenir. Il croyait voir le visage simiesque de Carlyon la regarder avec une franchise désarmante. « On n'est jamais assez prudent par ici », dit-il. Sa voix paraissait un peu plus proche comme s'il s'était avancé devant le feu. « Vous n'êtes pas seule ? » demanda-t-il.

Andrews porta une main à sa gorge. Quelque chose l'avait trahi. Peut-être, tandis qu'il restait là dans le noir comme un aveugle, désignait-elle sa cachette sans rien dire, d'un clin d'œil, d'un haussement de sourcil. Il eut l'envie soudaine d'ouvrir la porte en grand et de se jeter sur Carlyon. Deux hommes qui règlent ça entre eux, pensa-t-il, jusqu'à ce que le critique intérieur en lui, qui ne dormait jamais, le raille : « Tu n'es pas un homme. » Au moins, un lâche peut être rusé, protesta-t-il et, s'agenouillant par terre, il colla un œil à la serrure. Il lui fallut un peu de temps avant de repérer où se tenaient Carlyon et la jeune femme. Celle-ci était assise sur sa chaise, une main glissée dans la chaussette, cherchant calmement des trous à repriser. Elle surjoue le calme, pensa-t-il, effrayé. Carlyon était debout devant elle, il l'observait avec un mélange apparent de respect et de regret. Il fit un petit mouvement vers les deux tasses, qui trônaient avec une effronterie éhontée sur la table.

Elle termina son examen de la chaussette et la posa sur ses genoux. « Je suis seule », dit-elle. « Mon frère vient juste de sortir. Il n'est pas loin », ajouta-t-elle. « Je peux facilement lui demander de venir, si vous restez. »

Carlyon sourit. « Vous ne devez pas avoir peur de moi », dit-il en souriant. « Je connais peut-être votre frère. Est-il d'une taille un peu au-dessus de la moyenne, de carrure mince, les cheveux foncés, avec des yeux obstinés et craintifs ? »

« Ce n'est pas mon frère », dit Elizabeth. « Il est petit et trapu – et très costaud. »

« Alors ce n'est pas votre frère que je cherche. » Carlyon prit une des tasses. « Il devait être là il y a peu de temps », dit-il. « Le thé est encore chaud. Et il est parti précipitamment sans finir son thé. Bizarre qu'on ne se soit pas croisés. » Il regarda autour de lui sans chercher à cacher sa curiosité.

« C'est ma tasse que vous tenez là », dit Elizabeth, en ajoutant d'un ton sarcastique : « Ça vous dérange que je la finisse ? »

Andrews, toujours agenouillé devant la porte, desserra un peu son col alors que les lèvres d'Elizabeth touchaient le rebord de la tasse et qu'elle buvait ce qu'il restait. La coupe de l'amitié, pensa-t-il amèrement, mais son amertume disparut sous une vague d'humilité qui, pendant un moment, chassa la peur de son esprit. Il s'était agenouillé pour avoir une vue d'ensemble de la pièce mais c'est maintenant dans son cœur qu'il s'agenouillait devant elle. C'est une sainte, pensa-t-il. La charité et le courage dont elle faisait preuve en cachant sa présence à son ennemi lui avaient paru aller de soi ; mais dans son esprit confus et tordu, le fait de boire dans la même tasse que lui se para d'une surprenante noblesse. Ça le toucha là où il était le plus vulnérable : la conscience de sa propre lâcheté. Agenouillé dans l'obscurité non seulement de la pièce mais de son esprit, il s'imagina qu'elle avait touché sans hésiter ses lèvres à lui et souillé à jamais les siennes.

« Je n'ai pas croisé votre frère », répéta Carlyon, toujours avec une nuance de tendresse empreinte de regret.

« Il y a une autre sortie », dit-elle. Carlyon se retourna et Andrews, qui regardait par la serrure, eut l'impression que leurs regards se croisaient. Son humilité et sa confiance disparurent aussi rapidement qu'elles étaient apparues. Elle m'a trahi, pensa Andrews, et ses doigts paniqués cherchèrent son couteau. Mais il n'osa pas l'ouvrir, même quand il le trouva, de peur que le déclic se fasse entendre à travers la porte fermée. Carlyon semblait regarder droit dans sa direction. Il paraissait incroyable qu'il ne voie pas l'œil qui l'observait à travers le trou de la serrure, et pourtant il hésitait, rendu perplexe peut-être comme Andrews par le courage de la fille, se disant qu'elle devait être complice, qu'on lui tendait un piège. Puis Elizabeth parla de nouveau sur un ton insouciant et sans se presser, se penchant en avant pour réchauffer ses mains au feu : « Il ne sert à rien d'aller là », dit-elle. « Il a fermé la porte à clé en partant. »

Pour l'homme dans la pièce obscure, le temps s'immobilisa, pendant que Carlyon hésitait. Il suffisait que ce dernier ouvre la porte pour qu'Andrews soit démasqué. Mais Carlyon n'en fit rien. En partie peut-être parce qu'il redoutait un piège, mais la principale raison en était son drôle d'esprit chevaleresque qui l'empêchait de montrer ouvertement qu'il doutait de la parole d'une femme. Il se retourna et se tint au milieu de la pièce, abîmé dans une perplexité presque pathétique. S'il avait su à l'avance qu'il allait devoir affronter une femme, il aurait envoyé un de ses compagnons à sa place, ce petit rusé de Harry, ou l'éléphantesque Joe.

Elle l'observait avec un vague amusement, le détaillant depuis son front fuyant et ses yeux enfoncés jusqu'au contraste étrange de ses petits pieds. « Vous êtes tout crotté », commenta-t-elle en jetant un regard affligé au sol, encore brillant après le lessivage de Mrs Butler.

« Je suis désolé », dit-il, « vraiment désolé. Le fait est… »

« Ne prenez pas la peine de mentir », murmura-t-elle d'un air absent, son attention semblant se reporter sur le feu qui rougeoyait. « Vous cherchez quelqu'un. Ça se voit. À moins que vous ne fuyiez l'autre homme. »

« L'autre homme ? » Il se pencha un peu en avant, sur le qui-vive, et une fois de plus Andrews s'attendit à une trahison. Le fait de boire à même sa tasse, qui l'avait empli d'une grande humilité, semblait à présent mettre en valeur ce qu'il croyait être la vilenie de sa trahison.

« L'homme que vous avez décrit », dit-elle, « l'homme effrayé, obstiné. »

« Il est ici ? » Andrews entendit à peine le murmure de Carlyon. La main droite de Carlyon s'était glissée dans une poche intérieure.

« Il a dormi ici cette nuit », dit-elle.

« Et maintenant ? »

« Il est parti ce matin, en direction du nord, je crois, mais je ne suis pas sûre. »

« Oui, c'est vrai », murmura Carlyon. « J'ai failli le croiser, mais il s'est de nouveau échappé dans ce maudit brouillard. Il reviendra peut-être ici. »

Elle rit. « J'en doute », et elle désigna le coin où était posée l'arme qui n'était pas chargée. « La peur », ajouta-t-elle, « et la honte. »

« Et votre frère ? » demanda-t-il, dans un dernier sursaut de méfiance.

« Il n'était pas là hier soir, mais j'ai prévenu votre ami qu'il serait rentré ce soir. Dois-je vous prévenir vous aussi ? »

« Je n'ai pas peur », répondit Carlyon. « Ni honte. »

Elle considéra de nouveau ses habits couverts de boue. « Mais vous aussi vous fuyez quelque chose ? » demanda-t-elle.

« La justice », répondit Carlyon avec une franchise surprenante, « pas mes amis – ni moi-même », ajouta-t-il, d'un air triste et songeur.

« Pourquoi toute cette histoire ? » demanda-t-elle. Ses yeux, attisés par les reflets du feu, le fixaient avec une sincérité passionnée, condamnant, en un jugement équitable, sa boue, sa fuite, sa traque.

Il l'observa, fasciné, non sans mal, comme s'il essayait d'accommoder son regard à quelque objet brillant obscurément au fond d'un puits sombre et profond. « C'est une sorte de Judas », dit-il tout bas, à contrecœur.

« Il ne semblait pas très fortuné », dit-elle. « Vous en êtes sûr ? »

« Non. Mais si je lui mettais la main dessus, j'en aurais le cœur net sur-le-champ. Il n'a pas le courage de cacher quoi que ce soit. » Il frissonna légèrement alors qu'un courant d'air s'insinuait sous la porte.

« Vous avez froid », dit Elizabeth. « Approchez-vous du feu. » Il la regarda un moment comme si sa bonté l'étonnait puis s'avança vers la cheminée et laissa la chaleur et les flammes teindre d'or rouge ses mains. « Pourquoi ne pas le laisser en paix ? » demanda-t-elle. « Vaut-il tous ces ennuis et ces risques ? »

Du fond de leurs orbites, les yeux de Carlyon la fixaient prudemment, comme s'il se demandait jusqu'à quel point il pouvait se faire comprendre de cette sereine inconnue. « Je le connais très bien », dit-il d'une voix hésitante. « Nous étions amis. Je le hais à présent. Je suis certain que c'est de la haine. »

La voix de la jeune femme le toucha comme une flamme lente et chaude : « Je vous écoute », dit-elle.

Il la regarda de nouveau tandis qu'une forme d'étonnement montait lentement hors d'une source sombre et profondément enfouie. « Vous avez une belle voix », dit-il. « C'est comme si vous étiez prête à jouer de la musique au premier inconnu venu. Vous savez qui je suis ? » demanda-t-il.

« Un contrebandier », dit-elle, et elle attendit.

« Tout comme l'homme qui était ici la nuit dernière. Nous étions amis. Je lui ai dit des choses que je ne dirais aujourd'hui à personne – je lui ai parlé des choses que j'aimais et je lui ai dit pourquoi je les aimais. Et après trois ans en notre compagnie, il nous a dénoncés à la police. »

« Vous en êtes sûr ? »

« Quelqu'un a forcément dû nous dénoncer », dit-il. « Six hommes sont en prison accusés de meurtre. Il y a eu un affrontement et un inspecteur des Douanes a été tué, le pauvre homme. Quatre d'entre nous se sont échappés ; les deux qui m'accompagnent, et Andrews, qui a tout fait pour nous éviter. Et quand s'est-il échappé ? Avant qu'on nous tombe dessus. J'en suis certain. Pourquoi a-t-il peur de moi ? Je sais qu'il a peur. » Ses yeux, qui avaient contemplé le monde avec tristesse et méfiance, semblaient se cacher encore plus profondément dans son crâne. « Vous ne pouvez pas comprendre à quel point il a tout gâché. C'était une vie rude, mais elle avait quelque chose de plaisant – aventure, courage, gains élevés. Nous voilà désormais des gibiers de potence, des assassins. Ne trouvez-vous pas infâme », s'écria-t-il soudain, « qu'un homme soit abattu pour une simple caisse d'alcool ? Comme tout ça semble réduit à un triste et sale manège. »

Elle le regarda avec compassion, mais sans sympathie. « Ce devait être ça depuis le début. »

Il haussa les épaules. « Oui, mais je l'ignorais alors », dit-il. « Devrais-je le remercier de m'avoir éclairé là-dessus ? »

Elle sourit aux vrilles des flammes qui se déroulaient d'elles-mêmes puis se recroquevillaient. « La mort d'un homme et la fin de votre rêve valent-ils tout ce tapage ? » demanda-t-elle en élevant un peu la voix comme si elle voulait que sa protestation s'étende au-delà de la stupidité de l'homme jusque dans le brouillard enveloppant et la nuit.

« Vous êtes pleine de bon sens », dit-il tristement. « Vous autres les femmes n'en manquez pas, jamais. Un rêve, c'est parfois tout ce que possède un homme. Je vous trouve belle, bonne et compatissante, mais ce n'est qu'un rêve. Vous vous connaissez parfaitement, vous savez ce que vous convoitez, vous avez peur des insectes, vous êtes pleines de répugnants désirs physiques. Vous ne trouverez jamais un homme qui vous aimera autrement que comme un simple contour à remplir. Un homme oubliera jusqu'à ses propres caractéristiques s'il le peut, au point de paraître un héros épique, mais seule une femme verra qu'il n'est qu'un sot. Seule une femme est capable d'aimer une vraie personne. »

« Vous avez peut-être raison », dit-elle, « même si je ne comprends pas grand-chose à ce que vous racontez. Mais j'ai connu autrefois un homme qui a tellement oublié ses propres caractéristiques, comme vous dites, qu'il a cru qu'il était un lâche et rien d'autre. »

« C'est moins courant », répondit Carlyon. « En général, les femmes nous voient tels que nous sommes, et pour cela nous les détestons. Je suppose que cet homme aimait la femme qui le voyait pour ce qu'il était. »

Elle renonça soudain à son sérieux et rit. « Mon pauvre », se moqua-t-elle, « et dire que vous haïssez votre ami parce qu'il vous a vu tel que vous étiez. Comme vous êtes bête de perdre votre temps pour une telle haine. »

Il fit un petit geste avec ses mains en direction du feu, comme s'il voulait saisir sa lumière et sa chaleur et les porter à son cerveau. « Oui », dit-il. « Je le hais », puis il attendit, en l'observant depuis son front bas, l'implorant presque de le convaincre de sa futilité et de sa haine.

« Mais que feriez-vous, au fait, si vous le retrouviez ? » demanda-t-elle.

« Je ferais en sorte d'avoir raison », répondit-il, « puis je le tuerais. »

« Et à quoi cela vous avancerait-il ? »

Il s'écarta un peu d'elle et pencha la tête en arrière, comme s'il protégeait quelque chose d'infiniment précieux. « À rien », dit-il, « mais j'ai une mission. »

Elle posa sur lui un regard aussi attendri que suppliant. « Vous courez un danger pire que la potence », dit-elle.

Il la regarda d'un air soupçonneux. « Pourquoi toutes ces arguties ? » demanda-t-il. « Serait-ce que vous appréciez cet homme ? » Il la dévisagea avec regret et dégoût comme il aurait regardé une belle image souillée par l'ordure. « Vous êtes-vous entichée de lui en une nuit ? »

« Non », dit-elle simplement. « Mais je connais la haine depuis que je suis toute petite. Pourquoi ne quittez-vous pas ce pays ? Si vous restez, vous allez juste vous nuire, ou nuire à quelqu'un qui ne le mérite pas. Ça se passe toujours comme ça. »

Il ne releva pas ses propos, mais observa son visage avec curiosité et fascination. « Si je pouvais vous emmener », murmura-t-il, « je connaîtrais la paix et la charité. Vous avez remarqué », dit-il tout bas, ses yeux la fixant comme ceux d'un chien depuis une cage, « qu'il y a toujours un moment de silence au beau milieu d'une tempête ? » Il leva à moitié les bras comme pour repousser cette nécessité qui le jetait dans la tempête, puis les laissa retomber lentement, tristement.

« Vous êtes libre », murmura-t-elle, ses yeux l'observant non d'entre des barreaux mais à travers le brouillard doré que formaient les flammes du feu, « vous n'êtes pas obligé. »

Il haussa les épaules et déclara avec une désinvolture pleine de ressentiment : « Oh, la paix n'est pas pour moi. » Il tourna les talons, mais à peine avait-il fait trois pas vers la porte qu'il revint.

Il ne la regarda pas mais demanda avec une nuance de gêne :

« Vous dites qu'il est parti vers le nord ? »

« Oui », dit-elle.

« Bien sûr. Je le sais. Nous avons failli le croiser. » Il se balança sur ses pieds. « J'ignore comment vous vous appelez », reprit-il. « Je ne veux pas qu'il vous arrive des ennuis. Si jamais il revenait, vous ne devez ni l'abriter ni le prévenir. »

« Est-ce un ordre ? » demanda-t-elle, gentiment moqueuse.

« Oui », dit-il et il ajouta précipitamment : « Mais je vous en supplie aussi. Ne vous mêlez pas de tout ça. Vous n'appartenez pas à notre monde, à tout ce bruit, cette haine. Restez avec la paix. »

« Les deux sont-ils aussi distincts ? » demanda-t-elle.

Il l'écoutait, la tête penchée sur le côté et les yeux à demi fermés, comme un homme en présence d'une musique ténue. Il se couvrit alors les yeux un moment avec la main. « Vous m'embrouillez les idées », dit-il.

« Sont-ils si distincts ? » répéta-t-elle.

« Qu'ils restent distincts », dit-il en s'emportant, amer, « vous ne pouvez pas vous joindre à nous, et il est trop facile pour nous de vous trouver. »

« Où allez-vous ? » demanda-t-elle.

« À sa recherche », répondit-il. « Je vais le retrouver. Je le connais trop bien pour le perdre. »

« Et il vous connaît », ajouta-t-elle.

Carlyon se rapprocha de nouveau d'elle. « Est-ce qu'il se moquait de moi tout ce temps quand nous étions amis ? » demanda-t-il. « C'est un lâche et les lâches sont rusés. Je lui ai parlé des choses que j'aimais. Je lui ai lu des choses, j'ai partagé avec lui mes enthousiasmes. Je ne peux lui faire oublier ce que je lui ai dit qu'en le tuant », ajouta-t-il avec un pathos incongru.

Elizabeth dit : « Étaient-elles aussi secrètes que ça, ces choses ? »

Il s'écarta d'elle d'un air soupçonneux, comme s'il craignait qu'elle aussi ait des visées sur ses pensées les plus intimes. « Je vous ai prévenue », dit-il brusquement. « Je ne vais pas vous déranger davantage. Vous feriez mieux de ne pas parler de moi à votre frère. Je ne lui veux aucun mal non plus. » Il tourna les talons une fois de plus et se dirigea d'un bon pas vers la porte, comme s'il avait peur qu'une parole de plus le retarde. Quand il ouvrit la porte, un courant d'air emplit la pièce de fumée et de brume. Il eut un petit frisson. Il referma la porte, laissant derrière lui la vision du visage d'Elizabeth, la sérénité de ce dernier troublée par une vague et obscure pitié.

5

Andrews remit le couteau dans sa poche. L'obscurité qu'il avait trouvée froide redevint chaude et amicale. Il se sentait submergé par une immense gratitude et n'avait pas envie d'ouvrir la porte et de rappeler sa présence à Elizabeth. Dans son état d'esprit, elle lui était aussi inaccessible qu'une image, aussi sainte qu'une vision. Il se rappela son arrivée au cottage et la dernière chose qu'il avait vue avant de s'effondrer d'épuisement, le visage pâle et déterminé de la jeune femme encadré par deux flammes jaunes.

Aussi discrètement que s'il était en présence d'un mystère, il tourna la poignée de la porte et demeura sur le seuil, hésitant et timide. Elizabeth se tenait près de la table, elle nettoyait les tasses et les assiettes qu'ils avaient laissées.

« C'est toi ? » dit-elle sans lever les yeux. « Remets tout ça dans le placard », et quand il eut obéi elle retourna près du feu, se pencha pour tisonner les braises et murmura sur un ton à la fois acerbe et amusé : « Deux idiots. »

Andrews se balançait d'un pied sur l'autre. Face à ce constat terre à terre et cinglant, il se sentait incapable d'exprimer quelque remerciement que ce soit. Il tripota nerveusement un bouton de sa veste et finit par déclarer d'une voix presque indignée : « Je te remercie. »

« Mais à quoi rime tout ça ? » demanda-t-elle en écartant les mains, son geste empreint à la fois de perplexité et d'ironie. « Je déteste les mystères », ajouta-t-elle, l'air songeur derrière ses yeux noirs qu'émaillait en surface une sorte d'amusement.

« Tu n'as pas écouté ce qu'il a dit ? » fit Andrews, et il parla si bas qu'Elizabeth dut se pencher pour entendre ses paroles : « Une sorte de Judas. »

« Suis-je censée croire tout ce qu'il a dit ? » demanda-t-elle en posant sur Andrews un regard innocent et moqueur. « C'est ton ennemi. »

« Et ce que j'ai dit, tu le crois ? » demanda-t-il en devinant furieusement la réponse qu'elle allait faire.

« Bien sûr », dit-elle. « Je t'écoute. »

Il la regarda, étonné, et tous ses instincts mélodramatiques et sentimentaux se levèrent en lui pour profiter de l'occasion. Oh, quel soulagement, pensa-t-il, avancer en titubant, tomber à genoux devant elle, pleurer, dire : « Je suis à bout.

Un homme traqué par quelque chose pire que la mort. » Il entendait sa propre voix se briser en prononçant cette phrase. Mais alors qu'il était sur le point de céder à ces instincts, son autre moi, le moi dur et critique, s'exprima avec une précision inattendue : « Pauvre idiot, elle ne sera pas dupe. N'es-tu pas assez reconnaissant pour dire la vérité ? » Mais, s'insurgea-t-il alors, je perdrai toute chance d'être réconforté. Toutefois, quand il se tourna vers elle, le critique l'emporta. Il resta là sans bouger, les mains jointes dans le dos, la tête un peu penchée, guettant intensément et nerveusement une trace de mépris chez elle.

« Tout est vrai », dit-il.

« Je t'écoute », répéta-t-elle.

« Ce n'est pas une histoire qui peut t'intéresser », protesta-t-il, dans un vain espoir pour éviter une autre humiliation.

Elle s'assit, posa son menton sur sa main et le regarda avec un amusement amical. « Tu dois gagner ta nuit d'hébergement avec une histoire », dit-elle. « Approche. »

« Non. » En dernier ressort, il tenait à conserver une posture physique qui lui permettait de la regarder de haut. « Si je dois parler, je parlerai ici. »

Il fit tourner un bouton de sa veste jusqu'à ce qu'il pende au bout de son fil de coton. Il ne savait pas par quoi commencer. Il ferma les yeux et un flot de parole l'emporta.

« Nous acheminions de l'alcool depuis la France », dit-il, « et je les ai trahis. Ça s'arrête là. J'ai écrit à l'inspecteur des Douanes de Shoreham et j'ai indiqué une date, une heure et un lieu. Quand on a accosté, les douaniers nous attendaient. Il y a eu un échange de tirs, mais j'ai réussi à m'enfuir. Il semblerait qu'un douanier ait été tué. » Il rouvrit les yeux et la regarda avec colère. « Épargne-moi ton mépris », dit-il. « Tu ne sais pas ce que j'ai fait, pensé, senti. Je suis un lâche, je le sais, et vous êtes tous et toutes incapables de comprendre un lâche. Vous êtes si courageux, si sereins. »

Faisant fi de son emportement, elle l'observa d'un air songeur. « Je me demande pourquoi tu as agi ainsi », dit-elle.

Il secoua la tête et répondit, comme en proie à un espoir secret : « Tu ne comprendrais pas. »

« Mais pourquoi t'es-tu lancé dans la contrebande ? Tu n'es pas fait pour ce métier. »

« Mon père était contrebandier », dit Andrews. « Un contrebandier ordinaire et brutal, mais sacrément malin. Il a mis de l'argent de côté et m'a envoyé à l'école. À quoi bon apprendre le grec si je devais passer ma vie ainsi ? » et sa main engloba d'un geste vague la chambre nue, la nuit froide, ses habits crottés et la peur. Il se rapprocha un peu plus du feu.

« Je vais te dire pourquoi il m'a envoyé à l'école », dit-il, en se penchant en avant comme pour lui faire une confidence. « C'est pour qu'il puisse s'en vanter. Il était fier de son succès. On ne l'a jamais attrapé et ils n'ont jamais eu la moindre preuve contre lui. Son équipage le vénérait. Sache qu'il est devenu une légende sur cette côte. Tu es la première personne à qui j'ose parler de ces choses. Et tout le temps que j'ai passé en mer, je voyais bien qu'il se demandait comment une telle montagne avait pu accoucher d'une telle souris. »

« Pourquoi détestes-tu ton père à ce point ? » demanda Elizabeth. « C'est à cause de tout ça ? », et dans sa tête elle imita le geste englobant qu'il avait fait une minute plus tôt.

« Oh non », dit-il, « non. » Il la regarda avec une intensité désespérée, en cherchant vainement chez elle un signe de compréhension. Il plaidait devant elle non comme un avocat devant un jury mais comme un prisonnier déjà condamné par son juge. « Tu ne peux pas comprendre », dit-il, « ce que c'était que de vivre parmi ces hommes. Je ne pouvais rien faire qui ne soit jaugé à l'aune de mon père et réprouvé. Ils n'arrêtaient pas de me parler de son courage, de ce qu'il aurait fait, du héros qu'il était. Et tout ce temps je savais des choses qu'ils ne soupçonnaient pas, le fait qu'il battait ma mère, sa suffisance, son ignorance, ses manières brutales et bestiales. Ils ont fini par baisser les bras », dit-il en souriant tristement. « J'étais sans importance. Ils étaient gentils avec moi, et charitables, parce que cet homme était mon père. »

« Mais pourquoi, pourquoi t'es-tu compromis avec eux ? » insista-t-elle.

« C'est Carlyon », dit-il tout bas, en se demandant si le sentiment qui lui tordait le cœur quand il prononçait ce nom était de l'amour ou de la haine. C'était en tous les cas amer et irrévocable.

« L'homme qui était ici ? »

« Oui », dit Andrews. « Mon père a été tué en mer et ils ont jeté son corps par-dessus bord, si bien que, même mort, la justice ne pouvait rien contre lui. J'étais à l'école. Ma mère était morte depuis quelques années. Je pense qu'il lui a brisé le cœur ; si tant est qu'il puisse exister quelque chose comme un cœur brisé. Il l'a brisée physiquement, en tout cas. » Le visage d'Andrews pâlit comme en proie à la chaleur aveuglante d'un feu intérieur. « J'aimais ma mère », dit-il. « C'était une femme pâle et paisible qui aimait les fleurs. Nous avions l'habitude de nous promener ensemble pendant les vacances et d'en cueillir un peu partout. Puis on les aplatissait et on les mettait dans des albums. Un jour où mon père était à la maison – il avait bu, je pense –, il nous a surpris. Nous étions si concentrés que nous ne l'avons pas entendu nous appeler. Il a déboulé, a arraché les pages de l'album et les a froissées dans ses poings, de gros poings encombrants. Il était d'une corpulence encombrante, épais, maladroit, barbu, mais doté d'une intelligence vive et de petits yeux. »

« Pourquoi ta mère l'a-t-elle épousé ? » demanda Elizabeth.

« Ils se sont enfuis ensemble », dit Andrews. « Ma mère était une incurable romantique. »

« Et à la mort de ton père ? »

« Ça remonte à plus de trois ans », reprit Andrew d'un ton aussi las que s'il parlait de trois siècles. « Je finissais l'école, et Carlyon est venu nous apprendre la nouvelle. J'étais heureux. Il me semblait, n'est-ce pas, que ça signifiait la fin de ma peur. Mon père me battait impitoyablement, il affirmait que ça me donnerait du courage. Je crois qu'il perdait un peu la tête sur la fin. La mort de ma mère l'a effrayé, car il était superstitieux. Quand j'ai appris sa mort, j'ai cru que c'était le début d'une vie paisible. »

« Et pourquoi pas ? » demanda Elizabeth. « Pourquoi tout ça ? »

Il pencha la tête d'un air maussade. « J'étais seul », dit-il. « Je ne savais pas trop quoi faire. Carlyon m'a demandé de partir avec lui et j'ai accepté. » Il leva la tête et dit avec véhémence : « Tu ne comprends pas ? Tu as vu l'homme par toi-même ? Il y a quelque chose chez lui... J'étais un gamin », ajouta-t-il comme s'il était un vieux évoquant un lointain passé. « J'étais peut-être romantique comme ma mère. Dieu sait que je devrais être guéri de ça maintenant. Il était courageux, aventureux et pourtant il aimait la musique et des choses que j'aimais, les couleurs, les parfums, toute cette part de moi dont je ne pouvais parler à l'école ou à mon père. Je suis parti avec Carlyon. Quel idiot j'ai été. Comment peut-on être aussi stupide ? »

Elle tordit les lèvres comme si elle avait un drôle de goût dans la bouche. « Oui, mais la trahison ? » dit-elle.

Il se redressa, s'écarta un peu. « Je ne m'attends pas à ce que quiconque comprenne », dit-il. Il donna momentanément une impression de grande dignité, qu'il gâta par une soudaine capitulation. « Tu n'as pas idée de la vie que j'ai menée avec eux. Il y avait des tempêtes et j'étais malade en mer. Il y avait des périodes de longue attente la nuit près de la côte, des signaux qui n'arrivaient pas, et je ne pouvais pas cacher ma nervosité. Et il n'y avait pas d'espoir que ça change, que la paix vienne un jour hormis sous les aspects de la mort. Mon père avait laissé à Carlyon ce bateau et tout l'argent qu'il avait mis de côté. C'est pour ça que Carlyon est venu me voir dans le Devon. Il était curieux de rencontrer le fils négligé, et je pense qu'il a eu pitié de moi. Je crois qu'il m'aimait bien », ajouta Andrews à regret, avec de nouveau un serrement douloureux au cœur.

« J'ai cru que mon père était mort », reprit-il, « mais j'ai vite découvert qu'il m'avait suivi à bord. Le premier membre de l'équipage que j'ai rencontré, alors qu'on me hissait sur le pont, s'appelait Joe, c'était une créature stupide, maladroite, un gros balourd, une sorte de taureau de concours. “Tu auras bientôt le pied marin, petit”, me dit-il, “si tu es le fils de ton père.” Ils vénéraient mon père, tous hormis une espèce de jeune crétin chétif du nom de Tims, dont mon père avait fait son serviteur attitré. Je suppose que mon père le maltraitait. Il avait coutume de me regarder sournoisement de loin avec un mélange de haine et de peur jusqu'à ce qu'il comprenne que je n'étais pas “le fils de mon père”, et il s'est alors mis à me traiter avec familiarité, parce que nous avions tous deux été battus par la même main. » Andrews marqua une pause, puis reprit avec une ironie exagérée qui ne masquait pas son sentiment de honte. « Ils ont assez vite compris que je n'étais pas comme mon père, mais ils sont restés gentils et ne m'ont dit que six fois par jour ce que mon père aurait fait dans telle ou telle circonstance. Je me réfugiais souvent auprès de Carlyon. Il ne parlait jamais de mon père devant moi. »

Andrews s'était exprimé calmement, mais non sans une certaine tension dans la voix. Soudain, il parut craquer : « J'ai beau être lâche », s'écria-t-il, « je n'en ai pas moins un cerveau, non ? Ils se fichaient pas mal de mon intelligence et me traitaient comme un enfant, ils ne me demandaient jamais mon avis et ne souffraient ma présence que parce que j'étais le fils de mon père et là par la volonté de Carlyon. Je vaux largement Carlyon. N'ai-je pas berné cet idiot à l'instant ? » explosa-t-il d'un ton hystérique et triomphal. Puis il se tut devant la calme passivité d'Elizabeth, se rappelant qu'elle avait porté la tasse à ses lèvres et l'avait empli, lui, d'humilité, alors qu'il restait accroupi dans le noir. Il avait envie maintenant qu'elle prenne la parole, l'accuse longuement d'ingratitude, plutôt que de le juger sans rien dire de ses yeux paisibles. Il se mit à détester son silence et ne cessa d'agiter les mains. « Je vais leur montrer que je vaux quelque chose », dit-il.

Elizabeth porta une main à sa tête comme sous le coup d'une douleur. « C'était donc une fois de plus la haine », dit-elle d'une voix lasse. « La haine semble présente partout. »

Andrews la dévisagea avec étonnement. Un nuage aussi petit qu'une main d'homme venait de passer sur l'immense sérénité qu'elle affichait. Pour la première fois, il éprouva un malheur qui n'était pas le sien. En regardant le visage blême posé sur de petits poings serrés, uniquement caressé par le rougeoiement du feu, il en voulut au monde entier, à l'obscurité qui les entourait, à la peur, à la gêne, à tout ce qui pouvait gâcher son bonheur parfait. « C'est une sainte », pensa-t-il en se rappelant, les yeux près de verser des larmes de gratitude, la manière dont elle l'avait sauvé de Carlyon.

Il se rapprocha prudemment, désireux, contrairement à sa nature, de ne pas se mêler d'une peine qu'il ne pouvait partager. « C'est à cause du défunt », pensa-t-il, et il sentit poindre en lui une horrible jalousie. « C'est donc vrai », murmura son autre moi, « c'est toujours la haine ».

« Non », dit-il tout haut, en s'adressant en partie à elle et en partie à son autre moi, « pas ici. La haine n'est pas ici », et quand elle leva les yeux vers lui, le front plissé, il ajouta : « Je te remercie. » La pauvreté de ces mots ! Il eut conscience d'être un corps grossier et encombrant dans des vêtements sales, et il explosa d'indignation : « Il n'est pas juste que tout ça t'atteigne. » Soudain, en esprit, il tendit les deux mains à son critique intérieur et le supplia de prendre le contrôle de ses actes, ne serait-ce que pendant quelques minutes. Il dit à Elizabeth : « C'est ma faute. Je le sais. Peut-être n'est-il pas trop tard. Je vais partir maintenant – là, tout de suite. » Il se tourna vers la fenêtre et regarda avec dégoût et dédain la nuit froide au-dehors. Là-bas se trouvait un endroit adapté à la haine où il comptait s'installer, et laisser en paix cette petite pièce chaude et sa blême occupante. Pourtant, il n'avait pas envie de partir. Ce n'était pas dû seulement au fait que, dehors, Carlyon et ses deux compagnons le recherchaient, mais aussi au fait qu'il allait laisser ici quelqu'un dont le regard recélait, entraperçue obscurément et seulement par moments, la promesse de ses deux moi enfin réunis, une paix qu'il avait parfois ressentie en écoutant de la musique.

Il hésitait, honteux, sa détermination mise à mal par ses propres paroles. « Tu n'es pas obligé de partir », dit-elle. « Tu ne m'as fait aucun mal. » Voyant qu'il n'avait pas été affecté par sa déclaration peu enthousiaste, elle ajouta à contrecœur : « Je ne veux pas que tu partes. »

Andrews se tourna vers elle. « Tu le penses vraiment ? » demanda-t-il.

« Oh, ce n'est pas pour ta fascinante personnalité », dit-elle d'un ton légèrement moqueur. « Mais je suis lasse de vivre seule ici. Je n'ai même plus de corps avec moi. »

« Non, mais l'âme ? » lança-t-il, se méprenant délibérément sur ses paroles, concevant le corps de la jeune femme comme une enveloppe belle et fragile, contenant tout juste son esprit léger et posé qui exprimait tour à tour la moquerie, l'amitié, le chagrin, le rire et ce toujours avec une nuance tenace de sérénité.

Elle ne comprit pas. « Je ne sais pas où elle est », dit-elle. « Elle me protégera de toute façon. J'ai dit qu'il était jaloux, non ? Si tu étais soûl et concupiscent », ajouta-t-elle avec une franchise qui le surprit, « je ne risquerais rien. »

« Oui. Tu ne craindrais rien de ce genre, en effet », dit Andrews, « mais la mort ? »

Elizabeth rit. « Oh, je n'ai jamais pensé à ça », dit-elle. « J'aurai bien le temps d'y penser quand je serai vieille. »

« Comme ce doit être merveilleux de vivre ainsi sans la peur de la mort », dit Andrews, l'air songeur. « Tu as bien du courage. Tu es toute seule ici. » Il avait complètement oublié sa décision de partir et, avec une familiarité soudaine mais nullement agressive, il s'assit par terre à ses pieds et laissa le feu baigner ses traits d'une chaude lueur. Aux yeux d'Elizabeth, les rides avec lesquelles la peur avait faussement vieilli son visage semblaient avoir disparu, et c'était celui d'un gamin qui l'observait avec l'enthousiasme d'un gamin. Elle sourit. « Pas du courage, juste de l'habitude », dit-elle. Il se pencha vers elle, la dévisagea intensément comme s'il ne voulait pas rater la moindre nuance, le plus petit mouvement des muscles cachés, le plus léger changement dans la couleur de ce qu'il commençait à considérer comme des yeux parfaits. « Je t'ai raconté mon histoire », dit-il. « Raconte-moi la tienne. Tu as dit que je pouvais passer la nuit ici et il est trop tôt pour dormir. »

« Ce n'est pas une histoire intéressante », dit Elizabeth. « J'ai toujours vécu ici. Je ne suis jamais allée plus loin que l'école de Shoreham. »

« Et cet homme… qui est mort ? » demanda Andrews, tenaillé une fois de plus pas une étrange jalousie.

« J'étais là la première », dit-elle, comme si telle Vénus elle faisait valoir sa priorité sur la mort. « Je suis née ici, je crois, mais je ne me souviens pas de mon père. Il devait être mort ou alors il avait abandonné ma mère. L'argent qu'on avait venait de mon grand-père, un riche fermier pour autant qu'on puisse être riche dans cette région. Pour le reste, ma mère prenait des pensionnaires, quand elle en trouvait, et quand elle n'en trouvait pas, il y avait un peu moins à manger, c'est tout. »

« Et cet homme ? » répéta Andrews avec une insistance enfantine.

Elle sourit.

« Il t'intéresse beaucoup », dit-elle. « C'était un des pensionnaires de ma mère. Il travaillait à Shoreham, aux Douanes, un simple employé dans les bureaux. Ça ne le rendait guère populaire dans le voisinage, où, comme tu dois le savoir, tout le monde a une cave et est de mèche avec les contrebandiers. C'était un paria, d'autant plus qu'il vivait ici, loin des siens. Ça m'a longtemps intriguée. Il ne fréquentait personne, en partie par choix, en partie par nécessité. Ce qui est étrange, c'est qu'il ait pu soudain prendre sa retraite avec assez d'argent pour vivre convenablement le restant de sa vie.

« Je me souviens de ce jour. Je devais avoir dix ans. Nous menions une vie très isolée, tu sais, dans ce cottage. Nous n'occupions que cette pièce. Il y a deux chambres à l'étage », et elle désigna une petite porte à gauche de la cheminée. « Ma mère et moi dormions dans l'une, et Mr Jennings – c'était le nom qu'on lui connaissait – dans l'autre. Il prenait le petit-déjeuner et le souper avec nous ici en bas. Mais après le souper, comme c'était un homme taciturne et discret qui ne semblait guère priser la compagnie, nous montions dans notre chambre pour vaquer à nos occupations. J'ignore ce qu'il faisait dans son coin à part réfléchir et peut-être s'assoupir dans un fauteuil près du feu, mais je me réveillais parfois en pleine nuit et l'entendais monter dans sa chambre. C'était peut-être un de ces malheureux qui ont du mal à trouver le sommeil. Tu as vu son visage. Tu n'as pas trouvé qu'il avait quelque chose d'insomniaque ? »

« J'ai trouvé que c'était un visage méchant et sournois », dit Andrews.

« Oh non », protesta Elizabeth, mais doucement. « Il était sournois, peut-être, mais il n'était pas méchant. Il était bon avec moi, à sa façon », et elle resta à songer au passé un moment, l'air perplexe et soucieux.

« Un soir, après le souper, nous nous étions levées comme d'habitude pour nous retirer dans nos chambres, quand il nous a demandé de rester.

La chose m'a surprise, mais ma mère n'a pas eu l'air troublée. C'était une fataliste, tu sais, et ça la rendait à la fois sereine et très peu perspicace. Nous sommes restées assises, moi impatiente de connaître la raison, mais ma mère ne manifestant en apparence aucun intérêt. Elle a repris son ouvrage et s'est mise à coudre, comme s'il avait toujours été dans ses habitudes de travailler dans cette pièce. Au bout d'un moment, il a dit : "Je suis très bien ici." Ma mère a levé les yeux et dit : "Merci", et elle s'est remise à coudre. Sa réponse m'a paru bizarre. Je trouvais que c'était lui qui aurait dû la remercier, et non l'inverse. »

« Ta mère était-elle pâle et belle ? » demanda Andrews, « avec des cheveux noirs et des yeux calmes ? »

« Elle était brune », dit Elizabeth, « mais potelée et avec des joues très colorées. »

« Tes joues sont colorées », dit Andrews d'un air songeur, non comme s'il lui faisait un compliment mais comme s'il discutait froidement d'une beauté inanimée, « mais sur un fond blanc, comme une fleur tombée sur de la neige. »

Elizabeth sourit un peu, mais ne lui prêta pas plus d'attention que ça.

« Mr Jennings s'est mordillé l'ongle du pouce – une habitude chez lui – et a regardé ma mère d'un air soupçonneux. "Vous allez mourir un jour", a-t-il repris. "Qu'adviendra-t-il alors de ce cottage ?" J'ai regardé ma mère, prise d'effroi, m'attendant presque à la voir mourir sur-le-champ sous mes yeux. "L'endroit sera vendu", dit-elle, "et l'argent ira à ma fille." "Et si vous me le vendiez à moi maintenant", a proposé Mr Jennings, puis, croyant que ma mère allait faire un commentaire étonné, il a enchaîné aussitôt : "Votre prix sera le mien, et vous pourrez rester ici avec votre fille aussi longtemps que vous le désirez. Vous pouvez faire profiter votre enfant de cet argent. Je suis très bien ici, et je ne veux pas prendre le risque d'être mis à la porte quand vous mourrez." Il était étonnant de voir à quel point il estimait calmement qu'elle mourrait la première, alors qu'ils avaient tous les deux le même âge. J'ignore s'il percevait en elle des signes d'une maladie qui m'échappaient, mais elle est morte dans l'année. Bien sûr, elle a accepté sa proposition. »

Quelque chose plus proche du reflet du chagrin que du chagrin lui-même passa sur le visage d'Elizabeth, et elle reprit sans tarder son récit, en feignant le détachement.

« C'est tout juste s'il a paru remarquer que ma mère était morte », dit-elle. « Je suis restée, je lui ai préparé ses repas comme ma mère l'avait fait, et je me suis occupée du ménage. Pendant quelques semaines, j'ai eu peur qu'il me demande de partir, mais ça n'a pas été le cas. Il me donnait chaque semaine de l'argent pour la maison, et je n'ai jamais eu besoin d'entamer le pécule que m'avait laissé ma mère. Il n'allait plus travailler et passait son temps à faire de longues promenades sur les collines ou à rester assis près du feu à lire la Bible. Je doute qu'il l'ait jamais lue dans la continuité. Il l'ouvrait au hasard et posait son pouce sur un passage. Quand ce qu'il découvrait lui plaisait, il se mettait à lire, et dans le cas contraire il repoussait l'ouvrage et sortait se promener longtemps, puis revenait fatigué, avec un air de chien battu. Il ne m'adressait que très rarement la parole.

« C'était une vie très solitaire pour une enfant et, un jour, j'ai rassemblé mon courage et demandé si je pouvais retourner à l'école. Il a voulu savoir combien ça coûterait et quand il a su que c'était trois fois rien, il a accepté et m'a confié un mot pour la maîtresse, en demandant à ce qu'ils accordent une attention particulière à l'instruction religieuse. À partir de ce moment, il a fait davantage attention à moi. Je lui faisais la lecture le soir et débattais parfois de certains détails théologiques. »

« Quelle étrange enfant sage tu as dû être », dit Andrews.

« Oh non », protesta Elizabeth en riant. « J'étais comme tous les enfants. Il y a eu des moments de révolte, quand je disparaissais dans Shoreham pour jouer avec d'autres enfants ou allais me distraire au cirque ou à la foire. Au début, il ne remarquait pas mon absence, ce qui était humiliant, mais quand j'ai commencé à lire la Bible, il est devenu plus attentif et parfois me battait. Parfois, aussi, pendant les repas, je levais les yeux et découvrais qu'il m'observait. »

Une fois de plus, Andrews éprouva un absurde pincement de jalousie. « Comment a-t-il pu se contenter de te voir grandir toutes ces années ? » intervint-il.

« J'étais une enfant », dit-elle simplement en matière de conclusion, avant d'ajouter : « Il était très occupé par son âme. »

Andrews eut un petit rire méchant, en se rappelant les rides sournoises autour de la bouche, la barbe rêche et mal entretenue, les lèvres grossières. « Il devait avoir des besoins », dit-il. Il voulait à tout prix briser le moindre sentiment amical ou de gratitude que pouvait éprouver Elizabeth pour le défunt.

Les yeux de cette dernière pétillèrent, et elle releva le menton d'un air combatif. « Personne ne l'aurait jamais traité de Judas », dit-elle.

Andrews s'agenouilla par terre et serra les poings. Il éprouvait une animosité puérile pour le défunt. « Je n'ai pas un sou en poche », dit-il. « Je te pose la question – qu'ai-je gagné ? Pas grand-chose. Mais lui – d'où tenait-il son argent ? »

« Je l'ai appris plus tard », dit calmement Elizabeth, sa voix pareille à des doigts frais sur un front fiévreux. « Il avait dupé ses employeurs, c'est tout. Un jour, j'ai ouvert la Bible au hasard et me suis mise à lire. C'était la parabole de l'économe infidèle. Quand je suis arrivée au passage où l'économe fait venir les débiteurs de son maître et demande au premier : Combien dois-tu à mon maître ; et il répond : cent tonneaux d'huile d'olive ; et l'économe dit : Voici ton reçu, assieds-toi vite et écris cinquante ; parvenu à ce point, Mr Jennings – je ne l'appelais jamais autrement – a poussé un petit cri d'admiration. J'ai levé les yeux. Il me fixait avec un mélange de peur et de méfiance. “Il y a vraiment écrit ça”, il m'a demandé, “ou est-ce que tu inventes ?” “Comment pourrais-je inventer ça ?” “Les gens jasent”, il a dit. “Continue”, et il m'a écoutée attentivement, penché en avant sur sa chaise. Quand j'ai lu : “Et le maître fit l'éloge de l'économe infidèle à cause de l'habileté dont il avait fait preuve”, il m'a interrompue de nouveau. “Tu entends ça ?” il a dit, et il a poussé un petit soupir de satisfaction et de soulagement. Il m'a observée un moment en plissant les yeux. “Je me faisais du souci”, il a dit enfin, “mais c'est fini maintenant. Le maître m'a félicité.”

« J'ai dit : “Mais vous n'êtes pas l'intendant malhonnête”, et j'ai ajouté avec une once de suffisance : “et de toute façon, c'est une parabole.”

« Mr Jennings m'a dit de fermer la Bible et de la ranger. “Il ne sert à rien de discuter”, il a dit. “On ne peut rien contre la parole sacrée. C'est bizarre, je ne me doutais pas que j'agissais comme il faut."

« Il m'a expliqué alors, certain d'avoir l'approbation du Seigneur, comment il avait gagné l'argent qui lui permettait de vivre. Tout le temps où il avait été employé aux Douanes, il recevait de l'argent de certains marins, qui n'avaient pas le courage de se livrer régulièrement à la contrebande. Ils déclaraient environ les trois quarts de la quantité d'alcool qu'ils transportaient, et Mr Jennings vérifiait leurs marchandises et fermait les yeux sur ce qu'ils ne déclaraient pas. Il faut l'imaginer », dit-elle en riant, « déambuler délicatement parmi les caisses d'alcool, notant soigneusement une certaine proportion ! Mais à la différence de l'intendant malhonnête, pour cent tonneaux il en notait soixante-quinze, et si le capitaine tardait à faire ses versements, il notait la somme de cent en guise d'avertissement. Puis il rentrait chez lui, ouvrait la Bible au hasard, lisait peut-être quelque terrifiante prophétie sur les feux de l'enfer, et était perturbé pendant des heures. Mais après avoir entendu la parabole de l'économe infidèle, il ne me demanda plus jamais de lui lire la Bible et je ne l'ai jamais vu la rouvrir. Il était rassuré et peut-être craignait-il de tomber sur un passage contradictoire. Il était rusé, je suppose, et méchant à sa façon, mais il avait un cœur d'enfant. »

« Était-il aussi aveugle qu'un enfant ? » demanda Andrews. « Ne pouvait-il pas voir combien tu étais belle ? » Il s'était agenouillé devant elle, les poings toujours serrés, les yeux à moitié clos comme s'il était giflé par des vents contraires, en proie à l'admiration, l'étonnement, le doute, la jalousie, l'amour. « Oui, je suis amoureux », songea-t-il, avec tristesse et non avec exaltation. « Mais l'es-tu vraiment, hein ? L'es-tu vraiment ? » se moqua de lui le critique intérieur. « C'est juste de la concupiscence. Elle n'est pas Gretel. Serais-tu prêt à te sacrifier pour elle ? Tu sais très bien que non. Tu t'aimes trop pour cela. Tu veux la posséder, c'est tout. » « Oh, tais-toi et laisse-moi réfléchir », implora-t-il. « Tu te trompes. Je suis un lâche. Tu ne peux pas attendre de moi que je change de sitôt. Mais ce n'est pas de la concupiscence. Il y a là quelque chose de sacré », et, comme exorcisé, le critique retomba dans le silence.

Elizabeth eut un sourire narquois. « Suis-je belle ? » demanda-t-elle, puis, avec une amertume soudaine, violente : « Si c'est la beauté qui fait que les hommes cessent d'être aveugles comme des enfants, alors je n'en veux pas. Ce n'est cause que de malheur. Or il était malheureux à la fin. Un jour, il y a un an – c'était juste avant mes dix-huit ans –, je me suis révoltée plus que de coutume contre la vie solitaire que je menais ici. J'ai disparu un matin tôt avant qu'il se lève, sans lui préparer son petit-déjeuner. Je ne suis rentrée que tard le soir. J'avais très peur, après ce que je venais de faire. Je ne m'étais jamais absentée de façon aussi radicale. J'ai ouvert la porte de cette pièce tout doucement et je l'ai vu assoupi devant le feu. Il s'était préparé à manger mais avait à peine touché à son repas, et la pauvreté et la négligence de ce tableau m'ont émue. J'ai failli me jeter à ses pieds et lui présenter des excuses, mais j'ai eu peur, alors j'ai ôté mes chaussures et je suis montée dans ma chambre sans le réveiller. Il devait être un peu plus de minuit. Je venais de me déshabiller quand soudain il a ouvert la porte. Il tenait une lanière à la main et j'ai compris qu'il voulait me corriger. J'ai pris un drap du lit pour m'en couvrir. Il avait un regard furieux, mais qui se changea aussitôt en étonnement. Il a laissé tomber la lanière et tendu les mains. J'ai cru qu'il allait me prendre dans ses bras et j'ai hurlé. Puis il a baissé les bras et il est sorti, en claquant la porte. Je me rappelle que j'ai ramassé la lanière et l'ai caressée puis je me suis dit que je devais m'estimer heureuse de ne pas avoir été battue. Mais je savais que j'aurais préféré une bonne correction à ce trouble nouveau. »

« Tu veux dire », demanda Andrews, « que tu n'as pas encore vingt ans. »

« J'ai l'air plus âgée ? » demanda Elizabeth.

« Oh non, ce n'est pas ça », dit-il. « Mais tu sembles si sage – si compréhensive. Comme si tu en savais autant que n'importe quelle femme et n'en éprouvais aucune amertume. »

« J'ai beaucoup appris cette dernière année, répondit-elle. Peut-être avant étais-je révoltée, déraisonnable, mais n'étais-je pas plus jeune ? » demanda-t-elle avec un rire triste.

« Non, on te ne donne aucun âge », dit Andrews.

« Tiens donc ? Je crois que je faisais alors mon âge – vraiment mon âge. J'avais dix-huit ans et il m'effrayait, mais je ne savais pas trop ce qu'il voulait. Je le maintenais à distance par des ruses, je jouais avec ses peurs en citant la Bible, et quand un jour – ou plutôt une nuit – il m'a dit avec une naïveté totale, et je pense brutale, ce qu'il voulait que je fasse, je lui ai répondu avec une égale franchise que s'il me forçait à le faire, je le quitterais à jamais. Oh, j'avais commencé à grandir incroyablement vite. Je profitais de ce qu'il me désirait et j'insistais sur le mot “forçait” pour qu'il comprenne, tacitement, qu'un jour je viendrais peut-être à lui de mon plein gré. C'est ainsi que je l'ai tenu en respect, mais de près, avec la sensation d'un danger permanent, et ce jusqu'à sa mort. »

« Et tu as gagné », commenta Andrews avec un soupir de soulagement qu'il ne prit pas la peine de dissimuler.

« Tu parles d'une victoire ! » lâcha-t-elle avec tristesse mais sans cynisme. « Il avait été bon avec moi, il m'avait nourrie et vêtue quand j'étais enfant sans se douter qu'un jour je deviendrais une femme. Et quand pour la première fois il a attendu de moi que je fasse autre chose que la cuisine ou la lecture de la Bible, j'ai refusé. J'ai exprimé mon dégoût et je crois que ça l'a blessé. Et maintenant il est mort, alors quelle importance si je m'étais donnée à lui ? »

« Il y aurait eu alors deux Judas dans le Sussex », dit Andrews avec un sourire narquois.

« Aurait-ce été une trahison ? » pensa-t-elle tout haut. « Ça aurait été fait dans un but louable, non ? »

Andrews prit sa tête entre ses mains. « Oui », dit-il, affligé, « c'est ça la différence. »

Elle l'observa un moment, intriguée, puis tendit la main pour protester avec véhémence. « Ce n'est pas ce que je voulais dire ! » s'écria-t-elle. « Comment peux-tu penser une chose pareille ? » Elle hésita. « Je suis ton amie », dit-elle.

Le visage qu'il lui présenta était celui d'une personne abasourdie par une bonne nouvelle inattendue. « Si je pouvais te croire… » murmura-t-il d'une voix hésitante et incrédule. Le cœur léger, il tendit une main pour la toucher.

« Ton amie », répéta-t-elle en signe de mise en garde.

« Oh, oui », dit-il. « Je suis désolé. Ton ami », et il laissa retomber sa main. « Je ne mérite même pas ça. » Pour la première fois, le critique en lui ne reprit pas ses propos sur un mode moqueur. « Si je pouvais revenir en arrière… » Il eut un petit geste d'impuissance avec les mains.

« N'est-ce pas possible ? » demanda-t-elle. « Ne pourrais-tu pas aller voir les Douanes et nier tout ce que tu as écrit ? »

« Je ne peux effacer la mort d'un homme », dit-il. « Et si je le pouvais, je ne crois pas que je le ferais. Je ne peux pas retourner à cette vie – les railleries, le trafic, la mer infernale, un monde sans fin. Même au sein de la peur et de la fuite, tu m'as donné plus de paix que je n'en ai connu depuis que j'ai quitté l'école. »

« Eh bien, si tu ne peux pas défaire ce que tu as fait, va jusqu'au bout », dit-elle.

« Comment ça ? »

« Tu as pris le parti de la justice », dit-elle. « Tiens-toi à ça. Va à découvert et témoigne contre les hommes qu'ils ont capturés. Tu les as dénoncés, autant l'assumer à visage découvert. »

« Mais tu ne comprends pas. » Il la regardait avec des yeux fascinés, implorants. « Le risque. »

Elizabeth rit. « Mais c'est la raison même. Tu ne vois pas qu'en fuyant ainsi, tu as fait de tous ces gens, de ce fou, des hommes meilleurs que toi ? »

« Ils l'ont toujours été », murmura-t-il tristement, la tête baissée afin de ne pas voir ses yeux enthousiastes éclairés par le feu.

Elle se pencha en avant, tout excitée. « Lequel d'entre eux », demanda-t-elle, « s'il était un mouchard, se présenterait devant la justice, et prendrait le risque de devenir une cible ? »

Il secoua la tête. « Personne de sensé ne ferait une telle chose. » Il hésita et ajouta lentement, en s'attardant sur le nom avec cet intrigant mélange d'amour et de haine : « Sauf Carlyon. »

« Dans ce cas », dit-elle, « rends-toi à Lewes, témoigne au tribunal et tu auras prouvé que tu es plus courageux qu'eux. »

« Mais ce n'est pas le cas. »

« Tu hésites, tu hésites, et te voilà perdu », répondit-elle. « Ne peux-tu pas fermer les yeux et te lancer ? »

« Non, non », dit Andrews. Il se leva et fit les cent pas dans la pièce. « Je ne peux pas. Tu essaies de me forcer la main, et je refuse. »

« Je ne te force pas la main. Pourquoi le ferais-je ? N'y a-t-il rien en toi qui aspire à vivre au grand jour ? »

« Tu ne comprends pas ! », s'écria-t-il, soudain enragé. Son moi mélodramatique, qui aspirait à une protection maternelle, était dos au mur et poussa son vieux cri, en proie à un atroce désarroi. Car il savait que quelque chose en lui répondait à l'appel, et il avait peur. « Impossible, impossible, impossible », dit-il.

« Mais réfléchis », dit-elle, sans le quitter des yeux. « Fuir tout ça… »

Il s'immobilisa soudain et se tourna vers elle. « Tout ça ! » dit-il. « Mais c'est le Paradis ! » Il se rapprocha un peu. « Si je devais cesser d'hésiter et me lancer », reprit-il précipitamment, « j'aurais mieux à faire que me rendre à Lewes. »

« Mieux à faire ? » répéta-t-elle avec une once de moquerie.

« Pourquoi répètes-tu toujours les mots ainsi ? » dit-il, furieux. « C'est exaspérant. Tu restes là, calme, réfléchie, sereine. Oh, je te haïrais si je ne t'aimais pas. »

« Tu es fou », dit-elle.

Il se rapprocha. « Supposons que je suive ton conseil », dit-il d'un ton rageur, comme s'il la détestait vraiment, « et que je cesse d'hésiter. Je te veux. Pourquoi ne t'aurais-je pas ? »

Elizabeth rit. « Parce que tu hésiteras toujours », dit-elle. « J'ai fait ce que j'ai pu. Je renonce à t'aider. »

« C'est pour ça que je ne te toucherai pas, n'est-ce pas ? » La respiration d'Andrews se changea en sanglots, alors qu'il sentait s'écrouler ses dernières défenses et que se faisait jour un avenir terrifiant et inconnu. « Tu te trompes. Je vais te prouver que tu as tort. J'irai à Lewes. » Le mot Lewes, jailli de sa bouche, le terrifia. En vain, une dernière fois, il tenta de repousser l'avenir menaçant. « Cela dit, je ne promets rien de plus. J'irai à Lewes et on verra. Je ne promets pas d'aller au tribunal. »

Elizabeth poussa un petit soupir de lassitude et se leva de sa chaise. « Un long trajet t'attend demain », dit-elle. « Il faut que tu dormes. » Elle le regarda, et Andrews aima la nuance de méfiance qui passa dans ses yeux. Il y vit un signe qu'elle était déjà en partie convaincue. Il se sentit soudain sûr de lui et fier de sa décision, plus heureux qu'il ne l'avait été depuis de nombreuses années. « Je vais dormir là où j'ai dormi la nuit dernière », dit-elle.

Elle s'approcha de la fenêtre et tira le rideau. « Le brouillard s'est dissipé », dit-elle. « Le ciel est tout à fait dégagé et je compte six étoiles. » Elle ouvrit la porte à côté de la cheminée et se tint sur la première marche du petit escalier.

« Bonne nuit. »

« Bonne nuit. »

DEUXIÈME PARTIE

6

Andrews se réveilla sous un déluge de lumière dorée. Il resta allongé un moment, conscient seulement de la chaleur ambiante. Dans une autre dimension, des faits troublants, telle une armée de souriceaux, émettaient des petits bruits de mastication. Mais il les tint à distance et, les yeux rivés sur cette nuée d'or immobile, s'hypnotisa lui-même et fit le vide dans son esprit. Mais les souris n'en continuaient pas moins car soudain, sans ménagement, la réalité prit d'assaut sa conscience. Je vais partir d'ici, pensa-t-il, j'ai promis de partir, et il songea à Lewes comme à un ennemi sombre et terrifiant, qui le guettait pour le faire trébucher et le précipiter dans la mort. Mais je dois seulement me rendre à Lewes, se dit-il. C'est tout ce que j'ai promis. Et il se demanda, dans ce cas, s'il ne pouvait pas rompre – ou plutôt, selon ses termes, se soustraire à sa promesse. Mais alors je ne pourrai jamais revenir, dit-il, et cela lui parut une perte impossible, démesurée, renoncer à jamais à

Elizabeth – ou plutôt au son de sa voix, qui l'enveloppait de quiétude.

Il se leva et s'ébroua tristement comme un chien trempé qui vient juste de sortir d'un étang dans lequel il sait que son maître veut qu'il patauge encore et encore. J'irai à Lewes, pensa-t-il, mais je partirai avant le début du procès. Il essaya de calculer quel jour du mois aurait lieu ce dernier. Il avait posté sa lettre aux Douanes de Shoreham, il le savait, le 3 février, et une semaine s'était écoulée avant que la trahison ait été rendue effective. La nuit du 10, ils avaient essayé de passer de la marchandise, pour la dernière fois. C'était le quatrième jour de sa fuite, quelques jours seulement avant l'ouverture du procès. Il ne devait pas s'attarder à Lewes. Il y aurait bien trop de monde, venu découvrir quel sort on réservait aux contrebandiers – voire assister à leur triomphe, étant donné qu'ils seraient jugés par des gens du coin. Ils sont tous contre moi, pensa-t-il. Personne n'est de mon côté, sauf quelques parias et la horde d'étrangers venus de Londres. Juge, avocat, policiers. Dois-je toujours être seul dans mon camp ? Et son cœur protesta contre la nécessité qui le chassait de son refuge actuel.

La pièce où Elizabeth et lui s'étaient raconté leur histoire la veille au soir était déserte. Il chercha autour de lui un bout de papier sur lequel coucher par écrit sa gratitude, mais il n'y en avait pas, et il n'avait ni plume ni encre. Il n'osait pas se rendre dans la chambre où elle dormait, pressentant que s'il voyait de nouveau son visage, il ne pourrait la quitter. Mais partir sans un mot ou un signe semblait impossible. Il chercha dans ses poches. Elles étaient vides, à l'exception de vieilles miettes, dures comme de la pierre, et de son canif. Il examina le couteau avec hésitation. Son cœur lui conseilla de le laisser comme un cadeau susceptible de l'aider, en signe de reconnaissance ; son esprit l'avertit que très bientôt il en aurait besoin à Lewes. Il déplia la lame et la caressa. Elle était propre et affûtée et, dessus, gravé on ne peut plus grossièrement, souvenir d'une première expérience scolaire avec les acides, figurait son nom. C'est ma seule arme, pensa-t-il. Elle m'est plus utile à moi qu'à elle. Quel usage en ferait-elle à part étaler du beurre ou couper du pain ? Sans mon couteau, je serai vulnérable. Laisse-le pour cette même raison, lui intima son cœur. Un sacrifice. Mais pour ses doigts qui couraient le long de la lame, le couteau présentait un tranchant rassurant.

Je ne vais rien lui laisser, décida-t-il. Après tout, c'est elle qui me pousse à prendre ce risque, et il se dirigea vers la porte. L'arme à feu avec laquelle elle avait eu le dessus sur lui était posée juste à côté, dans un coin de la pièce. Il se rappela le rire d'Elizabeth. « Je n'ai aucune idée de comment on la charge. » Et si jamais Carlyon… mais Carlyon ne s'en prendrait pas à une femme. Elle ne courait aucun danger, et pourtant il était mal à l'aise. Il retourna devant la table d'un pas traînant et, à contrecœur, sortit le couteau de sa poche et le planta dans le bois. La lame trembla un moment comme une flèche. J'en trouverai un autre à Lewes, se dit-il, et il ferma la porte du cottage derrière lui. Mais Lewes est loin, pensa-t-il, privé soudain de quatre murs protecteurs, seul dans un monde nu, glacial, hostile.

Il faisait froid et le soleil brillait. Le taillis qui bordait le cottage baignait dans une averse dorée. Au-dessus se dressait la colline par laquelle il était arrivé deux nuits plus tôt en proie à la panique. Le danger qu'il courait à présent était plus grand que jamais, car n'avait-il pas promis de se rendre à Lewes ? Et pourtant sa peur n'était pas aussi grande. Avant cela, elle l'empêchait d'y voir clair. Mais désormais, l'esprit affermi, il était capable d'écouter la voix de la raison. Il savait que cela n'allait pas durer, que sa lâcheté reviendrait l'aveugler, mais il tirerait le meilleur profit de ce répit et déciderait quoi faire. Le chemin le plus court pour se rendre à Lewes était la route, et il désirait agir au plus vite. Tel un coureur de relais, il souhaitait juste passer par Lewes et, son devoir accompli, repartir sans tarder. Plus tôt il atteindrait la ville, plus tôt il pourrait s'enfuir. Mais bien que le plus court chemin fût la route, il n'était pas disposé à prendre ce risque. Il se vit, silhouette parfaitement détourée sur une route nue et blanche, avec derrière chaque haie la possibilité de Carlyon et de ses deux compagnons. Non, passer par la colline serait plus long, mais plus sûr. Une fois là-haut, si jamais on le voyait, du moins pourrait-il voir les autres avec la même précision. Et la colline le ferait passer par Ditchling Beacon et Harry's Mount jusqu'aux portes mêmes de Lewes. Il pourrait s'allonger sur le dernier versant en attendant la nuit. Il jeta un regard haineux au soleil, son cœur aspirant à l'obscurité.

Sur les pentes de la colline, l'herbe poussait en longues touffes, de sorte que ses pieds disparaissaient à chaque pas comme s'il s'enfonçait dans de la mélasse. Quand Andrews atteignit le sommet, il était tout essoufflé et il s'allongea pour se reposer. Il se demanda quelle heure il était. Le soleil semblait indiquer la fin de la matinée, car s'il regardait vers l'intérieur des terres, les rayons lui chauffaient presque tout le dos. Nous étions tous les deux fatigués, pensa-t-il, et nous avions besoin de sommeil, et il était content de ne pas l'avoir réveillée. Autour de lui, la colline était déserte, un refuge rassurant, et bien que le danger fût sans doute tapi dans le monde en contrebas, la distance minimisait celui-ci. Quelque part à moins de vingt kilomètres se trouvait Lewes, mais il n'avait pas besoin de s'en soucier pour le moment. Il était en sécurité ici, au sommet d'un instant de temps sûr, et il se cramponnait à cet instant, noyant toutes ses pensées dans la simple sensation, la vision de la campagne alentour telle une carte colorée se déployant à ses pieds, une sensation de chaleur passant de sa nuque à sa colonne vertébrale. Dans ce long bain de chaleur, qui faisait de la lune un vague spectre dans le bleu du ciel fragile et transparent, on sentait les prémices du printemps, et dans la brise, le sel venu de la Manche, dissimulée aux regards par une ultime chaîne de collines, recouvertes d'ajoncs d'un vert prophétique. Il n'y avait pas encore de vert dans le taillis, qui s'étendait comme une bande de fourrure brune en bordure de la colline, mais la verdure progressait prudemment, redoutant encore l'embuscade de l'hiver, dans les champs plats et labourés en dessous, venue des prés où paissaient de petits moutons blancs. Disséminées au loin, on distinguait de minuscules fermes, qui prouvaient que le cottage où dormait Elizabeth n'était pas aussi isolé qu'il l'avait cru. Sur une route blanche, un chariot pourpre avançait telle une coccinelle sur le bord d'une feuille. Les collines du Surrey transparaissaient derrière un voile argenté, comme si elles étaient le visage d'un vieil homme, sévère, curieux, d'une probité inébranlable. Au loin, un coq chanta avec une clarté de givre, et un agneau effrayé et invisible se mit à bêler. L'herbe sur laquelle il était allongé était fraîche de la pluie et du brouillard précédent, mais crissait de sel marin.

En entendant un cheval derrière lui, Andrews se retourna, son esprit de nouveau assailli par la peur. Il n'y avait pas de quoi. Un fermier venu des terres du bas, tête nue sur sa monture, longeait l'éminence de Ditchling Beacon, son cheval levant haut les pattes, délicatement, à la manière d'une grande dame consciente de la foule. Les oreilles dressées, l'animal surveillait son cavalier du coin d'un œil avide, son cœur aspirant au galop, puis disparut. Les pentes vert olive s'étendaient, prêtes une fois de plus pour le printemps, qui fonçait tel Jupiter sur Danaé dans une pluie d'or. Un kilomètre et demi d'herbage et quarante-cinq kilomètres de mer étaient charriés par la brise au-dessus de Plumpton et Ditchling, puis au-dessus de Lindfield et Ardingly avant de s'évanouir devant ce calme et impassible voile argenté. Hormis le vent qui passait et les petites taches des hommes et du bétail se déplaçant au loin, le monde était immobile. Au-dessus d'une mare artificielle ronde et bleue, un oiseau qui chantait flottait dans l'air tel un bout de papier carbonisé, trop léger pour remuer.

Elle doit être réveillée à présent, pensa-t-il, et en train de descendre l'escalier pour se rendre à la cuisine. J'aurais dû rester pour la remercier. Va-t-elle comprendre le sens du couteau ? Il observa le cottage avec intensité, et comme si c'était le signe qu'on se souvenait de lui, une volute de fumée blanche émergea de l'unique cheminée, resta en suspens un instant dans le ciel, intacte, puis se dispersa en lambeaux. Plusieurs d'entre eux reçurent la caresse du soleil et ressemblèrent alors à un vol d'oiseaux, tournoyant et faisant briller leurs ailes blanches. Dans un recoin de son esprit, où était tapie son enfance, s'agita le vague souvenir d'une image de sainte, une jeune fille au visage pâle et figé, autour duquel des colombes tournaient en tous sens. Il refoula le malaise qu'il avait ressenti en laissant son couteau. Elle prétend qu'il existe un Dieu, pensa-t-il. Dans ce cas, Il ne pourra que la protéger. Mais les dieux semblaient se faire une étrange idée de la protection, car ceux qui leur étaient le plus acquis étaient souvent récompensés par la mort, comme si la mort échappait à leur devoir de protection. Andrews étendit instinctivement les bras, comme s'il allait prendre les oiseaux et les serrer sur sa poitrine, comme s'ils n'allaient pas s'égailler, simples particules de fumée.

Je préférerais que ce soit un diable qui veille sur nous plutôt qu'un dieu, pensa-t-il, car rien ne lui semblait plus final et plus irrévocable que la mort. Il ne lui vint pas à l'esprit que la mort d'Elizabeth puisse n'être irrévocable que pour lui et son désir. Pensant au diable, il pensa aussi au visage barbu du défunt Mr Jennings. Peut-être ce dernier la protégerait-il, comme elle le croyait, via la force brute de la jalousie. Si l'amour survivait au corps, comme le pensaient les croyants, pourquoi pas également la jalousie, versée tel un vin amer dans l'esprit désincarné ? Veille sur elle jusqu'à mon retour, l'implora-t-il, sans relever le paradoxe de sa requête. Il reviendrait le lendemain ou le jour d'après, après avoir tenu sa promesse.

Il avait du mal à quitter sa position sur la colline, d'où il pouvait voir le cottage. Il voulait, par l'intensité de son regard, percer les murs, pratiquer une brèche par laquelle, même s'il ne pouvait toujours rien voir, le bruit des pas d'Elizabeth pourrait parvenir jusqu'à lui.

« Je vais revenir », dit-il tout haut, mais le critique en lui, qui s'était tu si longtemps, se dressa, comme défié, et le railla. Espèce de lâche, à quoi bon ? Qui es-tu pour qu'elle te regarde plus d'une fois ? Un insensé, à tout le moins, protesta-t-il, prêt à se jeter dans un piège pour elle. Le railleur s'exprima soudain comme du fond de son cœur, pour une fois sans le moindre reproche. Ne vaut-elle pas que tu prennes ce risque ? Ainsi, si jamais tu reviens, tu lui apporteras quelque chose de précieux. Oui, mais il y a un « si ». C'était là le problème. Je suis né lâche, protesta-t-il, et je vivrai en lâche. J'aurai au moins montré à ces idiots qu'on doit compter avec moi. Il se leva et, tournant le dos au cottage, se mit à marcher rapidement dans la direction de Lewes, comme s'il pouvait distancer une image se déplaçant à ses côtés, celle du visage d'une jeune femme encadré par deux bougies, la bouche tordue par le goût sournois de la trahison.

Mais il cessa vite de presser le pas, car il faisait chaud et il n'avait nulle hâte d'arriver à Lewes. Il s'arrêta ici et là, tantôt pour regarder la vallée et la lumière posée sur une petite église trapue, tantôt pour boire avec un troupeau de vaches noir et blanc à une mare artificielle d'un bleu vif dû aux reflets du ciel, comme si elle faisait partie d'un missel enluminé. Les vaches levèrent leurs yeux doux, trop somnolentes pour se méfier, et lui firent de la place. Elles étaient heureuses et en paix et lui aussi le fut pendant un court instant. Mais à chaque nouveau sommet de colline, son cœur s'emplissait d'appréhension à la perspective d'apercevoir en contrebas le but de son périple, puis s'emplissait d'un gai soulagement alors qu'il contemplait devant lui les inévitables coteaux se dressant au loin et donnant sur d'autres éminences. Au bord d'un de ces sommets, il entendit des voix et se cacha vite dans une étroite faille de craie, dont les parois froides luisaient comme des glaçons bleus. Mais ces voix étaient juste celles de deux jeunes gitans à la peau bistre, qui montaient la colline d'un bon pas, suivis par deux chiots noirs et désinvoltes, qui cabriolaient et se roulaient dans l'herbe comme s'ils se moquaient du sérieux de leurs maîtres. Andrews demanda aux jeunes si c'était bien la direction de Lewes, et ils hochèrent la tête, en le regardant du même regard sombre et somnolent que le bétail. Puis ils le laissèrent eux aussi à sa rassurante solitude. Les minutes et les heures s'écoulaient autour de lui presque à son insu. Il oublia même sa peur d'atteindre le dernier sommet, tant le soulagement semblait inévitable. Il eut juste conscience de la chaleur qui s'estompait quand il devint impossible de se reposer aussi longtemps sur les pentes sans que le froid le saisisse.

Lentement, la lune qui flottait au loin au-dessus des collines du Surrey se fit plus distincte, surmontant une étendue d'un bleu plus foncé avec l'approche du soir. Quelque part au loin près de Hassocks, le soleil s'abaissa sur les collines qui s'étendaient, striées par les derniers rayons dorés et parallèles qui tous pointaient vers Lewes. Il escalada Harry's Mount, libéré de sa peur, puis, parvenu au sommet, découvrit avec stupeur la ville de Lewes, accroupie dans la vallée tel un vestige sauvage du vieil hiver.

Il resta là longtemps à la regarder, nauséeux et abattu, s'attendant presque à ce que la ville tende un bras et l'attire vers elle brusquement. C'est donc la fin, pensa-t-il. Dois-je descendre et parler de nouveau aux gens, et me montrer à jamais prudent ? S'apitoyant sur lui-même une fois de plus, il sentit des larmes lui piquer les yeux. Je ne trouverai pas le repos en Angleterre, pensa-t-il. Je ferais mieux d'aller en France et de mendier.

Mais ce ne fut pas l'idée de mendier qui le révulsa, mais celle de renoncer à jamais à la vision et à la voix d'Elizabeth.

Le soleil plongea dans la nuit avec une soudaine fermeté, du haut d'une lointaine colline. La fine poudre d'or éparpillée dans l'air fut emportée, laissant un voile argenté immobile et transparent. Andrews fit les cent pas afin de se réchauffer avant que s'installe une obscurité plus dense. Il regardait de temps en temps le château qui dominait Lewes depuis sa colline. Quand ce dernier serait complètement invisible, il descendrait dans la vallée. Le moment parut s'éterniser et le froid s'intensifia. La perspective de revenir plus tard sur ses pas, une fois sa promesse accomplie, n'était guère attrayante. En outre, quel accueil recevrait-il de la part d'Elizabeth après avoir tenu aussi littéralement sa promesse ? Il se persuada qu'il ne risquait pas grand-chose en passant la nuit à Lewes. Il savait d'expérience qu'on y trouvait de nombreuses auberges, et la malchance ne pouvait l'accabler au point qu'il se retrouve nez à nez avec quelqu'un qu'il connaissait. Carlyon n'oserait pas s'aventurer dans Lewes alors que le procès était imminent et que la ville grouillait de gendarmes.

Les ombres étaient tombées sur la ville et il ne voyait plus le château, hormis une bosse indistincte ou une épaule relevée. Il commença à descendre en empruntant un sentier plus long qu'il ne l'avait paru dans la lumière argentée. Le temps qu'il parvienne aux premières maisons éparses, l'obscurité était complète, percée çà et là par les palpitations jaunes des lampes à huile, dont les mèches étaient couronnées de faibles halos. Il s'avança prudemment dans la grand-rue et resta un moment dans l'ombre d'un pas-de-porte, cherchant à se rappeler l'emplacement des diverses auberges. Il y avait peu de monde dans la rue, laquelle ressemblait au pont d'un bateau encalminé éclairé par deux lampes, à l'avant et l'arrière, avec de chaque côté un à-pic abrupt donnant sur la mer sombre. En face de lui, deux vieilles maisons étaient adossées dangereusement l'une contre l'autre, se touchant presque au-dessus d'une ruelle portant le nom de Keerie Street, qui s'enfonçait de façon chaotique dans la nuit – quelques indistinctes enseignes d'auberges, carrées ou oblongues, deux mètres de pavés pentus puis le vide. Au loin, invisibles à ses yeux, s'étendaient New Haven et la Manche, la France. Mais même là-bas il ne pouvait espérer connaître une liberté totale. Le long de la côte se trouvaient de petits hommes trapus, aux yeux plissés, à la poigne de fer, à l'anglais bancal mais féroce, qui connaissaient son visage et encore mieux Carlyon.

Le dos voûté à force de s'apitoyer sur son sort, Andrews s'avança dans la rue. Ici et là des boutiques étaient encore ouvertes, et leurs vitrines éclairées laissaient voir de vieux bonhommes à barbe blanche penchés sur leurs registres avec de petites rides satisfaites autour des yeux. Jamais, même à l'école ou sous le mépris à peine voilé des contrebandiers, Andrews ne s'était senti aussi seul. Il continua d'avancer. Deux voix feutrées sous un porche le firent s'arrêter. « Viens ce soir », « Tu crois ? Je ne devrais pas », « Je t'aime, je t'aime, je t'aime ».

À sa grande surprise, Andrews donna un coup de poing sur le mur contre lequel il se tenait et dit tout haut avec une rage folle : « Sales débauchés », puis il s'éloigna en pleurant de colère et de solitude. « Je vais me soûler si je ne trouve pas d'autre moyen de me satisfaire », pensa-t-il. « Il me reste assez d'argent pour ça, Dieu merci. »

Pris d'une soudaine résolution, il s'enfonça dans une ruelle adjacente, trébuchant du fait de sa pente inattendue, et finit par s'arrêter avec un instinct infaillible devant la porte d'une auberge. Deux fenêtres étaient fêlées et colmatées par des chiffons, l'enseigne depuis longtemps irréparable. De la chèvre, qui donnait son nom à l'auberge, ne restaient que deux cornes, comme pour mettre en garde les maris désireux d'entrer. La solitude et le désir d'oublier sa solitude eurent raison de sa peur et de sa prudence instinctives, et Andrews ouvrit la porte en grand sans réfléchir et entra, les yeux rouges et aveuglés de larmes enfantines. Une fumée dense emplissait l'air, et le roulis des voix d'hommes, chacune essayant de se faire entendre par-dessus les autres et d'imposer son opinion, le frappa au visage comme une vague. Un type grand et mince avec de petits yeux et une bouche molle et rouge, qui se tenait près de la porte, le prit par le coude. « Qu'est-ce que tu veux, petit ? » demanda-t-il avant de se frayer aussitôt un chemin dans la foule, en lançant à un serveur invisible : « Deux doubles cognacs pour le monsieur ici », réapparaissant bientôt avec sa commande puis disparaissant de nouveau avec son verre, laissant à Andrews le soin de payer. Après avoir bu son cognac, Andrews inspecta la salle, l'esprit plus clair. Il remarqua un petit homme respectable, seul dans son coin, et lui proposa de boire un verre en sa compagnie. Regardant avec condescendance le verre vide dans la main d'Andrews, l'inconnu répondit qu'il n'aurait rien contre un verre de xérès.

Andrews alla lui en chercher un et, ragaillardi par un autre cognac, commença à interroger sa nouvelle connaissance.

« Je cherche un lit où dormir cette nuit », dit-il. « Je doute que ça soit facile en ce moment. Les auberges doivent être complètes à cause du procès. »

« Saurais pas vous le dire », répondit l'homme, en le regardant un peu de biais comme s'il avait peur qu'Andrews lui demande de l'argent. « Je suis moi-même plus ou moins un étranger ici. »

« Et ce procès, fit Andrews, à quoi sert-il, au fait ? À rapporter de l'argent aux commerçants. On n'a pas besoin d'une telle agitation juste pour pendre quelques pauvres diables.

« Je ne suis pas du tout d'accord avec vous – pas du tout », dit le petit homme en sirotant son xérès et en regardant Andrews d'un air soupçonneux. « La justice doit être rendue dans les règles. »

« Oui, mais quelles sont ces règles ? » demanda Andrews, en haussant la voix comme pour se faire entendre dans le vacarme ambiant et faisant signe dans le même temps au serveur que son verre était vide. « D'abord le crime, puis le châtiment. »

« Il faut prouver la culpabilité », dit l'inconnu, en faisant tourner doucement le xérès autour de sa langue.

« N'est-elle pas assez évidente sans le recours à un juge et des jurés ? » La prudence d'Andrews s'estompa encore plus au contact piquant d'un troisième verre. « Ils ont été pris sur le fait par les Douanes et on n'a pas le droit de se débarrasser d'un cadavre. »

L'inconnu posa soigneusement son verre de xérès au bord de la table et observa Andrews avec un regain de curiosité. « Vous voulez parler des contrebandiers et du prétendu meurtre ? » demanda-t-il.

Andrews rit. « Prétendu ! » s'écria-t-il. « Ma foi, Ça ne fait aucun doute. »

« On est innocent tant qu'on n'a pas été prouvé coupable », commenta le petit homme comme s'il répétait une leçon apprise.

« Alors dans ce cas il faut attendre le jour du Jugement dernier », murmura Andrews avec un sens soudain et amer d'injustice divine. Lui qui était innocent endurait la persécution, alors qu'eux…

« On ne peut pas réunir un jury à Lewes susceptible les inculper. » Il désigna de la main la salle de l'auberge. « Ils sont tous complices », dit-il, « par peur ou par intérêt. Si on fouillait la crypte de Southover Church, on y trouverait des tonneaux, et le pasteur ferme les yeux. Vous pensez qu'il veut perdre toutes ses ouailles ou se faire flageller dans sa propre église ? Si vous voulez mettre fin à la contrebande, il faut renoncer à l'idée de justice. Reprenez un verre. »

« Je vais attendre un peu, si ça ne vous dérange pas. » L'homme changea de position, et la lumière de la lampe à huile éclaira pleinement le visage d'Andrews. La manœuvre éveilla la méfiance d'Andrews. « Je dois faire attention », pensa-t-il. « Je ne dois plus boire. » Et pourtant, il n'était nullement ivre. Il voyait ce qui l'entourait avec une parfaite netteté, et ses pensées étaient d'une clarté inhabituelle. Il avait eu envie de compagnie et maintenant il l'avait, et le désir de passer son bras autour des épaules du petit homme en face de lui était presque irrésistible. Il avait tellement désiré parler à quelqu'un ignorant tout de son passé, quelqu'un qui le traiterait sans indulgence ni mépris, qui l'écouterait avec le même respect qu'il montrerait à n'importe quel autre interlocuteur.

« Vous reprendrez bien un verre ? » dit l'homme, dont l'attitude était à la fois guindée et timide, comme s'il n'était pas coutumier du principe d'une tournée.

« Comment vous appelez-vous ? » demanda vite Andrews, se sentant fier de sa ruse.

« Mr Farne », répondit l'autre sans hésiter.

« Farne », dit lentement Andrews. Il médita ce nom. Il ne doutait pas que ce fût là un honnête nom. « Merci », dit-il. « Avec plaisir. »

Quand il eut bu, le monde lui parut un endroit plus agréable qu'il ne l'avait paru depuis longtemps. L'endroit était bondé et Farne, qui l'écoutait sans se moquer de lui, ne lui rappelait en rien son père.

« Peut-être avez-vous connu mon père ? » demanda-t-il, plein d'espoir.

« Je n'ai pas eu ce plaisir », dit Farne.

Andrews rit. Mr Farne était un compagnon idéal, car il était malin. « À la bonne heure ! » dit-il en grimaçant. « Vous ne pouvez pas l'avoir connu. »

« Comment s'appelait-il ? »

« Comme moi », répondit Andrews en riant. Il lui semblait avoir combiné en deux mots la quintessence d'une réponse spirituelle et une certaine prudence. Car il était clair qu'il ne devait pas révéler son nom à ce Farne.

« Mais encore ? » demanda ce dernier.

« Absalon », plaisanta Andrews.

« Je suis désolé, mais je suis un peu sourd… »

« Absalon », répéta Andrews. Farne, ce gentil nigaud, le prenait au sérieux. Pour prolonger l'excellente blague, Andrews chercha dans ses poches un bout de papier et un crayon, mais n'y trouva rien. Mr Farne, toutefois, lui fournit les deux. « Je vais vous écrire mon nom », dit Andrews. Il nota : « Absalon, fils du roi David. »

Le rire de Farne cessa brusquement. Il contempla le bout de papier devant lui. « Vous avez une bien drôle de façon de tracer vos majuscules », dit-il.

« J'aime les déliées », répondit Andrews. « J'ai toujours aimé les femmes. » Il regarda autour de lui. « N'y a-t-il pas dans le coin une femme digne qu'on la regarde ? » lança-t-il, furieux. « Il n'y en a pas ici, Mr Farne », dit-il. « Allons autre part. »

« Les femmes ne m'intéressent pas », dit froidement Farne.

« Attendez de voir celle-ci », fit Andrews en le fixant avec des yeux graves et mélancoliques. « Vous avez déjà vu une sainte entourée d'oiseaux blancs ? Et néanmoins une femme susceptible de donner du plaisir à un homme. Mais elle est trop pure pour ça. Ne riez pas. Je suis sincère. Je l'appelle Gretel. Je doute qu'aucun homme jamais ne la touche. »

« Vous êtes un jeune homme bien étrange », dit Farne avec condescendance. Andrews attirait l'attention. Les gens commençaient à le dévisager. Quelques hommes se rapprochèrent, et une grosse dame éclata d'un rire strident qui n'en finissait pas.

« Vous ne me croyez pas », dit Andrews. « Vous me croiriez si vous la voyiez. Mais je vais vous montrer. Passez-moi ce crayon et du papier et je vais la dessiner. »

Un grand type dégingandé à la barbe hirsute commença à faire de la place autour de la table. « Regardez, les gars », dit-il, « y a un artiste. Il va nous dessiner une femme, une jolie poupée. »

« Où sont le crayon et le papier ? » demanda Andrews.

Farne secoua la tête. « Voici le crayon », dit-il. « Je ne retrouve pas le papier. Il a dû tomber par terre. »

« Pas grave, mon chou », lança la grosse dame. « Dis, George, apporte-nous du papier », ordonna-t-elle au serveur.

« N'importe quel papier fera l'affaire », lança Andrews, excité par l'attention qu'il avait générée.

Ils lui trouvèrent une vieille enveloppe et s'attroupèrent autour de lui ; mais Farne resta un peu à l'écart. Andrews s'agenouilla devant la table et essaya de garder la main ferme. « Dis donc, rien d'indécent, hein », lança l'aubergiste en riant.

« Allez, sers donc au gamin un whiskey de ma part », dit la grosse dame. « Tiens, ça va t'aider, petit. Allez, montre-nous à quoi ressemble ta chérie. »

Andrews siffla son verre et prit le crayon. Nettement, devant lui, il vit le visage d'Elizabeth, blanc, figé et fier, comme au premier jour, quand elle avait pointé l'arme sur lui. Il savait qu'on se moquait de lui, mais il lui suffirait de leur montrer ce visage pour qu'ils se taisent et comprennent. Il tenait maladroitement le crayon entre ses doigts. Comment devait-il s'y prendre ? Il n'avait jamais rien dessiné de sa vie, mais étant donné qu'il la voyait aussi clairement dans son esprit, ce devait être facile. Il allait dessiner d'abord les bougies et leurs flammes jaunes.

« Elle est roide comme un balai, non ? » dit la grosse dame. Où sont passés ses bras ?

« Elle veut autre chose que des bras », dit le type dégingandé en clignant de l'œil, et il sourit par-dessus la tête d'Andrews en faisant des gestes obscènes avec les doigts. « Sers-lui un autre verre. »

« Ce n'est pas elle », dit Andrews, « ce sont des bougies. Je vais la dessiner maintenant. »

Il esquissa quelques traits avec le crayon puis, posant sa tête sur ses mains, éclata en sanglots. « J'y arrive pas », dit-il. « J'y arrive pas. Elle refuse d'apparaître ici. » Le visage d'Elizabeth s'éloignait de lui, de plus en plus. Il ne resterait bientôt que l'éclat des bougies. « Ne pars pas », implora-t-il tout haut.

Il les entendit qui riaient autour de lui, mais, la tête penchée et les yeux fermés, il essaya de faire revenir le visage évanescent. Bon sang, pensa-t-il, je ne me souviens même pas comment sont ses cheveux bouclés. Je dois être soûl.

« Pas grave, je suis là, petit », dit la grosse dame en se penchant au-dessus de lui et en gloussant, son haleine parfumée au whiskey s'interposant comme de la vapeur entre ses yeux et ce qu'il cherchait.

Andrews se leva d'un bond. « Je ne sais pas ce que j'ai », dit-il en chancelant. « J'ai rien mangé de la journée », ajouta-t-il. « Apportez-moi des sandwichs. » Il tâta ses poches mais n'y trouva rien. Il avait dépensé jusqu'à son dernier penny. « Non, pas la peine », dit-il et il se dirigea vers la porte. Un vague sentiment de honte enserrait son esprit. Il avait essayé de convoquer Elizabeth en ces lieux et il avait été puni en conséquence. Ce rire souillait l'image qu'il avait d'elle. « Taisez-vous, bon sang ! » s'écria-t-il.

L'air frais de la rue lui monta à la tête comme un autre verre d'alcool. Le trottoir jaillit sous ses pieds et il dut s'adosser à un mur, se sentant nauséeux, fatigué et honteux. Il ferma les yeux et chassa la vision de la rue qui tanguait.

La voix calme et posée de Farne lui parvint dans l'obscurité. « Faut-il que vous soyez bien bête pour boire avec l'estomac vide », dit-il.

« Oh, laissez-moi tranquille ». Andrews eut un grand geste de la main en direction de la voix.

« Vous devriez manger quelque chose », dit Farne.

« D'accord, mais laissez-moi. »

« Vous avez de l'argent ? » insista Farne.

« Non. Occupez-vous de vos affaires, à la fin ». Andrews rouvrit les yeux et lança un regard noir à Farne, qui l'observait, l'air intrigué.

« Je ne vous veux aucun mal », dit-il. « Voulez-vous qu'on dîne ensemble, Mr Absalon ? »

Malgré lui, Andrews éclata de rire. Ce type est crédule et croit vraiment que je m'appelle Absalon, pensa-t-il. « Je veux bien », dit-il, « si vous acceptez de me prendre le bras, j'ai les jambes en coton. C'est à cause de la faim. »

Il se retrouva à marcher dans la grand-rue, maintenu par un bras ferme. Devant un pub, trois gendarmes en gilets rouges les regardèrent passer avec un mépris hautain. « Celle ville est pleine de rouge-gorge », dit-il en grimaçant.

« Le procès », expliqua Farne. Ils restèrent un moment devant un grand bâtiment carré dont une des fenêtres était surmontée d'une grosse Justice brandissant l'inévitable balance. « Tenez », dit Farne, « c'est là qu'on va juger vos amis contrebandiers. »

Andrews se dégagea brutalement et se tourna pour lui faire face. « Comment ça, mes amis ? Ce ne sont pas mes amis. »

« C'était une façon de parler, c'est tout », protesta Mr Farne.

« Qu'on les pende tous, moi je dis ! » s'exclama Andrews, dégrisé un moment par la méfiance.

« On l'espère bien », dit tout bas Farne. Il passa un bras autour de l'épaule d'Andrews. « Je loge juste en face du White Hart, dit-il. Vous voulez bien dîner là avec moi ? »

Andrews baissa les yeux et contempla ses vêtements tout crottés. « Ivre et sale », dit-il, et il ajouta avec un rire un peu triste et gêné, « et sacrément affamé. »

« J'ai un salon privé », l'encouragea Farne. « Ils servent un très bon steak », ajouta-t-il.

« Je vous suis », dit Andrews. Il porta une main à sa tête dans l'espoir d'avoir les idées claires. Pourquoi allait-il dîner avec ce Farne ? Qui était ce Farne ? Que lui avait-il dit ? « Je dois me montrer prudent », pensa-t-il et, au son de ce mot, qui semblait le hanter depuis des semaines, son intense désir de paix revint, une paix qui serait exempte de prudence et de duperie et à la faveur de laquelle il pourrait faire revenir cette image que la boisson avait obscurcie. « Je suis fatigué », dit-il tout haut.

« Vous pouvez dormir ici », dit Farne, en désignant l'auberge sur l'autre trottoir.

Comme en rêve, Andrews traversa la rue et entra dans la salle peu éclairée. « S'ils me laissent dormir ici cette nuit », pensa-t-il, « je retournerai demain sur les collines. » Il se rappela le soleil de l'après-midi et la mare bleue où il avait bu, observé par des vaches paresseuses, tandis que de l'autre côté des collines Elizabeth était assise seule devant la cheminée, à ravauder la chaussette d'un mort. Farne l'aida à monter un escalier sombre. Dans le vieux miroir accroché tout en haut, il vit un jeune homme sale et dépenaillé qui titubait à sa rencontre. « Comme c'est charitable d'héberger cette chose », pensa-t-il.

Farne tourna doucement la poignée de la porte et le fit entrer. La porte se referma derrière lui. « Désolé de vous déranger, sir Henry », dit Farne.

7

Un homme grand et mince, au visage anguleux, était assis à une table dressée pour le dîner. Il n'avait fait que picorer, car il leva deux yeux las, non au-dessus d'une assiette mais d'une pile de papiers disposés à côté. Sur son front haut, les cheveux formaient une vague grise et ondulée partant vers l'arrière du crâne.

Ce n'était pas lui qu'Andrews fixait mais la femme assise à ses côtés, qui l'observait à présent avec un air de défi qu'il connaissait bien pour l'avoir vu chez la femme de l'auberge. Elle était jolie et très bien habillée, avec une petite bouche rouge et boudeuse et des yeux curieux.

« Qu'y a-t-il, Mr Farne ? » fit l'homme, tandis que la femme, posant un menton rond sur deux petits poings, dévisageait calmement Andrews avec une sincère surprise.

Andrews posa une main sur l'épaule de Farne pour ne pas perdre l'équilibre. « Invité à dîner », dit-il, « mais je croyais vraiment que Mr Farne serait seul. Pas vêtu pour l'occasion. Je vais y aller », puis, ôtant sa main, il se tourna vers la porte.

« Restez où vous êtes, mon garçon », dit sèchement Farne. Andrews le regarda un moment avec étonnement, tant sa voix douce avait changé. « Mon garçon. » C'est ainsi qu'on appelait un domestique. « Non mais dites donc », fit-il, la colère s'emparant lentement de son esprit engourdi par l'alcool, « à qui croyez-vous vous adresser ? Juste parce que vous savez que je n'ai pas un sou. Comment osez-vous m'appeler "mon garçon" ? » Il serra et desserra les poings, afin d'être prêt à se colleter avec Farne. Ce dernier n'y prêta pas attention, il s'approcha de l'homme assis et lui parla à voix basse.

« Et si moi je t'appelais "mon garçon" ? » demanda la femme d'une voix douce et presque mielleuse. Elle lui fit penser à une jeune et désirable Mrs Butler.

« Je t'en prie, Lucy », murmura son compagnon, « évite de jeter ton dévolu sur le premier venu. »

Elle haussa les épaules et fit la moue à Andrews. « Vous voyez le genre d'ours que c'est ? Pouvez-vous imaginer ce que c'est que de vivre avec lui ? »

Andrews, distinguant au-dessus du décolleté de sa robe de belles épaules et l'amorce de deux seins jeunes et fermes, lui sourit. Je dois être vraiment soûl, pensa-t-il. Voici une jeune femme très ouverte. Oh, avoir les idées claires.

« Voulez-vous bien venir vous asseoir ici, Mr Absalon ? » dit l'homme aux yeux las, et Farne recula une chaise à côté de la femme. Andrews s'assit et se retrouva avec un verre de muscat à la main. Il en but une gorgée. « C'est gentil de votre part », dit-il, et il répéta ce qu'il avait dit auparavant : « Pas vêtu pour l'occasion. » Il jeta un regard noir à Farne qui s'était assis à côté de lui, près de la porte. « Faites les présentations », dit-il.

« Voici sir Henry Merriman », dit Farne. Le nom parut quelque peu familier à Andrews. « À votre santé, sir Henry », dit-il, et il renversa un peu de vin sur la nappe. Farne semblait nerveux.

« Et moi », dit la fille en face de lui, en souriant malicieusement à Farne, « je suis l'appendice fort peu respectable de sir Henry. Mr Farne ne m'approuve pas. Mr Farne, n'est-ce pas, est très pratiquant. »

« Mais tais-toi donc », dit sèchement sir Henry en levant son verre à l'intention d'Andrews. « À votre santé, Mr… » Il s'interrompit et attendit. Il avait de profonds cernes, comme s'il ne dormait pas assez. Quelque part au fond de ses yeux luisait un éclat acéré comme une bougie brillant à l'extrémité d'une série de longues salles mal éclairées.

« Mr Absalon », dit Andrews.

Sir Henry rit d'un rire poli. « Oui, mais votre vrai nom ? » Comme Andrews ne répondait pas, il demanda, plein d'une curiosité courtoise et indifférente : « Ne serait-ce pas Mr Carlyon ? » La bougie était de plus en plus grande et brillante. Elle était brandie par une main invisible le long de longues salles poussiéreuses.

Oh, c'est d'un comique, pensa Andrews. Être pris pour Carlyon, franchement ! Il se mit à rire si fort et de façon si incontrôlable qu'il eut du mal à répondre : « Non, non, pas Carlyon », bafouilla-t-il.

À peine avait-il prononcé ces mots que sir Henry demanda : « Mais vous connaissez Carlyon ? » L'indifférence qu'il affichait avait disparu. Quelque chose d'insistant et de fanatique avait pris la place. La voix fendit la brume alcoolisée et Andrews se ressaisit. « Que voulez-vous dire ? » s'écria-t-il. Il se leva non sans mal. « Je m'en vais. Je ne me laisserai pas insulter. Bien sûr que je ne le connais pas. Pourquoi connaîtrais-je un fichu contrebandier ? » Il porta une main à sa tête et se maudit. Il n'était pas soûl au point de ne pas comprendre qu'il venait de se trahir une nouvelle fois. L'alcool et la faim l'avaient troublé. Il ne faisait pas le poids devant des gens sobres. « Je m'en vais », répéta-t-il.

« Asseyez-vous », dit sèchement Farne. Il se leva et alla fermer la porte à clé. Andrews l'observa avec étonnement puis se rassit. Ils étaient trop forts pour lui.

« Lucy, tu devrais aller te coucher », dit sir Henry.

Elle le regarda en grimaçant. « Je n'irai pas me coucher », dit-elle. « Je resterai ici ou bien je descendrai au bar et me trouverai de la compagnie. »

« Oh, eh bien reste alors », répondit sir Henry, comme s'il était trop las pour se disputer. Il se tourna vers Andrews. « Bien, jeune homme, vous feriez mieux de tout nous dire. Nous sommes vos amis. Nous voulons juste vous aider. »

« On est en démocratie », protesta machinalement Andrews, « vous ne pouvez pas me retenir ainsi contre mon gré. »

« Pourquoi pas », dit sir Henry, « mais rien ne m'empêche de vous livrer aux douaniers. »

« Oh, ça ne me fait pas peur », répondit Andrews. « Sous quel chef d'accusation ? »

« Contrebande », dit Farne, « et meurtre. »

« Pourquoi compliquer les choses ? » reprit sir Henry. « Vous êtes innocent, je le sais, du second chef. »

« Eh bien dans ce cas, pourquoi ne pas me laisser tranquille ? » marmonna Andrews d'un ton geignard.

« Je suis ici », dit sir Henry avec une vivacité inattendue, « pour faire pendre ces assassins. C'est ce que vous voulez également ? »

Je dois être prudent, se dit Andrews. « Je ne sais pas de quoi vous voulez parler », dit-il tout haut.

Farne renifla avec impatience, et sir Henry remua les doigts. « Vous avez dénoncé ces hommes », dit-il. « Une lettre anonyme adressée aux Douanes. » Il posa sur Andrews un regard à la fois méprisant et curieux.

« Qu'est-ce qui vous fait dire que c'est moi ? » demanda Andrews.

« Oh, ça ne fait aucun doute. Pas le moindre doute. » Il posa une enveloppe sale sur la table. « Absalon, fils du roi David. Regardez les majuscules A et F. Vous vous êtes élégamment trahi, mon ami. J'ai votre lettre aux Douanes dans ma poche. Vous l'avez rédigée de la main gauche, mais sans réussir à dissimuler vos pleins et déliés. »

« Très bien », dit Andrews avec un geste de reddition, « je l'admets. Mais donnez-moi quelque chose à manger. »

« Va chercher un serveur, Lucy », dit sir Henry, « et dis-lui d'apporter un steak à Mr … »

« Andrews. »

« Et dis-lui aussi de lui préparer une chambre. Mr Andrews va rester ici quelques jours. »

Ils ne lui adressèrent plus la parole pendant qu'il mangeait. Il se sentit alors non seulement ragaillardi mais les idées plus claires. Il s'était fait piéger, et sous la fine pellicule de peur, il s'en félicitait. L'initiative lui avait échappé. On le faisait s'avancer sans remords sur le droit chemin, et il ne servait à rien de lutter. Il jeta des regards furtifs autour de lui. Farne lisait et sir Henry était absorbé dans ses papiers, ses longues mains blanches et sans bague remuant nerveusement au rythme de ses pensées. La fille somnolait dans son fauteuil. Il l'observa avec un intérêt avide. « Quel plaisir peut-elle tirer de cet homme ? » pensa-t-il. « Il ne songe qu'à son travail. Il ne peut pas l'émoustiller comme je le pourrais. » Pendant un instant, la pensée d'Elizabeth vint le troubler. Elle était plus désirable et plus jolie, mais infiniment plus distante. « C'est sans espoir », pensa-t-il. « À quoi bon penser à elle ? » Il n'arrivait pas à croire qu'elle fût destinée à un autre homme que lui. En outre, c'était à cause d'elle qu'il se retrouvait ici, alors pourquoi ne pas s'amuser un peu tant qu'à prendre des risques ? Il y avait ici une femme qui n'était pas trop bien pour lui, dotée du même corps concupiscent et du même cœur méprisable.

Lucy ouvrit les yeux et vit qu'il la regardait. Elle lui sourit. « Nous devons te trouver des vêtements propres », dit-elle. « Je suis sûre que Mr Farne t'en prêtera à lui. Ils sont très sobres, bien sûr. Mr Farne est pratiquant. » Farne se leva brusquement et se dirigea, un peu agacé, vers la fenêtre, où il resta, leur tournant le dos, observant la grand-rue avec intérêt. « Mr Farne et moi n'avons jamais été en bons termes », dit-elle, ses petites lèvres se tordant aux commissures à l'idée qu'un homme ne puisse pas la désirer, manifestant tout son mépris devant ce Farne à qui manquait ce qu'elle considérait comme une élémentaire virilité.

Sir Henry leva les yeux de ses papiers. « Va te coucher, Lucy », dit-il d'un ton mordant.

Elle le regarda malicieusement. « Et toi ? » dit-elle.

« Je suis occupé », répondit-il.

Le visage de la femme laissa transparaître un instant une très légère tendresse. « Tu ne vas pas encore travailler toute la nuit, Henry ? » demanda-t-elle. « Il faut que tu dormes un peu. »

« Je vais très bien », dit-il sur un ton légèrement étonné, comme s'il n'avait pas l'habitude qu'elle s'inquiète pour lui. « Vas-y maintenant. J'ai beaucoup à faire d'ici demain. »

Elle se leva, mais avant d'arriver à la porte, elle s'arrêta un moment devant la table. « Tu travailles trop », dit-elle.

Il sourit. « C'est ma carrière. En outre, je tiens tout particulièrement à remporter ce procès. »

« Tu y laisseras la peau tôt ou tard », dit-elle.

« Oh, tu n'as rien à craindre », dit-il sèchement, avec impatience. « Je te trouverai vite un nouveau protecteur. »

Elle rougit et lança à Andrews un sourire furieux. « Je peux très bien m'en trouver un toute seule », répondit-elle.

« Je te déconseille de porter ton dévolu sur Mr Andrews », dit sir Henry avec un sourire amusé, comme s'il regardait une enfant colérique et ridicule. « Mr Andrews n'a pas les moyens. » Elle sortit en claquant la porte derrière elle.

Andrews était troublé, mais cette fois-ci ce n'était pas dû à la boisson. Il avait l'impression d'avoir quitté brusquement un mystérieux silence balayé par le vent pour entrer dans un endroit bruyant, agité et populeux. La nostalgie fugace qu'il éprouvait pour le cottage et Elizabeth avait été chassée par le sourire de Lucy, lequel promettait une distraction. Si elle a l'intention de me monter contre ce Merriman, pensa-t-il, je suis partant. L'alcool ne le troublait plus mais avait laissé une légère excitation, et il crut un instant qu'il pouvait être fascinant. Il eut envie de suivre Lucy.

« Bon », dit-il, « que me voulez-vous ? »

Sir Henry releva la tête. « Vous êtes sobre, à présent ? »

« Je n'ai jamais été soûl », dit Andrews, énervé. « Juste affamé. »

« Eh bien, j'attends de vous que vous comparaissiez comme témoin. Je suis au service de la Couronne. Si vous n'êtes pas un témoin, vous devez comprendre qu'il ne vous reste qu'une seule option. »

« En quoi puis-je vous être utile ? » protesta Andrew. « J'étais déjà parti quand ils se sont battus. »

« Ça n'a pas d'importance », dit sir Henry. « Tout ce que je veux, c'est que vous certifiiez que ces hommes ont accosté, que vous étiez avec eux quand ils ont accosté. »

« Impossible, c'est trop risqué ! » dit Andrews.

« Vous auriez dû y penser quand vous avez envoyé cette lettre. Mais je ferai de mon mieux pour vous aider. On vous protégera tant que vous serez à Lewes. Vous pouvez rester dans cette auberge. Je vous y ai réservé une chambre. Après ça, vous serez livré à vous-même, mais vous avez toute l'Angleterre pour disparaître. Vous exagérez le risque. Je vous conseille toutefois de renoncer à la contrebande. » Il observa curieusement Andrews. « Je ne comprends même pas pourquoi vous vous y êtes livré. Vous m'avez l'air d'être un jeune homme instruit. »

« Je lis le latin et le grec, si pour vous c'est ça l'instruction. On ne m'a pas appris à vivre. Que puis-je faire quand tout ça sera fini ? »

Sir Henry tapota sur la table avec impatience. « Vous êtes une aubaine pour moi », dit-il. « Je n'ai aucune raison de vous en être reconnaissant, mais je vous écrirai quelques lettres de recommandation à Londres quand ce procès sera terminé. Vous devriez pouvoir vous trouver un poste de commis. Mais vous avez intérêt à vous conduire honnêtement à l'avenir ou vous finirez comme, je l'espère, vont finir vos compagnons. »

« Ne me parlez pas d'honnêteté », dit Andrews. « Vous ne risquez pas votre vie comme moi dans ce procès. Vous, on vous paie pour ça. »

« Ne soyez pas insolent », dit Farne en s'éloignant de la fenêtre. « Vous faites ça pour sauver votre peau, pas pour la justice. »

« Ni pour l'un ni pour l'autre, je crois », répondit Andrews, toute sa colère soudain dissipée par la vision d'Elizabeth portant sa tasse à ses lèvres. Mais je ne pourrai jamais retourner là-bas, pensa-t-il. Quand tout ça sera fini, je vais devoir disparaître. Je ne crois pas que je la reverrai jamais. Cette perspective lui fut douloureuse, il serra les poings et appela le soulagement des larmes. Délibérément, il tourna le dos en pensée au cottage, chassa toute vision, tout son et tout souvenir de cet endroit, et se concentra au lieu de ça sur le danger qu'il encourait et devait fuir par la ruse. Dans cette pièce calme qui dominait la grand-rue, en présence des deux avocats, redouter la moindre violence semblait absurde. La paix qu'il avait connue la nuit précédente était comme un rêve, et le cauchemar pouvait facilement s'introduire dans un rêve. Mais pour l'instant il était éveillé, dans un cadre bien réel, parmi des gens calmes, ordinaires, et il était impossible de croire qu'il fût vraiment menacé par une mort brutale. Sa fuite ne semblait plus nécessairement éternelle. Quand ce serait fini, il se rendrait à Londres et laisserait le passé derrière lui, il vivrait comme n'importe qui, gagnant son pain quotidien. Je pourrai m'acheter des livres, pensa-t-il, tout excité, et aller écouter de la musique à St Paul et à l'Abbaye. Les rues seront pleines de fiacres et les trottoirs pleins de gens. Il se promènerait un peu partout sans être plus visible qu'une fourmi dans une fourmilière. Ce serait douloureux d'être aussi heureux, pensa-t-il, puis il comprit que cette douleur n'était pas la prophétie d'un bonheur mais d'un vide. Il posa sa tête sur ses mains. À quoi bon vivre, se demanda-t-il, une vie à jamais sans elle ? Quand il ferait chaud, il aurait envie qu'elle soit là avec lui pour jouir de la chaleur, et quand il ferait froid, qu'elle s'assoie avec lui devant la cheminée. Il aurait toujours présent à l'esprit en se réveillant le fait qu'elle ne vivait qu'à quelques heures de lui. Va voir si elle est toujours dans ce cottage. Elle a peut-être déménagé, ou s'est perdue, ou se meurt, a faim, est seule. Et tous les matins la peur l'emporterait sur la raison. Il ne connaîtrait pas plus la paix dans cette lutte constante que dans la fuite. Que suis-je censé faire alors ? se demanda-t-il avec un geste las des mains.

Les deux avocats parlaient entre eux, ignorant Andrews.

« Et Parkin ? » dit Farne. « Que pensez-vous de Parkin ?

« C'est le juge idéal pour les prisonniers. C'est un moulin à paroles et un vaniteux qui aime s'écouter parler. S'il y a un seul honnête homme parmi les jurés, Parkin se le mettra à dos par sa fatuité ou alors le troublera par la longueur de son exposé. Farne, vous devriez aller vous coucher. Vous avez une longue journée devant vous et une bonne partie de la soirée aussi, vu ce que je sais de Parkin. Il restera jusqu'à ce qu'il n'y ait plus une seule bougie d'allumée. »

« Et vous, sir Henry ? » demanda Farne, légèrement inquiet.

« Oh moi, Farne, j'ai encore un peu de travail. J'ai besoin de moins de sommeil. Je suis plus âgé. Farne, obtiendrons-nous une condamnation ? »

« Pas tant que vous n'aurez pas dormi un peu, sir Henry. »

« Je ne comprends pas pourquoi vous vous inquiétez tous comme ça – vous et Lucy. Farne, connaîtrons-nous un temps où l'on pourra faire confiance à un jury pour rendre un verdict en rapport avec des faits de contrebande ? On en vient à ne plus croire en la justice et à rêver d'une loi martiale. »

« Ne dites pas ça, sir Henry. La justice est la justice. Concernant cet homme, sir Henry ? Souhaitez-vous qu'il reste encore ? »

Ils me traitent à nouveau comme un domestique, pensa Andrews, mais sa colère n'eut pas le temps de monter et fut assouvie par la voix lasse et courtoise de Merriman. « Un serveur va vous conduire à votre chambre, Mr Andrews », dit-il.

« Dormez bien. Demain nous montons au front. » Il passa une main sur son visage comme s'il essayait de se rappeler toutes les choses qui sont nécessaires au confort de ces hommes pour qui le travail n'est pas le plaisir ultime. « Si vous avez soif, Mr Andrews », dit-il, « commandez ce que vous voulez. » Farne émit un grognement désapprobateur et tint la porte ouverte, attendant qu'Andrews sorte.

« Je vous conseille de ne plus boire ce soir », dit-il quand ils se retrouvèrent dans le réduit obscur. « Bonne nuit. »

Andrews regarda sa petite silhouette proprette dans ses vêtements sombres s'éloigner dans le couloir, tourner au coin et disparaître. « Demain nous montons au front. » Il ne s'attendait pas à ce qu'on le convoque aussi tôt. La panique mit à mal sa résignation. Je pourrais sortir en douce de l'hôtel pendant la nuit, pensa-t-il. Mais après ? Une répétition infinie de la dernière semaine. Et s'il restait ? Au moins, le danger sera évident et devant moi, songea-t-il, la peur lui serrant néanmoins la gorge. Sa bouche et ses lèvres étaient sèches. Il serait plus facile de prendre une décision devant un verre. Il s'avança sur le palier et aperçut la flamme d'une bougie qui montait vers lui. Mais ce n'était pas la flamme elle-même qu'il voyait mais son reflet dans un grand miroir, là où l'escalier faisait un coude abrupt. La bougie passa et il put distinguer le visage de la compagne de sir Henry dans la glace. Son corps était indistinct, du fait du velours bleu foncé de sa robe qui descendait presque jusqu'à ses petits pieds puis traînait derrière dans l'obscurité. Le visage blanc aux lèvres rouge vif s'observait dans la glace d'un air inquiet. La bougie s'abaissa un peu au bout d'une longue main gantée et éclaira de belles épaules délicieusement tombantes et la naissance de jeunes seins. Le visage se pencha en avant et fixa prudemment dans le miroir l'invisible réalité. La fille devait être tout proche du miroir, bien que cachée à la vue d'Andrews par le coude de l'escalier, car son haleine embua l'image. Une main apparut, qui l'effaça d'un mouvement prudent et énigmatique. Andrews descendit quelques marches et l'image, surprise, s'éloigna du miroir, mais une fois passé le coude il tomba sur la vraie personne.

« Tu te regardais ? » dit-il avec un rire forcé et gêné.

« Pour voir si j'étais belle », répondit-elle d'un air de défi.

« C'était inutile », dit-il.

« Tu es qui ? Un juge ? » demanda-t-elle.

« J'ai connu beaucoup de femmes », se vanta Andrews, « mais aucune aussi belle que toi – de visage », ajouta-t-il avec un sentiment soudain de loyauté envers Elizabeth.

« Ou de corps ? » dit-elle, s'éclairant du visage aux pieds.

« Ou de corps », répéta-t-il à contrecœur.

« Mais il est vrai que tu es si jeune », elle se rapprocha un peu plus de lui. « Un homme plus âgé ne le penserait pas. »

Andrews songea à l'homme qui travaillait, travaillait, travaillait au-dessus de sa tête. « Tu es amoureuse de ce vieil homme ? » demanda-t-il.

Elle s'appuya à la balustrade. « Qu'en sais-je ? » murmura-t-elle. « Il a été bon avec moi. Ça fait trois ans que je suis avec lui. Mais il est de plus en plus absorbé par son travail. Il me rejettera bientôt, je suppose. Non, je ne suis pas amoureuse de lui, mais après trois ans on finit par s'attacher à cet homme. »

« Ça ne doit pas être une drôle de vie pour toi », dit Andrews.

« Toi, tu as l'intention de me faire la cour », fit-elle en riant. Elle le regarda de haut en bas entre ses paupières plissées. « Ma vie serait triste si je me forçais à être fidèle. Tu dors à l'hôtel, n'est-ce pas ? Il faut vraiment qu'on te trouve des vêtements propres. »

Andrews détourna légèrement le regard. « Ne prends pas cette peine », dit-il et il descendit quelques marches. Elle l'observa attentivement avant de lui barrer soudain le passage. « Où est-ce que tu vas ? » demanda-t-elle.

« Juste prendre un verre. »

« Et tu n'es pas assez poli pour me proposer de me joindre à toi ? » Sa voix était moqueuse, avec une nuance de méfiance.

« Entendu. Viens », dit-il. Il ne la regarda pas alors qu'ils descendaient les marches, tout en se répétant que sa situation était bien trop grave pour penser à la bagatelle, qu'il devait décider de rester ou de partir sans être influencé par le picotement du désir qui ne cessait de s'intensifier à chaque pas.

Elle le conduisit dans une pièce où un feu lançait des flammes sporadiques à intervalles de plus en plus longs. La pièce était vide. Tous les autres clients étaient allés se coucher. Elle sonna pour passer commande et un serveur revint avec un verre de porto et un verre de whiskey.

Andrews la regarda siroter son porto.

« Tes lèvres sont d'une couleur admirable », dit-il.

« Charmant », dit-elle en riant et, se tournant vers le feu, le remua avec le pied, faisant s'animer des ombres qui dansèrent sur son visage.

« Dis-moi, pourquoi as-tu trahi ces hommes ? »

« Tu ne comprendrais pas », dit-il avec conviction. « C'était par jalousie pour un mort et parce qu'ils me méprisaient. »

« Je n'y comprends rien », dit-elle, « mais je suppose que ça a du sens pour toi. »

« La peur. »

« C'est tout ? J'aurais parié qu'il y avait autre chose. Et Henry compte t'appeler à la barre des témoins demain ? Je viendrai te voir. Tu ne dois pas être aussi réticent que tu l'es avec moi. » Elle le regarda plus attentivement.

« Tu iras, n'est-ce pas ? »

« Bien sûr », dit-il d'un air absent. Elle s'éloigna du feu, son verre à la main, et se rapprocha de lui, et la jambe d'Andrews sentit la forme et le contact de sa cuisse sous le velours. Sa raison céda sous un accès soudain de désir. Il la prit dans ses bras et embrassa ses lèvres, sa gorge, ses seins, et comme elle restait sans opposer de résistance avec cette passivité des femmes qu'il avait rencontrées dans les bars vulgaires, son désir augmenta, ses mains s'égarèrent sur elle, puis il s'écarta, haletant et les larmes aux yeux.

« Tu es un drôle de garçon », se contenta-t-elle de dire.

Il se traita intérieurement de porc en pensant à Elizabeth. Mais tout ça était fini, alors pourquoi ne s'amuserait-il pas s'il en avait l'occasion ? Cet air est trop raréfié pour moi, pensa-t-il. Qu'on me laisse tranquille dans ma souille.

« Je te veux », dit-il tout haut.

Elle se pencha légèrement vers lui. « Et tu attends de moi que je me glisse dans ton lit comme ça ? » demanda-t-elle. « Tu serais une drôle de prise pour moi, non ? Un contrebandier sans le sou, qui a trahi les siens. Un enfant. » Elle sourit. « C'est le seul attrait », murmura-t-elle, en le jaugeant du regard. « Tu fais preuve d'une froide impertinence. J'aurais presque envie…

Ça doit être ce maudit printemps qui arrive… » Elle se rapprocha et pressa soudain ses lèvres sur sa bouche. Elles avaient un goût de porto sucré. « Comme il m'ennuie avec son travail », dit-elle. « On a beau dire, il n'y a qu'une seule façon de s'amuser quand on est jeune. »

Les lèvres et la bouche d'Andrews étaient sèches d'excitation. « Puis-je monter avec toi ? » demanda-t-il.

Elle fit la moue. « Non, pas ce soir. J'ai sommeil. Pas envie. »

Le désir et la prudence ne pouvaient cohabiter dans l'esprit d'Andrews. « Tu ne me reverras pas », dit-il.

Elle eut un rire moqueur. « Et tu crois que ça m'attriste ? On ne fait pas le détail, au printemps. Ça serait drôle de mettre le grappin sur Farne. Tu crois que ces bigots se comportent comme tout le monde ? Mais je doute que le procès soit fini demain. »

« Demain, je serai parti », dit-il.

Elle lui jeta un coup d'œil soupçonneux. « Tu veux dire que tu vas t'enfuir ? » demanda-t-elle.

« Pourquoi resterais-je ? C'est trop dangereux pour moi ici. »

« Mais Henry ? »

« Qu'en ai-je à faire de lui ? »

Elle le regarda d'un air songeur. « Il met tout son cœur à remporter ce procès », dit-elle.

« Est-ce là qu'il met son cœur ? »

« Oh, je peux lui en vouloir pour ça », s'exclama-t-elle, « mais c'est tout à son honneur. Je ne vais pas tarder à le quitter. J'ai besoin de m'amuser. Je vais vieillir trop vite si je reste avec lui et il s'en apercevra. Mais j'aimerais qu'il gagne son procès. Il a tellement travaillé pour ça. »

« Eh bien, qu'il le remporte sans moi. »

« Écoute », dit-elle, et elle lui fit face, son petit menton dressé en signe de défi, « tu pourras m'avoir, demain, si tu me paies. Et comme paiement je veux que tu témoignes pour Henry. Après ça, tu pourras te vanter de m'avoir eue pour un prix inférieur à celui qu'ont payé tous les autres. »

« C'est trop demander », dit-il.

« Qu'en sais-tu ? » répondit-elle. « Donne-moi ta main. Pose-la maintenant ici, et là, et là. Maintenant, tends ta bouche. Tu me sens là, tout près de toi ? C'est bien. Serre-moi contre toi. Tu peux m'avoir davantage si tu le désires. Tu sais que je suis jeune – aussi jeune que toi. Tu ne trouves pas que ça vaut la peine ? »

« Ce soir, ce soir », implora-t-il.

« Non, pas ce soir. Demain soir ou jamais. Tu ne cours aucun danger. On est en Angleterre, un pays civilisé. Le danger est pire pour moi. Imagine que Henry nous découvre ainsi – ou demain soir. Comment nous trouverait-il ? Il va travailler tard. Tu pourras venir dans ma chambre. Ils m'ont donné un bon lit, bien moelleux. Tu es si jeune, je suis sûre qu'il y a encore des choses que je peux t'apprendre. On va s'amuser. Ça va me plaire. »

« Ce soir. Je ne peux pas attendre. »

Elle se dégagea et s'écarta en lui jetant un regard froid et amusé. « Jamais, sauf si tu fais ce que je dis », dit-elle. « Réfléchis bien. Une telle occasion se représentera-t-elle ? Je ne sais pas pourquoi je te fais cette proposition. Je suppose que c'est par pitié pour Henry et à cause du printemps. Tu es plus prometteur que tous ceux que j'ai vus dans cet hôtel. »

Il l'observa attentivement. Jamais auparavant il n'avait autant désiré une femme – non, pas Elizabeth. Une sorte de mystère entourait Elizabeth, une sorte de sainteté qui brouillait et obscurcissait son désir avec de l'amour. Ici, il n'était question ni d'amour ni de respect. L'animal en lui pouvait examiner sa beauté crûment et avec concupiscence, de même qu'il avait examiné les charmes des catins, mais avec le piment supplémentaire d'un désir réciproque. C'est vrai, pensa-t-il, quel danger y a-t-il ? On est dans un pays civilisé. Je vais aller à Londres et je ne serai pas seul sans Elizabeth car j'aurai des tas d'autres aventures comme celle-ci.

« Alors, tu acceptes ? » demanda-t-elle.

« Oui », dit-il. « Et toi – ce sera bien demain soir ? »

« Sauf si le tribunal siège tard. Rien ne m'obligera à veiller pour toi. » Elle bâilla. « Comme c'est méchant de ma part. Henry serait furieux contre moi », murmura-t-elle avec un sourire vaguement amusé. « Mais tout ça est d'un ennui mortel. C'est une erreur de vivre trois ans avec un homme. Il me considère presque comme sa femme, il est vertueux avec moi, et chaste. Je ne le supporte pas. Bonsoir. » Elle tendit une main, mais il l'ignora. « Je l'ai achetée », pensa-t-il, « pourquoi serais-je poli ? J'ai touché de plus belles mains. »

« Bonne nuit », dit-il.

Elle haussa les épaules, grimaça et franchit le seuil. Les ombres se rassemblèrent autour d'elle, engloutirent sa robe et son corps dans l'obscurité, et pendant un court instant seul son visage blanc fut visible et parut flotter, comme désincarné, dans le noir. Puis lui aussi disparut et il entendit grincer les marches sous son pas alerte.

« Demain nous montons au front. » Il faisait pour une mauvaise raison ce qu'il avait refusé de faire pour une bonne. Il avait fait la sourde oreille à ce que son cœur, soutenu par le critique en lui, lui avait demandé, mais il avait capitulé au premier soupir lubrique émis par son corps crasseux. Son corps avait redouté la mort et reculé devant le danger. « Si tu avais vaincu cette peur », lui reprocha le critique à voix basse, « quand Elizabeth parlait, je t'aurais soutenu. Maintenant c'est ton corps qui a choisi et ton corps se retrouve seul. »

8

Un peu après minuit, il se mit à pleuvoir, une averse triste et régulière. Le soleil se leva, mais invisible. Des bancs de nuages gris apparurent lentement, et ce fut le signe qu'il faisait jour. Le long de Lewes High Street, on n'entendait que le bruit régulier de l'eau s'écoulant des conduites, des pignons et des enseignes. L'eau glissait le long des cheveux, des robes et de l'épée que brandissait la grosse Justice de pierre sur le tribunal, comme si cette dernière venait de jaillir des vagues grisâtres d'un « port de plaisance », telle Vénus hors de la Méditerranée. Indifférente au froid et à l'humidité, elle contemplait, de l'autre côté de la rue, les fenêtres du White Hart d'un regard impassible. Un store fut levé, et un jeune homme regarda un moment dans la rue. À une autre fenêtre, la lumière déclinante d'une bougie s'éleva lentement, tandis qu'un homme âgé aux traits saillants montait se coucher. Les flammes des deux réverbères de la rue cessèrent d'être des brèches dorées et lumineuses dans la nuit et devinrent une vague traînée jaune sur une page grise. Bientôt, un homme âgé s'avança sur le trottoir d'un pas traînant et les éteignit. La compagnie de l'éclairage de Lewes avait décrété le début du jour.

Pendant plusieurs heures, pourtant, il n'y eut aucun mouvement humain dans la rue. Une chatte grise et maigre longea délicatement le caniveau d'un air digne et abattu, et un chien déboula à un croisement, la queue dressée en dépit de la pluie. La chatte sauta les trois marches d'un perron, arqua son dos hérissé et cracha de défi, tandis que le chien, se collant au sol, lâchait quelques aboiements secs et brefs, plus par amusement que face à un réel danger. Le store du White Hart fut de nouveau levé et le même jeune homme regarda dehors, observant cet incident avec intérêt. Il était habillé et avait les yeux cernés comme s'il n'avait pas réussi à dormir. La chatte, consciente soudain de se donner en spectacle devant deux créatures mâles, sauta sur une rambarde et disparut. Le chien et l'homme regardèrent d'un air las et déçu les marches sur lesquelles la féline s'était tenue.

Environ une heure plus tard, des employés apparurent avec des balais et se lancèrent dans la tâche impossible de nettoyer la rue en préparation de l'arrivée du juge. Sir Edward Parkin était un homme d'une extrême méticulosité et le maire avait appris lors d'un précédent procès ce qu'il en coûtait de lui déplaire. Tandis que les employés frottaient et balayaient et que la pluie battante annulait leurs efforts, l'horloge de l'église St. Anne sonna sept heures et la grand-rue s'anima automatiquement. Le camion d'un laitier descendit bruyamment la rue, des stores furent remontés en cliquetant, l'odeur des plats en train de mijoter traversa la rue, des servantes sortirent des maisons et vidèrent des seaux d'eau sur les marches. Comme le jour pointait, de petits attroupements se formaient sur le trottoir et, tournant le dos au tribunal, scrutaient le bout de la rue. Les gens attendaient le juge.

Dans ses appartements, sir Edward Parkin beurra son toast posément. C'était un petit homme replet au visage très blanc et aux mains très blanches. Le bruit courait à Londres qu'il les poudrait comme le font les femmes. Sa voix, quand il s'adressa à son clerc par-dessus la table, était aiguë et affectée. Elle faisait des voltes à une altitude empyréenne, embardait comme une jument capricieuse. Il se plaignait d'un air grognon du petit-déjeuner qu'on lui avait servi.

Au White Hart, sir Henry Merriman prenait un petit-déjeuner frugal avec ses dossiers devant lui. Lucy était encore couchée, et Farne restait songeur à l'autre bout de la table, sans rien dire.

Sir Henry leva les yeux. « Est-il encore à l'hôtel ? » demanda-t-il.

Farne hocha la tête.

« Je me demande s'il viendra au procès. »

Farne haussa les épaules.

Dehors, les gardes avançaient dans la rue en direction des appartements du juge, leurs uniformes chamarrés brillant vaguement sous le voile gris de la pluie. Ils étaient suivis à brefs intervalles par la fanfare locale. Ils se postèrent devant ses appartements, et sir Edward Parkin se leva, épousseta les miettes sur ses genoux. Il avait minuté son petit-déjeuner à la seconde près. Il envoya son clerc chercher du tabac à priser. « Du Bentley et rien d'autre. »

À la prison, on mettait les fers aux six hommes. Cinq étaient de grands gaillards barbus qui juraient, l'air bravache mais d'excellente humeur. Leur avocat les avait vus la veille et il avait toute confiance dans le jury. Il fallait juste trouver une faille permettant d'obtenir l'acquittement, et il l'avait trouvée. Le sixième homme n'avait rien compris aux propos de l'avocat. Il savait vaguement qu'un homme était mort, et qu'il était inculpé pour meurtre. Il était livide et secoué par des sanglots de terreur. C'était Tims, le jeune demeuré.

Un peu avant cela, une servante avait frappé à la porte d'Andrews pour lui proposer un petit-déjeuner. Il avait refusé. Il n'avait pas faim. Il avait l'impression que c'était lui qui allait se retrouver sur le banc des accusés et être condamné. Sa bouche était si sèche qu'il se demanda comment il allait faire pour répondre aux questions de l'avocat. « Je fais ce qu'il convient de faire », se répétait-il sans cesse. « C'est ce qu'Elizabeth voulait que je fasse. » Mais la réponse n'était que trop évidente. « Ce n'est pas pour elle. » Si seulement cela avait été le cas. Il se rappela la veille, quand il avait contemplé son cottage depuis la colline et avait pris la fumée pour des oiseaux en train de tournoyer dans le ciel. Son cœur lui aussi s'était envolé, mais devait à présent se traîner à jamais dans la boue. Il avait peur de convoquer son image, qui avait été si facilement et si complètement chassée par une courtisane. Sans cela, sans ce marché qu'il avait passé, il sentait qu'il aurait pu affronter son procès, sinon avec courage, du moins avec un semblant de ce dernier.

Quelque part au loin, on entendit le beuglement saccadé des trompettes. Cela signifiait, il le savait, que le juge montait dans sa voiture. À tout moment, on allait venir le chercher. C'était moins la peur que le dégoût et le regret qui emplissaient son esprit à l'exclusion de toute pensée claire – du dégoût pour ses actes et ses paroles de la veille au soir, du dégoût pour la jeune femme concupiscente qui s'était interposée entre lui et un étrange rêve purificateur, le regret de devoir affronter la mort pour une raison aussi vile. Il entendit quelqu'un monter l'escalier. Était-il trop tard ?

Il se jeta à genoux à côté du lit et pria pour la première fois depuis de nombreuses années, avec une fougue incohérente. « Oh Seigneur, si Tu existes », implora-t-il, « donne-moi du courage. Pardonne-moi pour hier soir. J'essaierai de l'oublier. J'essaierai de ne pas revoir cette femme. Je n'accepterai pas sa récompense. Rends-moi, ô rends-moi ma raison première. »

Le visage de Farne apparut sur le seuil. « Vous devez venir », dit-il. Il avait l'air perplexe, gêné et par conséquent un peu agacé.

La foule s'était amassée sur les trottoirs, et une longue file s'était formée devant une porte permettant au public d'accéder à la salle d'audience. Andrews remonta le col de son manteau, de peur d'être reconnu. Nombreux étaient ceux à Lewes qui connaissaient son visage, des aubergistes à qui les contrebandiers avaient vendu de l'alcool, des gardiens possédant des caves permettant d'entreposer des tonneaux.

La salle du tribunal était bruyante et animée, et donna le vertige à Andrews. Son cerveau était épuisé par la veille incessante de la nuit, et ce n'est qu'indistinctement, comme à travers un brouillard, qu'il reconnut sir Henry Merriman assis à la table du ministère public. Farne l'avait rejoint et il y avait un troisième homme qu'Andrews ne connaissait pas, ainsi que les deux avocats des prisonniers. D'où il était, il ne pouvait pas voir les prévenus dans leur box, et il s'en réjouit. Le moment de prendre place à la barre des témoins viendrait bien assez tôt.

On entendit dehors un bruit métallique alors que les gardes posaient leurs armes à terre, puis, annoncé par un beuglement de trompettes et les cris des huissiers, le juge Parkin entra et prit place. Comme s'ils jouaient aux chaises musicales, les membres du tribunal se levèrent et s'assirent. Le juge Parkin se fit une prise de Bentley et le bourdonnement des conversations reprit, comme si le tribunal était un verre contenant un grand nombre de mouches agacées. Les avoués bâillaient déjà.

Le greffier se leva et d'un ton d'intense ennui informa les six hommes à la barre des accusés que les honorables jurés qu'on allait appeler, et qui conséquemment apparurent, devaient se prononcer au nom du Roi sur leur acquittement ou leur condamnation à mort : et que, s'ils désiraient les récuser, l'un ou l'autre, ils devaient le faire quand ces derniers iraient prêter serment sur la Bible, et avant de prêter serment, et qu'on les écouterait. Puis il se rassit, ferma les yeux et parut s'endormir. Le juge Parkin se frotta les mains et regarda le public présent dans la salle, parmi lequel figuraient de nombreuses jeunes femmes.

Les jurés furent alors appelés. La Couronne refusa un aubergiste de Southover, puis le tribunal retrouva son inertie tandis que les jurés prêtaient serment. Ensuite, le greffier, s'arrachant à son sommeil, informa les jurés des chefs d'accusation portés contre les six prisonniers et de l'enquête du Coroner. Le juge Parkin, soupirant légèrement devant la nécessité de détourner son attention de ses mains, demanda qu'on fasse sortir les témoins. Un policier tira sur la manche d'Andrews et le conduisit dans une petite pièce sur la porte de laquelle on pouvait lire la mention suivante, en grosses lettres grasses : « Témoins hommes seulement ». Au centre de la pièce trônait une grande table en acajou d'un rouge brillant, sur laquelle étaient entassés des chapeaux, des manteaux et des cannes. Un étroit banc de bois longeait les quatre murs, occupé par des gens serrés les uns contre les autres qui le fixèrent avec une curiosité hostile. Ils n'essayèrent pas de se serrer davantage pour lui faire une place. Andrews se rendit au bout de la pièce et s'appuya à la fenêtre, en regardant ses compagnons du coin de l'œil. Un des côtés de la salle était entièrement réservé aux hommes en uniforme bleu de la Répression des fraudes. Ils firent à voix haute des commentaires sur sa mise jusqu'à ce qu'il rougisse comme une pivoine.

« C'est qui ce jeunot ? » dit l'un.

« Même pas capable de s'habiller correctement devant Sa Seigneurie. »

« Regardez ces habits tout crottés. Il doit faire les poubelles, moi je dis. »

Un vieil homme au visage bienveillant lui lança : « Comment tu t'appelles, petit ? »

Andrews se redressa, rassuré par le son doux de la voix. Il se sentait très seul, debout dans son coin, dévisagé et critiqué par tous les hommes de la pièce. Il avait grand besoin d'un allié, aussi répondit-il rapidement : « Andrews. »

Le vieil homme bienveillant se tourna brusquement vers ses collègues. « Andrews », dit-il, « c'est un des types qu'on cherchait tous ces derniers jours. » Il se leva et vint se poster devant Andrews, les mains sur les hanches : « Tu devrais être sur le banc des accusés », dit-il. « Qu'est-ce que tu fiches ici, hein, à contaminer cette assemblée ? Oui, tu peux rougir, et pas qu'un peu ! Tu es ici parmi d'honnêtes gens. »

« Vous ne pouvez pas me laisser tranquille ? » dit Andrews. « Je suis fatigué. Je n'ai pas fermé l'œil de la nuit. »

« Encore heureux », dit le vieux. « Qu'est-ce que tu fabriques ici, hein ? T'as balancé tes camarades, c'est ça ? » Il se tourna vers ses compagnons et leva les mains en signe de protestation. « Ça ne me dérangerait pas si c'était un honnête contrebandier », dit-il. « Mais un voleur sournois, un sale mouchard. C'est un peu raide. Va-t-on le laisser rester dans une pièce parmi d'honnêtes gens ? »

« Eh, petit », lança un homme sur le banc opposé. « C'est vrai tout ça ? T'es une saleté de mouchard ? »

« Bien sûr que c'en est un », reprit le vieil employé des Douanes, en se tournant pour faire face à Andrews. Il se balançait d'un pied sur l'autre. « T'es pas fichu de répondre à une honnête question, espèce de cafard ? »

Andrews serra les poings et ferma à demi les yeux. « Je ne m'abaisserai pas à répondre à une injure venant d'un employé des Douanes », dit-il.

« Tiens donc ? » fit l'homme au visage bienveillant, et il gifla alors Andrews.

Ce dernier brandit le poing mais le laissa retomber. Oh Seigneur, implora-t-il en silence, que ce soit là ma pénitence pour la nuit dernière. Maintenant fais Ta part et donne-moi du courage. « Vous êtes un douanier mais surtout un vieil homme. Je refuse de me battre », dit-il, et il tourna le dos à la salle afin que personne ne puisse voir que ses yeux s'étaient remplis de larmes. Ce n'est pas le pire, pensa-t-il. Comment vais-je faire pour tenir jusqu'au bout ?

« Oh, laisse-le tranquille, Bill », dit quelqu'un. « C'est qu'un gamin. »

« Il pue », dit Bill brusquement. « Pourquoi on nous mettrait dans la même pièce qu'un mouchard ? Soit il s'en va d'ici, soit c'est moi qui pars. »

« Vous allez sortir de toute façon », dit un gendarme en passant la tête par la porte. « C'est votre tour d'y aller. Allez, dépêchez-vous. »

Ils sortirent un par un, disparaissant aux yeux d'Andrews comme les grains de sable d'un sablier. Il attendit nerveusement qu'on l'appelle, mais au moins il était libre, libre de regarder par la fenêtre la cour détrempée et cinglée par la pluie, en se disant qu'il n'avait pas encore trahi entièrement. Enfin vint le moment. « Andrews, Andrews. » On prononçait son nom tout doucement depuis la porte du tribunal, puis plus fort dans les couloirs jusqu'à ce qu'il tonne à ses oreilles alors qu'il restait devant la fenêtre, glacé, malade et effrayé.

Le greffier s'assit et, sans marquer de pause, parut de nouveau sombrer dans le sommeil. Sir Henry Merriman se leva. « Si Son Excellence le permet, messieurs du jury… » Sa voix ne montrait aucun signe des heures passées à travailler sans relâche. Claire, froide, animée, elle visait à secouer les esprits assoupis des personnes venues assister au procès. Les conversations à voix basse prirent fin dans la salle d'audience. Les phrases qu'il adressait aux jurés étaient rebattues mais empreintes d'un feu sincère. « Vous allez prononcer votre verdict d'après les preuves et uniquement les preuves. Vous allez devoir oublier tout ce que vous avez pu entendre ou lire sur le sujet, car c'est probablement erroné, en tous les cas, en l'absence de preuves. Vous allez devoir examiner cette affaire avec un jugement pur et dépourvu de passion, écouter les témoignages et prononcer, d'après ces derniers, un verdict juste. » Un verdict juste ! Regardant les douze hommes devant lui, il chercha vainement chez eux une étincelle de sincérité. Ils le regardaient avec des visages hostiles, stupides et bovins. « Vous essayez de nous berner pour qu'on pende nos amis », semblaient-ils dire.

« Messieurs, le crime dont sont accusés les prisonniers ici présents est d'une immense gravité, la mort d'un homme. » Il jetait ses paroles contre un mur de préjugés. À leurs yeux, il ne le savait que trop, il ne s'agissait pas de la mort d'un homme, mais de la mort d'un inspecteur des Douanes. Il était inutile d'essayer de les convaincre que cette vie perdue avait la moindre valeur. La seule façon pour lui d'obtenir une condamnation était d'empêcher que l'acquittement soit possible en raison d'une faille.

« La victime, Edward Rexall, était un inspecteur des Douanes du comté d'East Sussex, basé à Shoreham. Son supérieur, Mr Thomas Hilliard, agissant sur la foi d'une certaine information, s'est rendu avec Rexall et dix autres hommes la nuit du 10 février à un endroit sur la côte situé à un peu moins de cinq kilomètres de Shoreham. Les agents se sont alors cachés derrière les dunes de sable qui à cet endroit particulier bordent le rivage. Il était minuit et quart. Un peu après une heure du matin, une lumière rouge est apparue sur la mer, suspendue apparemment au mât d'un petit lougre. Mr Hilliard a alors découvert une lanterne trouvée sur un des chevaux. Sept minutes plus tard, un canot venu du bateau a échoué sur le sable. Il y avait dix hommes à son bord, dont six sont présents sur le banc des accusés. Ils étaient sur le point de décharger plusieurs tonneaux, quand le calme qui régnait sur la rive et l'absence de leurs complices ont dû éveiller leurs soupçons, et ils ont entrepris de rembarquer prestement. Mr Hilliard s'est alors montré et leur a sommé de se rendre. Là-dessus, les contrebandiers se sont dispersés et ont couru dans diverses directions le long du rivage. Toutefois, Mr Hilliard avait posté ses hommes de sorte qu'ils puissent arrêter les contrebandiers, et ils auraient sans nul doute capturé toute la bande si lesdits contrebandiers n'avaient pas ouvert le feu. Dans la confusion momentanée qui a suivi, trois des contrebandiers sont parvenus à s'échapper à bord du canot. Six autres, toutefois, ont été capturés, et c'est alors qu'on a découvert qu'Edward Rexall avait été abattu. Pendant toute l'opération, les douaniers n'ont tiré à aucun moment ; et si jamais il subsiste un seul doute dans votre esprit à ce stade, je donnerai comme preuve le fait que la balle extraite du corps de Rexall était du genre de celles tirées par les contrebandiers et non de celles qu'utilisent les agents au service de Sa Majesté. Il n'est pas nécessaire pour l'accusation de prouver lequel des hommes sur le banc des accusés a tiré le coup fatal. Elle n'a même pas besoin de prouver qu'il a été tiré par un des prisonniers et non par un de ceux qui se sont échappés. Il a été tiré par un des contrebandiers, qu'il se tienne en ce moment sur le banc des accusés ou qu'il soit en fuite à des centaines de kilomètres d'ici, et chaque membre de la bande ayant pris part à la résistance aux agents de Sa Majesté est aussi coupable de meurtre que s'il avait lui-même été vu abattre Rexall. Il est rare, messieurs, qu'un crime soit commis dans des circonstances qui nous permettent de produire des témoins oculaires de ce crime. Par conséquent, cette affaire est inhabituellement facile à juger. Je vous ai exposé en détail les faits principaux qu'il est à présent de mon devoir d'établir par des preuves irréfutables. Je me suis abstenu de signaler tout fait qui selon moi ne saurait être avéré. Si le moindre doute subsiste dans vos esprits, des doutes sincères sans lien avec la connaissance personnelle que vous pouvez avoir avec les prisonniers, vous accorderez, comme vous devez le faire en conscience, le bénéfice du doute aux prisonniers ; mais si les faits sont établis clairement et de façon satisfaisante, vous êtes également liés par le serment que vous avez prêté devant Dieu, et devez rendre le verdict que requièrent le bien-être de la société et les exigences de la justice. »

Mr Hilliard fut appelé à la barre. Son témoignage ne parut laisser apparaître aucune faille permettant l'acquittement. Sir Henry Merriman, qui observait les jurés entre chaque question, les vit qui semblaient agités, mal à l'aise. Mr Braddock, l'avocat de la défense, se leva pour se livrer à un contre-interrogatoire. C'était un homme massif avec un visage apoplectique qui aurait très bien pu être le résultat d'une consommation excessive d'alcool de contrebande. Il avait les cheveux noirs, à peine mouchetés de gris, mais ses sourcils formaient une ligne blanche continue telle une cicatrice à son front. Il lança un regard noir à Mr Hilliard, se pencha en arrière, comme pour mieux bondir, entoura sa robe autour de ses bras au moyen d'un violent mouvement circulaire et s'élança.

« Vos supérieurs vous considèrent-ils comme un inspecteur efficace, Mr Hilliard ? »

Mr Hilliard rougit et regarda, épouvanté, le juge.

« Est-ce là une question pertinente, Mr Braddock ? » demanda le juge.

« Elle l'est, Votre Honneur, répondit abruptement Mr Braddock. Sir Edward Parkin était visiblement contrarié. On ne peut demander au témoin ce que ses supérieurs pensent de lui, Mr Braddock. »

Mr Braddock eut un regard noir, déglutit et se tourna de nouveau vers le témoin.

« Vous êtes responsable des Douanes de Shoreham depuis plus de quatre ans ? »

« Oui. »

« Avez-vous oui ou non reçu des plaintes émanant de votre direction comme quoi vous n'accomplissiez pas correctement vos devoirs à l'égard de la prévention de la contrebande ? »

« Mr Braddock », intervint de nouveau le juge, ses yeux ne quittant pas les jeunes femmes dans la galerie, « votre question n'est pas pertinente. »

« Votre Honneur, s'enflamma Mr Braddock, je sais très bien ce qui est pertinent et ce qui ne l'est pas. Si l'on veut empêcher la défense…

« Ce n'est pas ainsi qu'on s'adresse à la Cour. Vous devez essayer de rester calme, Mr Braddock. Je tiens beaucoup à donner toute latitude à la défense. Eh bien, Mr Hilliard ? »

« J'ai reçu des plaintes, Votre Honneur. »

« Il a reçu des plaintes, Mr Braddock. Vous avez votre réponse. Souhaitez-vous poursuivre ? »

« Avez-vous reçu une plainte au cours du dernier mois ? »

« Oui. »

« Avez-vous dit devant certains de vos hommes qu'à moins d'une amélioration rapide, vous seriez remercié tout comme eux ? »

« Non. »

« Mr Hilliard, veuillez réfléchir soigneusement. Je vous rappelle que vous avez prêté serment. »

« Je ne me souviens pas avoir tenu de tels propos. »

« Oui ou non, Mr Hilliard ? »

Sir Edward Parkin agita impatiemment une main blanche. L'attention du public commençait à se porter un peu trop sur l'avocat. « Le témoin vous a déjà répondu, Mr Braddock. Il ne se souvient pas. »

Mr Braddock émit un grognement et haussa les épaules, un œil sur le jury.

« Bon, Mr Hilliard, écoutez-moi attentivement. J'affirme qu'il était grandement nécessaire, si vous ne vouliez pas être remercié, de, disons, faire un coup d'éclat ? »

« Je ne sais pas. »

« J'affirme, Mr Hilliard, que votre version, et la version que donneront vos hommes, est une totale invention. »

« C'est un mensonge. »

« Ces hommes sont connus pour être des contrebandiers. Je prétends que vous les avez arrêtés non sur le rivage mais à leur domicile. »

« Encore un mensonge. »

« Ne vous moquez pas de moi, Mr Hilliard. L'affaire est sérieuse en ce qui vous concerne. Les jurés n'ont que votre parole et celle de vos hommes contre la parole des prisonniers présents sur le banc des accusés. »

Sir Edward Parkin l'interrompit : « L'avocat de la défense ne peut s'adresser aux jurés. Contentez-vous de procéder au contre-interrogatoire du témoin, Mr Braddock. »

« Puis-je dire quelque chose, Votre Honneur ? » fit Mr Hilliard. « Il ne s'agit pas que de notre parole. Il y a eu un mort. »

« Je parlerai du mort en temps voulu, dit Mr Braddock. Au cours des trois dernières années, Mr Hilliard, s'agit-il des premières arrestations que vous ayez effectuées avec succès ? »

« Oui. »

« Je trouve étrange qu'après trois années d'apathie, vous soyez soudain en mesure de déterminer l'exacte position sur le rivage où ces hommes ont débarqué. »

« J'ai agi sur la foi d'une information. »

« Information est un mot bien vague. Vous voulez parler de votre imagination ? » Mr Braddock décocha une grimace aux jurés qui répondirent par un petit rire nerveux.

« Non, j'ai reçu une lettre anonyme. »

« Avez-vous essayé de remonter jusqu'à son auteur ? »

« Non. »

« Cette lettre va-t-elle être produite devant la Cour ? »

« Souhaitez-vous qu'elle soit lue, Mr Braddock ? » demanda le juge.

« Non, Votre Honneur. »

« Eh bien, dans ce cas, vous savez aussi bien que moi qu'elle ne peut être produite. Ce n'est pas une preuve. »

« Votre source d'information était donc une lettre anonyme ? »

« Oui. »

Mr Braddock éclata de rire. On aurait dit le bruit de grilles métalliques s'entrechoquant. « Une lettre anonyme ! » D'un geste brusque de la main, il parut écarter toute l'histoire avec incrédulité. « Je n'ai pas d'autre question pour le témoin, Votre Honneur », dit-il, et il se rassit.

« Souhaitez-vous interroger le témoin, sir Henry ? »

Sir Henry Merriman secoua la tête en souriant légèrement. Mr Braddock se comportait exactement comme il l'avait prévu.

Le témoin suivant était le vieil inspecteur des Douanes avec qui Andrews avait eu une altercation. Il fit le même récit que son supérieur. Mr Braddock se leva pour l'interroger. Il adopta une attitude amicale, pleine de sous-entendus, qui paraissait moins naturelle que ses manières brutales.

« Avez-vous craint d'être renvoyé au cours de cette dernière année ? »

« Nous le redoutions tous. »

« Merci. Connaissiez-vous bien le défunt, Rexall ? »

« Comme ci comme ça. »

« Avez-vous connaissance de disputes l'impliquant au cours de cette dernière année ? »

« Des tas. »

Des rires fusèrent dans la galerie et l'huissier dut réclamer le silence à plusieurs reprises. Farne parla rapidement à l'oreille de sir Henry Merriman.

« Il était de nature querelleuse ? »

« Comme ci comme ça. »

« Connaissiez-vous personnellement certains des accusés ? »

« Tous. »

« Rexall aussi ? »

« Oui. »

« Merci. Ça sera tout. »

Sir Henry fit un signe de tête à Farne et ce dernier se leva.

« Avez-vous connaissance d'une dispute entre Rexall et un des accusés ici présents ? »

« Non. On s'entendait assez bien avec eux. »

Farne se rassit.

L'un après l'autre, les douaniers furent appelés à la barre des témoins pour confirmer les dires de Mr Hilliard. Braddock les laissa témoigner sans les interrompre. Puis il se leva. Il sourit d'un air triomphal à sir Henry Merriman, et ce dernier lui rendit son sourire, car il avait gardé un atout dans sa manche, dont Braddock ignorait tout.

« Avez-vous connaissance d'une dispute entre Rexall et l'un des prisonniers ? » demanda Braddock.

« Oui, avec le jeunot qu'a l'air tout effrayé, là, au premier rang », et le témoin, un type tout ridé à tête de rongeur, leva un doigt et désigna le jeune Tims.

« Pouvez-vous nous en dire plus ? »

« Eh bien, il a croisé ce gamin dans la rue et a commencé à le houspiller. Et le gamin l'a giflé. »

« Et qu'a fait Rexall ? »

« Rien. C'est juste un demeuré. »

« Merci. »

Braddock se rassit. Sir Henry se tourna vers Farne et lui parla à voix basse. « Le porc. Ils vont jeter des soupçons sur ce pauvre simplet. Devons-nous procéder à un contre-interrogatoire ? »

« Pas besoin », dit Farne. « Notre prochain témoin va faire voler en éclats leur version. »

« Andrews. » Le nom, son propre nom, lui tomba dessus alors qu'il se tenait près de la fenêtre. Il se retourna et fit face à l'agent qui l'appelait comme s'il allait affronter un ennemi, les poings serrés. « Bouge, mouchard. » Une voix lui parvint depuis les bancs. Il voulait rester et s'expliquer, leur dire qu'il allait courir un plus grand danger que les prévenus assis sur le banc des accusés – « en les trahissant ainsi ouvertement, je m'élève au-dessus d'eux ». Mais, baissant la tête afin de ne pas voir leurs visages méprisants alors qu'il quittait la salle, il traversa le long couloir menant au tribunal. Ce faisant, il se toucha la joue, qui le cuisait là où on l'avait frappé.

Il se laissa pousser vers la barre des témoins, murmura machinalement les paroles usuelles « toute la vérité… et rien que la vérité », mais ne leva toujours pas les yeux. Il avait peur de la colère et de l'étonnement qui se liraient sur le visage des accusés. Il savait trop bien l'air qu'ils auraient, le Duce qui tripoterait sa lèvre inférieure, Hake qui tirerait sur une partie précise de sa barbe. Il connaissait, comme s'il les entendait, les paroles qu'ils allaient échanger à voix basse. N'ai-je pas vécu avec eux, mangé avec eux, dormi avec eux, pendant trois ans ? pensa-t-il. Il avait peur de regarder la salle d'audience. Il y aurait des femmes jeunes et désirables qui le scruteraient avec mépris – « Indic, traître, Judas. » Même pas d'honneur chez les voleurs. Et il avait peur également, sacrément peur. Supposons qu'il lève les yeux et voie Carlyon, son visage simiesque qu'il avait vu transfiguré par un idéal, ce visage qu'il avait fini par vénérer pendant trois ans de galère, exprimant à présent la répugnance. Ça n'avait rien d'impossible. C'était exactement le genre de choses donquichottesques, romantiques, stupides dont raffolait Carlyon – passer volontairement la tête dans le nœud coulant pour sauver ses compagnons.

« Êtes-vous Francis Andrews ? » C'était sir Henry Merriman qui parlait, mais la question frappa le témoin comme une accusation, comme une autre gifle au visage. Son sang se figea en l'entendant. Elizabeth lui avait dit : « Va à Lewes, va au tribunal, témoigne et tu auras prouvé que tu es plus courageux qu'eux. » Tu es ici par concupiscence, murmura le critique intérieur, mais, d'un geste des mains visible par les personnes présentes, il renonça à ce mobile et cette récompense. « Non », articula-t-il, « pour Elizabeth. » Le son de son nom lui donna du courage. C'était comme le son d'une trompette résonnant au loin dont jouait un esprit pâle et courageux. Il releva la tête.

« Oui », répondit-il.

Son imagination l'avait endurci et préparé à certaines attitudes prévisibles. Ces dernières ne l'affectaient pas. Mais face à celles qui étaient inattendues, il était démuni. Tims se pencha en avant et sourit en le reconnaissant, visiblement soulagé. Son sourire disait, aussi clairement que s'il avait parlé : « Tout va bien maintenant. Voici un ami. »

Andrews détourna rapidement le regard et observa la galerie.

« Où étiez-vous la nuit du 10 février ? »

« À bord de *La Bonne Fortune*. »

« Que faisiez-vous là ? »

Dieu merci ! Carlyon n'était pas là. « Je me livrais à de la contrebande. Nous devions livrer de la marchandise ce soir-là. »

Farne décocha un sourire triomphal à Braddock, ce qui lui valut un regard noir de la part de ce dernier. Son visage empourpré se para d'une désagréable nuance bleue. Il se leva et alla s'entretenir rapidement avec l'un des accusés.

« Depuis combien de temps exercez-vous cette… profession ? »

« Trois ans. »

« Reconnaissez-vous certains de vos compagnons dans cette salle ? »

Observant toujours la galerie de peur d'y voir un visage familier, Andrews acquiesça. « Oui. »

« Voulez-vous bien les désigner au jury ? »

Hors de la masse indistincte des visages inconnus, des visages vieux et jeunes, joufflus et minces, frais et las, s'avança vers lui un visage d'homme, livide, rusé, au menton rentré et aux yeux plissés. Ses yeux évitaient les siens, mais ne purent s'empêcher très vite de se poser sur lui, en proie à une sorte de fascination terrifiée.

« Voulez-vous bien les désigner au jury ? » répéta sir Henry Merriman avec impatience. Le visage savait qu'on l'avait vu et reconnu. Une langue apparut et passa sur les lèvres. Les yeux n'évitaient plus ceux d'Andrews, mais les fixaient de façon implorante et craintive. Andrews savait qu'il lui suffisait de lever le doigt, de le pointer vers la salle d'audience, de dire « là », et un autre de ses ennemis serait réduit à l'impuissance. Il ne resterait plus que Carlyon et cette brute de Joe. Le visage le savait également. Andrews commença à lever une main. C'était le parti le plus prudent. S'il laissait Cockney Harry s'en aller tranquillement, Carlyon saurait avec certitude qui les avait trahis.

« Là », dit-il, et il désigna le banc des accusés. Espèce d'idiot, espèce d'idiot, se tança-t-il en silence dans son cœur, mais son cœur, merveilleusement, miraculeusement, s'en moqua. Son cœur était léger et ivre d'avoir triomphé de son corps de lâche et brandissait fièrement comme un étendard le nom d'une fille. Ça te coûtera la vie, se dit-il, mais cette lointaine trompette et l'étendard qu'agitait son cœur lui donnèrent du courage. Je sortirai d'ici vainqueur, répondit-il, et Elizabeth sera fière de moi. C'est la première chose inconsidérée que j'aie jamais faite.

Parce qu'il ne regardait plus la galerie, Andrews ne vit pas une vieille femme corpulente, aux mèches désinvoltes et jaunes, se diriger péniblement vers la porte, et quand deux minutes plus tard Braddock, un bout de papier blanc à la main, sortit de la salle, il était en train de répondre à une question que lui posait sir Henry Merriman. « Et que faisiez-vous là-bas ? »

« J'aidais à charger des barils de cognac. Puis je suis monté dans le canot avec eux et on a ramé jusqu'au rivage. Ils ont commencé à décharger la marchandise et, pendant qu'ils déchargeaient, je me suis enfui. Il n'y avait pas de lune. Il faisait très sombre et ils ne m'ont pas vu partir. Je me suis enfui dans les dunes et je me suis caché. »

« Pourquoi vous êtes-vous enfui ? »

« Je ne voulais pas être là quand les douaniers surgiraient. »

« Comment saviez-vous que les douaniers allaient venir ? »

« J'avais adressé deux jours plus tôt une lettre anonyme à l'inspection des Douanes de Shoreham pour leur indiquer l'heure à laquelle nous comptions décharger la marchandise et l'endroit exact où elle devait être déchargée. »

« Vous êtes allé vous cacher dans les dunes. Que s'est-il passé ensuite ? »

« Il y a eu soudain des cris et le bruit d'hommes qui couraient. Puis des coups ont été tirés. J'ai attendu que le silence revienne et je me suis éclipsé. »

« Bon, réfléchissez bien avant de répondre. Pouvez-vous dire aux jurés qui était avec vous quand vous avez accosté ? »

« Oui. » Il nomma sans hésitation les hommes sur le banc des accusés.

« Y en avait-il d'autres ? »

« Oui. Carlyon, le chef, ainsi qu'un homme qu'on appelait Cockney Harry et Joe Collier. »

« Savez-vous où sont à présent ces hommes ? »

Une fois de plus, ses yeux se posèrent sur les yeux dans la galerie. Une fois de plus, les yeux de son ennemi l'implorèrent, terrifiés. Andrews sourit. Il était sûr de lui, maintenant. « Non », dit-il.

« Pendant que vous vous cachiez, combien de coups de feu avez-vous entendus ? »

« Je ne sais pas. Ils se mélangeaient tous, c'était confus. »

« Plus d'un homme tirait, donc ? »

« Oui. Plusieurs. »

« Il a été dit qu'un de vos compagnons s'était personnellement disputé avec le dénommé Rexall. Savez-vous quelque chose à ce sujet ? »

« Non. »

« Merci. Ça sera tout. »

Comme sir Henry Merriman s'asseyait, Braddock réapparut dans la salle du tribunal.

Il adressa un petit sourire malicieux à sir Henry et commença à interroger le témoin.

« Combien de temps avez-vous été associé avec l'équipage de *La Bonne Fortune* ? »

« Pendant trois ans. »

« Vos rapports avec eux étaient-ils amicaux ? »

« D'une certaine façon. »

« Qu'entendez-vous par "d'une certaine façon" ? »

Andrews plissa les yeux et répondit, non pas à l'avocat mais aux accusés.

« J'étais toléré », dit-il, « traité avec mépris. On ne me demandait jamais mon avis. »

« Pourquoi n'êtes-vous pas parti plus tôt ? »

« Mr Braddock, est-ce pertinent ? » demanda sir Edward Parkin, avec une nuance irascible.

« Votre Honneur, pour mes conclusions, absolument. Si Votre Honneur a la patience… »

« Fort bien, continuez. »

« Pourquoi n'êtes-vous pas parti plus tôt ? » répéta Braddock avec véhémence. Andrews détourna le regard des visages familiers sur le banc des accusés et fixa le visage rouge et colérique de l'avocat. Ça l'amusait de penser qu'un homme avec un tel visage puisse l'interroger sur des choses aussi vagues que des mobiles. Les faits, durs et fermes comme des copeaux de bois, étaient les seules choses qu'il appréciait.

« Je n'avais nulle part où aller », dit-il, « et pas d'argent. »

« Ne vous êtes-vous jamais dit que vous pouviez gagner honnêtement votre vie en travaillant ? »

« Non. »

« Y a-t-il d'autres raisons au fait que vous soyez resté avec eux pendant trois ans ? »

« Oui, mon amitié avec Carlyon. »

« Pourquoi les avez-vous rejoints, au début ? »

« Mon amitié avec Carlyon. »

« L'homme que vous avez trahi ? »

Andrews rougit et toucha sa joue du bout des doigts. « Oui. »

« Pour quelle raison avez-vous renseigné les Douanes ? »

« Vous voulez vraiment le savoir ? » demanda Andrews. « N'est-ce pas perdre votre temps et en faire perdre à la Cour ? »

« Épargnez-nous ce genre de réflexions », lâcha sir Edward Parkin de sa voix aiguë et dédaigneuse. « Répondez à la question qui vous est posée. »

« C'est parce que je détestais mon père et qu'on me le présentait toujours comme un modèle. Ça me rendait furieux. Et je suis un lâche. Vous le savez tous. » Andrews agrippa le rebord de la barre et se pencha en avant, de la colère dans la voix, le visage rouge et honteux. « J'avais peur d'être blessé et je détestais la mer et le bruit et le danger. Et si je n'avais pas réagi, ça aurait continué comme ça éternellement. Et je voulais montrer à ces hommes qu'il fallait me prendre en considération, que j'avais le pouvoir de réduire à néant tous leurs plans. »

« Et de les faire pendre ? »

« Je n'ai jamais pensé à ça. Je le jure. Comment aurais-je pu savoir qu'ils se défendraient ? »

« Et votre ami, le dénommé Carlyon ? N'avez-vous pas tenté de le prévenir ? »

« C'était lui ou moi. »

Un barbu du nom de Hake, assis au deuxième rang des prisonniers, se leva brusquement et agita son poing en direction d'Andrews. « C'est toujours lui ou toi ! » s'écria-t-il. « Il te fera la peau pour ça. » Un gardien le fit se rasseoir.

Il faisait une chaleur de plus en plus étouffante dans la salle. Le juge et les dames dans la galerie agitaient des mouchoirs parfumés. Le front d'Andrews était brûlant et collant de sueur. Il l'essuya avec la paume de la main. Il avait l'impression d'être exposé aux regards du tribunal depuis des heures. Ses lèvres étaient sèches et il avait soif. Donne-moi la force d'aller jusqu'au bout, implora-t-il en silence – non pas Dieu mais l'image qu'il portait dans son cœur et derrière laquelle il essayait de cacher les visages qui l'observaient.

« Où est votre père ? » demanda Braddock.

« En enfer, j'espère », répondit Andrews, et un éclat de rire venu de la galerie lui parvint comme une brise fraîche et printanière par une nuit tropicale. Aucune bouffée apaisante n'était autorisée dans un tribunal. Le rire fut arrêté net par les cris de l'huissier.

« Vous voulez dire qu'il est mort ? »

« Oui. »

« Et que c'est par jalousie à l'égard d'un mort que vous avez trahi des camarades de trois ans ? »

« Oui. »

« Et vous voudriez que le jury comprenne ça ? »

« Non. » La voix d'Andrews se tarit, lasse. Il eut soudain envie d'expliquer à cet avocat rougeaud qui le harcelait de questions qu'il n'avait pas dormi de la nuit. « Je ne m'attends pas à ce que quiconque comprenne », dit-il. Dans son cœur il ajouta – sauf Elizabeth – et Carlyon.

« Et vous voulez que le jury vous croie ? »

« C'est la vérité. »

Le visage rougeaud s'approcha de nouveau de lui avec l'insistance d'un insecte.

« Je prétends que toute cette histoire est fausse. »

Andrews secoua la tête, mais il ne put repousser cette voix qui n'avait de cesse de l'attaquer, encore et encore.

« Que vous n'avez jamais fourni le moindre renseignement. »

« C'est faux. »

« Que vous racontez cette histoire pour ne pas vous retrouver sur le banc des accusés. »

« Non. »

« Que vous n'avez jamais livré de marchandise la nuit du 10 février. »

« Je vous ai dit ce qu'il en était. »

« Que vous étiez avec une femme, une femme de mauvaise vie. »

« Non, c'est faux. »

La fatigue d'Andrews l'accablait. Il se cramponnait à la barre des témoins pour tenir debout. Je pourrais m'endormir sur-le-champ, se dit-il.

« Vous avez prêté serment et vous persistez à affirmer que vous n'avez pas passé la nuit avec une femme légère ? »

« Non, j'ai refusé », dit-il avec lassitude. Il ne comprenait pas comment cette vessie rouge avec une voix de brute connaissait aussi bien ses agissements.

« Comment ça, vous avez refusé ? »

« J'étais à la taverne le Sussex Pad, à Shoreham, quand cette fille m'a abordé. Mais j'ai refusé ses faveurs. Carlyon est entré pour boire et j'ai eu peur qu'il me voie. Alors j'ai dit "Non". J'ai dit "Non. Je ne coucherai pas avec toi. Pas ce soir." Et je suis parti. Et j'ignore si Carlyon m'a vu ou non. J'ai pris peur et j'ai couru pendant des kilomètres, je me suis enfui dans les collines. »

« Il s'agit assurément d'une autre femme. Il est inutile de mentionner au jury toutes les femmes que vous avez fréquentées. » Braddock ricana et les jurés gloussèrent. Sir Edward Parkin s'autorisa un discret sourire en regardant les jeunes femmes dans la galerie.

Les visages devant Andrews, les avocats à la table, l'huissier, le greffier endormi profondément, les prisonniers barbus sur le banc des accusés, les spectateurs dans la galerie, les douze jurés hostiles et bovins, formèrent rapidement un immense tableau indistinct, un vaste visage composite aux yeux et aux bouches innombrables. Seul le visage de Braddock, rouge et colérique, saillait très distinctement hors de cette masse, alors qu'il se penchait en avant pour décocher ses questions, qui semblaient absurdes et incompréhensibles à Andrews.

« Persistez-vous à dire que vous avez accosté avec les prisonniers la nuit du 10 février ? »

« Mais c'est la vérité, je vous le dis. » Andrews serra les poings et eut envie de repousser ce visage rouge et agressif dans les brumes grises qui l'entouraient. Je pourrais alors dormir, pensa-t-il, et son esprit s'attarda sur les draps blancs et frais et sur les couvertures propres et chaudes dont n'avaient pu jouir son esprit et son corps la nuit précédente.

« Revenons deux jours plus tôt. N'étiez-vous pas en compagnie d'une femme réputée pour ses mœurs légères ? »

« Non. Je ne comprends pas. Je n'ai pas fréquenté une telle femme depuis des semaines. Ne pouvez-vous pas vous satisfaire de ma réponse et me laisser tranquille ? » Comme il fixait le visage de Braddock, qui s'approchait et s'éloignait, Andrews fut étonné de le voir se dissoudre apparemment sous ses yeux. Il mollit et s'effondra et se reforma en une sorte de tigre affable. »

« Je ne veux pas vous fatiguer. Cette expérience doit être très pesante pour vous. » Braddock s'interrompit, et Andrews sourit, malgré son épuisement, se rappelant une phrase du *Songe d'une nuit d'été* : « Je rugirai du doux murmure d'une jeune colombe. »

« J'ai peur que nous ne nous comprenions mal. Je suis sûr que vous ne souhaitez pas entraver le cours de la justice. Mais dites au jury où vous vous trouviez il y a deux nuits de ça. »

« Dans un cottage non loin de Hassocks. »

« Pas tout seul, assurément ? » Le visage rouge se plissa en un sourire méprisant, la bouche grossière avec deux grandes dents pareilles à des pierres tombales se mettant à ricaner, semblant inviter ainsi la galerie et les jurés à rire eux aussi. L'huissier, qui souriait également, demanda le silence pour la forme.

« Que voulez-vous dire ? » Le rire troubla Andrews. Il y avait comme une brume entre lui et toute pensée claire.

« Répondez à la question, lâcha Braddock. C'est assez clair. Étiez-vous seul ? »

« Non. Pourquoi ? J'étais avec… »

« Avec qui ? »

Il hésita. Il s'aperçut qu'il ne connaissait pas son nom.

« Une femme ? »

Le mot « femme » paraissait trop général et trop grossier pour décrire l'étendard sous lequel il combattait à présent. Une femme ? Il avait connu beaucoup de femmes, et Elizabeth ne ressemblait à aucune d'elles. Elle était plus distante et infiniment plus désirable.

« Non », dit-il, puis, voyant l'énorme gueule de Braddock s'ouvrir pour une autre question, il fut consterné – « du moins… » dit-il et il resta perplexe, désespérément à court de mots.

« Ne jouez pas avec nous. Ce devait être soit une femme, soit un homme, soit un enfant. Qui était-ce ? »

« Une femme », et avant qu'il puisse ajouter un qualificatif il fut assailli par une vague de rire venu de tous les coins de la salle. Il en émergea, comme à moitié noyé, rouge, haletant, aveugle à tout sauf au visage de l'avocat, lequel s'élançait déjà pour poser une nouvelle question.

« Comment s'appelle-t-elle ? »

« Elizabeth », murmura-t-il indistinctement, mais assez fort pour que Braddock l'entende. Ce dernier répéta ses paroles à la Cour avec un air d'amuseur public. « Elizabeth. Et quel est le nom de famille de cette jeune femme ? »

« Je l'ignore. »

« Qu'a dit le témoin ? » demanda sir Edward Parkin en tapotant la feuille de papier devant lui avec son crayon.

« Il ne connaît pas son nom de famille, Votre Honneur », répondit Braddock en souriant. Sir Edward Parkin sourit et, comme si son sourire l'autorisait, un rire parcourut de nouveau la galerie.

« Votre Honneur », reprit Braddock quand le silence fut revenu, « l'ignorance du témoin n'est pas aussi surprenante qu'il y paraît. Les voisins de la femme en question sont d'un avis différent. »

Andrews se pencha en avant et donna un coup de poing sur la rambarde en bois.

« Qu'insinuez-vous ? » dit-il.

« Taisez-vous », dit le juge Parkin en se tournant vers lui – il était sur le point de se faire une prise. Il se tourna et sourit à Braddock. Ce procès se révélait plus amusant qu'il ne l'avait prévu.

« Fort bien, Votre Honneur, je vais appeler un témoin afin de démontrer que la dénommée Elizabeth est la fille, probablement illégitime, d'une dénommée Garnet. Celle-ci est décédée et personne ne sait si elle a vraiment été mariée. La mère et la fille logeaient une personne chez elles et ce dernier a repris la ferme à la mort de la mère. Il est de notoriété commune dans le pays que la fille n'était pas seulement la fille de cet homme, mais aussi sa maîtresse. »

« Où est cet homme ? »

« Il est mort, Votre Honneur. »

« Souhaitez-vous faire venir la fille à la barre des témoins ? »

« Non, Votre Honneur, l'information vient juste de me parvenir, et de toute façon cette fille ne saurait être un témoin à qui le jury pourrait accorder le moindre crédit. Toute cette histoire est bien sordide. »

« Mon Dieu, savez-vous ce qui est beau ? » s'écria Andrews.

« Si vous ne vous taisez pas », dit sir Edward Parkin, « je vous condamnerai pour outrage au tribunal. »

« Votre Honneur… », fit Andrews, qui hésita alors, s'efforçant de chasser la brume de fatigue qui collait à son cerveau et engluait ses mots.

« Souhaitez-vous dire quelque chose ? »

Andrews porta une main à son front. Il devait trouver les mots dans le brouillard qui l'entourait, des mots pour exprimer l'or qui émanait de la lumière des bougies allumées dans un endroit lointain tout au fond du cerveau.

« Dites ce que vous voulez dire ou taisez-vous. »

« Votre Honneur, ça n'a rien de sordide », marmonna-t-il tout bas. Il semblait inutile de chercher ses mots tant qu'il n'avait pas dormi.

« Mr Braddock, le témoin dit que ça n'a rien de sordide. » Le rire vint frapper la tête d'Andrews, qui eut l'impression d'être mitraillé par de la grêle.

Braddock se sentit porté vers la victoire sur une tempête de rires.

« Reportez-vous à deux matins plus tôt. Nous vous laisserons la nuit », ajouta-t-il en ricanant. « Vous rappelez-vous qu'une femme soit venue au cottage ? »

« Oui. »

« Est-il vrai que votre amie dont on ignore le nom de famille, Elizabeth, ait déclaré à cette femme que vous étiez son frère ? »

« Oui. »

« Pourquoi ? »

« Je ne m'en souviens pas. »

« A-t-elle dit que vous étiez resté chez elle une semaine ? »

« Je crois, oui. Je ne me souviens de rien. Je suis fatigué. »

« C'est tout ce que je vous demande. »

Puis-je enfin m'asseoir et dormir ? se demanda Andrews, incrédule. Son doute était justifié. Sir Henry Merriman se leva.

« Êtes-vous resté une semaine au cottage ? »

« Non. Deux nuits. C'est tout. »

« Réfléchissez bien. Vous ne vous rappelez pas pourquoi elle a menti ? C'était pour vous aider ? »

« Bien sûr. Jamais elle ne mentirait pour elle-même. C'est parce que j'avais peur que cette femme parle en ville. J'avais peur de Carlyon. »

« Pourquoi aviez-vous peur ? »

« Il savait que je l'avais trahi. Il me recherchait. Il est venu au cottage pendant que j'y étais. Mais elle m'a caché. Elle l'a dupé. Elle avait le courage d'une sainte. Elle a bu dans ma tasse. Comment peut-il dire qu'il y avait quoi que ce soit de sordide ? Ils ne font que mentir à son sujet. Si je n'étais pas aussi fatigué, je pourrais tout vous expliquer. »

« Pourquoi a-t-elle fait tout ça pour vous ? Étiez-vous son amant ? »

« Non. C'était juste de la charité. Je ne l'ai jamais touchée, je le jure. »

« Merci. Ça sera tout. » Andrews resta où il était, n'arrivant pas à croire que c'était enfin terminé, qu'il avait fait ce qu'Elizabeth lui avait enjoint de faire, que tout était fini à présent et qu'il pouvait dormir. Il sentit une main tirer sur sa manche. Il descendit d'un pas hésitant les marches, toujours sous l'influence de la main qui le guidait et qui maintenant l'entraînait doucement et avec insistance vers la porte.

Comme il passait devant le banc des accusés, une voix l'appela. « Andrews. » Il s'arrêta et leva les yeux. Il lui fallut un moment pour accommoder sa vision. Puis il vit que c'était Tims. « Fais-moi sortir, Andrews », l'implora-t-il.

Un murmure hostile parcourut la salle d'audience, et Andrews rougit. La colère, irrationnelle et sans objet précis, contre lui, contre son père, contre ce garçon qui l'empêchait de dormir, répondit à sa place : « Pauvre idiot, c'est moi qui t'ai mis ici. » Puis il sortit de la salle du tribunal.

« Je veux dormir », dit-il. « Puis-je partir ? »

Il vit qu'il s'adressait à un policier. « J'irais pas dehors si j'étais toi, fit l'homme. Il y a foule dehors. T'es pas très populaire. Mieux vaut attendre la fin du procès. On s'occupera de toi à ce moment-là. »

« N'importe où – une chaise. » Il appuya une main contre le mur pour se tenir debout.

« Il y a la salle des témoins. »

« Je ne peux pas y retourner. Ils ne me laisseront pas tranquille. Il n'y a pas un autre endroit ? »

L'agent s'adoucit un peu. « Ici », dit-il, « tu devrais t'asseoir ici. » Il désigna un banc contre le mur. « C'est contraire aux ordres », ajouta-t-il avec réticence, mais déjà Andrews s'était affalé dessus et avait laissé venir le sommeil, un sommeil immédiat et sans rêve, qui charria un court instant un mélange de visages, de visages barbus et furieux, de visages rouges et ricanant, d'un seul visage pâle, puis une brume dorée puis plus rien du tout.

« L'accusation en a terminé avec les témoins. » La voix de sir Henry Merriman, filtrant à travers les grandes doubles portes du tribunal, parvint trop doucement à Andrews, qui dormait, pour le perturber. Dans l'état d'inconscience où il baignait, dépourvu de rêves, il aurait pu s'écouler des semaines, et non des heures. La voix en question n'était qu'un murmure distinct. C'était tout. Il ne s'était pas non plus réveillé quand, longtemps avant ça, la Cour s'était retirée pour aller déjeuner. Les murmures des témoins avaient alors cessé de résonner dans le couloir. Il y avait eu un silence, le bruissement du public qui se levait, puis, alors que les portes de la salle d'audience s'ouvraient en grand, des voix sonores et le grondement de conversations éclatant comme une bombe. Andrews continua de dormir, dormit tandis que les gens revenaient à contrecœur d'un pas lourd, alourdis par un bon repas, dormit alors que les portes se refermaient et que les murmures des témoins reprenaient.

L'agent dans le couloir colla son oreille à la porte et écouta, avide d'animation pour dissiper l'ennui. Il jeta un coup d'œil à d'Andrews dans l'espoir d'une conversation, mais Andrews dormait. Les prisonniers présentaient leur défense ; voilà tout ce que l'agent put comprendre d'après les bribes de phrases qui lui parvenaient. Chaque défense avait été rédigée pour l'accusé par son avocat, et était lue d'une voix neutre et hésitante. Par la partie vitrée de la porte, le policier pouvait voir les prévenus. Le procès touchait à sa fin, tout comme le jour. Le tribunal était voilé d'un gris déprimant, pas assez sombre pour justifier qu'on allume les bougies. Les accusés, en dépit de leur confiance dans les jurés, sentirent l'obscurité se refermer sur eux et perdirent un peu de leur assurance. Chacun, en lisant le bout de papier devant lui, sentait la présence gênante d'un mort se dressant pour réfuter ses arguments. Un homme avait été tué. Cent alibis ne pouvaient faire que ce fait devienne un mensonge. Comme d'un commun accord, prêts à sacrifier un indésirable Jonas, ils s'écartaient un peu du jeune demeuré, jusqu'à ce qu'il soit isolé, dans un espace dégagé qui dans ce tribunal bondé prenait les dimensions d'un désert.

La défense de chaque homme présentait à chaque fois de subtiles différences. Untel à l'heure supposée de la rixe était en train de boire avec un ami, un autre était au lit avec sa femme. Tous appelaient des témoins pour prouver leurs versions et seules les péroraisons étaient similaires : « Dieu m'est témoin, je suis innocent. »

À quatre reprises, les mêmes récits hésitants et mécaniques furent répétés au point de faire bâiller le garde, puis il y eut un changement. C'était le tour de Hake, l'imposant contrebandier à barbe noire qui avait menacé Andrews depuis le banc des accusés. Quand il se leva, on était en train d'allumer les bougies dans la salle, et son ombre se balançait au plafond tel un oiseau gigantesque. Sa voix résonna jusque dans le couloir comme du métal frappé libérant un son grave.

« Votre Honneur, les membres du jury portent aujourd'hui une responsabilité telle qu'ils n'en rencontreront jamais plus de leur vie. Quelle parole vont-ils croire ? Celles de douaniers ayant peur de perdre leur emploi, ou la nôtre – des hommes avec qui ils ont bu ; celle de ce mouchard, cet Andrews avec sa femme légère, ou la nôtre ? S'ils nous font pendre et que la vérité éclate, qui intercédera pour leurs âmes au jour du Jugement dernier ? Qui prendra ici la défense de leurs corps ? »

« Accusé », s'éleva une voix virulente, « êtes-vous en train de menacer les jurés ? Les jurés n'ont rien à voir avec le châtiment. Ils doivent juste décider si vous êtes innocents ou coupables… »

« Je les préviens seulement… »

« Les jurés seront protégés pendant l'exercice de leur devoir. Les menaces n'arrangent pas votre cas. »

« Allez-vous nous pendre ? »

« Je tiens à rester juste, mais à moins que vous ne présentiez votre défense, vous devrez vous asseoir. »

« Ma défense est la même que les autres. Je n'étais pas là. Je le prouverai avec des témoins tout comme eux. Mais un homme a été tué, direz-vous, et on ne peut le nier. Bien, je vais vous dire qui l'a tué. C'est lui » – et son doigt transperça et mit en valeur le désert qui entourait Tims. Tims se leva d'un bond. « Tu ne le penses pas », dit-il, « tu mens. Dis-leur que tu mens. » Il se laissa retomber sur sa chaise et, se couvrant le visage avec les mains, se mit à pleurer en émettant un étrange gémissement, pareil à celui d'une bête malade. Mêlée à la voix tonnante, sa plainte eut un étrange effet orchestral dans le couloir.

« Je l'ai entendu s'en vanter. C'est un idiot, un demeuré, comme vous pouvez le constater par vous-même, dont la place est plus à l'asile qu'au gibet. Il m'a dit plus d'une fois ce qu'il comptait faire à Rexall. Rexall se moquait souvent de lui dans la rue. Vous avez entendu un douanier le dire, mais il y a d'autres preuves que ça. Je ne m'attends pas à ce que vous croyiez sur parole un douanier. Mais écoutez bien – vous êtes d'honnêtes gens et vous nous déclarerez innocents. »

« Ne vous adressez pas aux jurés, adressez-vous à la Cour. »

« Je suis désolé, Votre Honneur, je voulais juste dire » – il se pencha en avant par-dessus la barre en direction du jury – « que les jurés voudront savoir ce qui va arriver à ce Judas et à sa femme. Laissez-nous faire, laissez-nous nous en occuper. »

Avant que sir Edward Parkin puisse parler, il se rassit. Le garde décocha un regard à Andrews. Ce dernier dormait toujours.

La Cour parut étrangement silencieuse quand la grosse voix se tut. Elle attendait que le dernier accusé présente sa défense, mais ce dernier restait assis, le visage couvert par des mains qui tremblaient spasmodiquement en rythme avec ses gémissements.

« Richard Tims, l'heure est venue pour vous de présenter votre défense. »

Tims ne répondit rien, ne parut même pas avoir entendu la voix du juge.

« Mr Braddock, vous représentez l'accusé, n'est-ce pas ? »

« Moi, Votre Honneur ? » Braddock se leva, faisant tourner sa robe autour de lui, comme pour éviter les souillures. « Cet accusé ? Non, Votre Honneur, je représente les autres accusés. »

« Personne ne semble en mesure d'établir correctement les listes. Vous êtes chargé de tous les accusés, Mr Braddock. »

« On ne m'en a jamais informé, Votre Honneur. »

« Lequel d'entre vous représente cet accusé ? »

Il n'y eut aucune réponse.

« Cet accusé n'a-t-il pas d'avocat ? » s'indigna sir Edward Parkin d'un ton légèrement agacé.

« S'il l'avait souhaité, Votre Honneur, il aurait pu en avoir un. »

« C'est très fâcheux. Cette audience a été suffisamment longue. Je ne veux pas qu'elle soit repoussée. Le calendrier est déjà très chargé. »

« Votre Honneur », fit un petit homme âgé en clignant des yeux et en se levant, « je représenterai l'accusé si vous le souhaitez. »

« Merci, Mr Petty. Voulez-vous bien expliquer à l'accusé qu'il doit présenter sa défense ? »

Mr Petty descendit délicatement de la tribune et, un mouchoir près de son nez, parla au jeunot.

« C'est inutile, Votre Honneur, l'accusé n'est pas en état de présenter sa défense. »

« Les jurés supposeront qu'il clame simplement son innocence. Mr Braddock, vous voulez bien appeler vos témoins à la barre ? » Sir Edward Parkin se pencha en arrière et enfonça furieusement ses doigts dans sa tabatière. Il était agacé. Le procès avait été arrêté pendant au moins deux minutes. Son petit-déjeuner n'avait pas été bon, son déjeuner pire et il avait faim. Le procès ne semblait pas près de s'achever, mais sa faim, loin d'appeler un ajournement, ne faisait que renforcer sa détermination. Il resterait jusqu'à minuit si nécessaire, mais il terminerait ce procès.

Des hommes, des femmes et des enfants se succédèrent alors à la barre des témoins et se parjurèrent systématiquement. Telle femme était au lit avec tel homme à l'heure du meurtre, tel homme trinquait avec un ami, un enfant avait entendu son père se déshabiller à l'étage. Sir Henry Merriman haussa les épaules en regardant Farne. « Ils ont gagné », semblait-il dire. « Cet Andrews », murmura Farne, « était pire qu'inutile. » Ils n'intervinrent que fort peu pour les interroger. Les témoins avaient été trop bien préparés. Mr Petty, ayant été assez magnanime pour endosser la tâche de représenter un simple d'esprit, ferma les yeux et s'assoupit.

Mrs Butler gravit les marches menant à la barre des témoins et laissa sa large poitrine reposer pardessus la rambarde. Oui, elle avait vu Andrews dans le cottage d'une certaine femme il y a deux jours. Oui, tout laissait à penser qu'il avait dormi sur place. La femme lui avait dit qu'Andrews était là depuis une semaine. Oui, la femme était réputée pour être de mœurs légères. Tout le voisinage le savait.

« Ce que dit le voisinage ne prouve rien.

« Non, Votre Honneur, mais ce que mes yeux ont vu le prouve. »

La voix de sir Henry Merriman s'enfonçait dans le couloir, pointue et précise comme un glaçon. « Avez-vous entendu cette femme appeler le dénommé Andrews son frère ? »

« Oui. »

« Était-ce la vérité ? »

« Non, bien sûr que ce n'était pas vrai. Je ne me suis pas laissé abuser, je vous le dis tout net. » Ses mains cherchaient sans hésiter les fines mèches blondes dans ses cheveux, qu'elle caressait affectueusement. « Je sais ce que c'est qu'aimer », dit-elle de sa voix douce et moite. « J'ai bien vu la lueur d'amour dans les yeux de cet Andrews. »

« Que veut dire cette femme ? »

« Elle veut dire, Votre Honneur », expliqua Braddock d'un ton onctueux, « que le dénommé Andrews semblait amoureux de la femme. »

« Comment diable peut-elle le savoir ? »

« L'intuition féminine, Votre Honneur. » La main de Mrs Butler caressa un sein monumental. « Et je peux vous dire aussi ceci, Vot' Honneur. Un seul lit a été utilisé. »

« Si la femme a menti eu égard à sa relation avec Andrews, avez-vous la moindre raison de la croire quand elle a affirmé qu'il était chez elle depuis une semaine ? J'affirme qu'il n'est arrivé là-bas que la veille au soir.

« Ça j'en sais rien, monsieur. Mais il a dû faire vite avec elle, pas vrai ? » Mrs Butler lança un regard libidineux à sir Edward Parkin. « Les hommes, c'est des timides, Votre Honneur. J'en ai connu beaucoup par le passé, Votre Honneur, et je parle d'expérience. »

Sir Edward Parkin détourna le visage et grimaça légèrement, comme s'il avait la nausée. « En avez-vous fini avec cette dame, sir Henry ? »

« Oui, Votre Honneur. »

Braddock se leva. « Ce sera tout pour la défense. »

« Avez-vous des témoins à appeler, Mr Petty ? »

« Non, Votre Honneur. »

« Messieurs les jurés, il se fait tard, mais la loi anglaise m'interdit de vous laisser partir avant que le verdict soit rendu. Je suis obligé de vous retenir encore un peu, mais soyez assurés que vous serez traités avec tous les égards qui vous sont dus. Quant à moi, je suis on ne peut plus déterminé à conclure ce procès avant qu'on se sépare. De telles séances sont épuisantes, mais j'y suis rompu depuis longtemps. Le représentant du jury va s'entretenir avec ses collègues et nous faire part de leur décision. »

Il y eut de brefs hochements de tête et le représentant du jury annonça que les jurés souhaitaient aller jusqu'au bout. Sir Edward Parkin se laissa aller contre son dossier et se servit une bonne dose de tabac à priser, frotta ses mains blanches avec suffisance et commença son exposé. Le garde poussa un soupir d'impatience et décolla son oreille de la porte. Il avait déjà eu par le passé l'occasion d'éprouver le mortel ennui qu'engendrait la méticulosité du juge Parkin. Il n'approcha qu'une autre fois son oreille de la porte pour s'informer de l'avancée du procès.

« Si vous accordez foi aux douaniers quand ils déclarent que ces hommes ont accosté avec leur cargaison la nuit du 10 février, et qu'au cours de l'affrontement qui suivit Rexall a été tué, il n'est pas nécessaire d'attribuer la culpabilité du tir fatal à un de ces hommes en particulier. Au regard de la loi, ils sont tous coupables de meurtre. Les prisonniers, en réponse à l'accusation, ont répondu par un déni complet et cinq des six prisonniers ont produit des témoins affirmant qu'ils se trouvaient en un autre endroit au moment où l'affrontement, décrit par les agents de la Couronne, a eu lieu. Les jurés, eu égard à la crédibilité des témoins produits par la défense, sont priés de garder à l'esprit…

« La preuve de l'accusation ne repose pas sur la simple parole des agents. Un des compagnons des prisonniers, sur la foi d'informations ayant permis aux agents d'agir, est venu témoigner à la barre. Vous devez décider en votre âme et conscience de sa crédibilité, mais je ferai remarquer que sa version est en tout point similaire à celle donnée par les agents…

« Il reste, messieurs, la victime, et ici une ligne de défense inattendue a été prise par cinq des prisonniers. Ils ont accusé l'un des leurs d'avoir commis le meurtre à la suite d'une série de disputes entre lui et Rexall. L'expertise médicale ne laisse aucun doute quant aux causes de la mort de Rexall, et la balle retrouvée dans son corps est similaire à celles qui étaient en possession de ces hommes. Le prisonnier n'a pas pu présenter sa défense, mais il n'a pas bénéficié d'un avocat avant une heure tardive, et vous pouvez juger par vous-même de son état mental. Je vous rappelle qu'il échoit à l'accusation de prouver la culpabilité des accusés. Les déclarations des prisonniers ne constituent pas une preuve, et l'accusation n'a pas essayé de prouver la seule culpabilité du dénommé Tims. Lui et ses compagnons à cet égard doivent être jugés ensemble…

« Vous ne devez pas vous préoccuper du passé, et le fait avéré que le témoin Andrews a vécu une vie criminelle à bord du bateau *La Bonne Fortune* ne doit pas être pris en considération. Vous ne devez pas juger les prisonniers d'après leur moralité douteuse, ni les juger sur la bonne moralité que leur ont attribuée certains témoins produits par la défense – vous devez juger s'ils sont coupables du crime dont ils sont accusés. Il a été établi que ce sont de bons pères, de bons maris, de bons fils, mais s'ils étaient des anges et qu'il était prouvé de façon satisfaisante qu'ils sont coupables, il serait de votre devoir de rendre un verdict en conséquence...

« Une tentative mal avisée a été faite par un des prisonniers pour influencer votre verdict par des menaces. Je peux vous assurer, messieurs les jurés, que quel que soit votre verdict, vous bénéficierez de la pleine protection de la justice... »

Le garde s'assoupit comme une fleur indigne et trop lourde. Les bougies dans la salle du tribunal s'étaient largement consumées, mais le juge Parkin, seul sur scène, continuait de parler...

Dans son sommeil, Andrews perçut d'abord le bourdonnement des paroles, puis de lointains éclats de voix. Il ouvrit les yeux. Par une fenêtre, il vit qu'il faisait nuit. Des groupes de gens passaient devant lui en parlant sans lui prêter la moindre attention. La porte du tribunal s'ouvrit. Il se redressa et frotta ses yeux endormis avec le dos de sa main. Sir Henry Merriman et Farne apparurent. Ce dernier parlait avec une douce insistance, une main posée sur le bras du vieil avocat. « Nous ne porterons plus des affaires de contrebande devant des tribunaux », dit Farne. « Il n'y a qu'une seule méthode – supprimer la taxe sur les alcools. »

Sir Henry Merriman fixait le sol. « Non », dit-il. « Je me fais vieux. Je dois prendre ma retraite et laisser la place à des hommes plus jeunes. À vous, Farne. »

« C'est absurde », dit ce dernier. « Personne n'aurait pu amener ces jurés à les condamner. »

Andrews se leva lentement. « Vous voulez dire que ces hommes ont été acquittés ? » demanda-t-il.

Farne se tourna vers lui. « Oui », dit-il. « Écoutez. Toute la ville les acclame. »

« Ne partez pas », les implora Andrews. « Dites-moi ce que je suis censé faire. Ils ont été relâchés ? » Farne acquiesça.

« Vous m'avez trompé », s'écria Andrews. « Vous m'avez contraint à témoigner et voilà que… Vous ne voyez donc pas qu'ils vont s'en prendre à moi, maintenant ? »

Sir Henry leva des yeux qui semblaient brouillés par la fatigue. « Je vous ai déjà promis que vous seriez protégé tout le temps que vous resteriez en ville », dit-il. « Toutefois, je vous conseille de vous rendre à Londres dès que possible. J'admets que certaines menaces ont été proférées à votre égard. Évitez le Sussex et vous ne risquerez rien. »

« Comment pourrais-je me rendre à Londres ? Je n'ai pas d'argent. »

« Venez me voir demain », dit sir Henry. « On vous donnera de l'argent. » Il tourna le dos à Andrews. « Farne », dit-il, « je suis fatigué. Je vais aller me coucher. Vous entendez ? Comme ces cris de joie sont amers. Si nous avions gagné, il y aurait eu moins d'enthousiasme. Vous vous souvenez du duc de Northumberland, qui a déclaré à propos de Jane Grey : "Les gens s'attroupent pour nous voir, mais personne ne nous dit Dieu vous garde" ? »

« Je ne vous laisserai pas vous en aller ainsi ! » s'écria Andrews. « Pour vous, ces cris de joie signifient simplement une défaite. Pour moi, ce sera la mort si on me voit. Comment puis-je sortir d'ici ? »

« J'ai donné des ordres aux douaniers », dit sir Henry. « Ils vont vous raccompagner à l'hôtel. Deux hommes seront chargés de vous escorter dès que vous sortirez. Si j'étais vous, je prendrais demain matin la première voiture pour Londres. » Farne écarta Andrews et les deux hommes s'éloignèrent.

Andrews se tourna vers le garde. « Vous voyez », dit-il, « c'est ça leur gratitude. J'ai fait de mon mieux pour eux, n'est-ce pas, et j'ai risqué ma vie, mais est-ce qu'ils s'en soucient ? »

« Pourquoi se soucieraient-ils d'un mouchard comme toi ? Moi, je ne m'en soucierais pas », dit le garde en souriant sincèrement à Andrews. « Je laisserais bien tes amis s'occuper de toi, mais les ordres sont les ordres. Suis-moi. »

Andrews sortit par une porte du fond, dûment escorté, et emprunta une suite de ruelles sales puis entra dans le White Hart en passant par les écuries.

9

Andrews se trouvait dans la pièce où, la nuit précédente, il avait tenu la maîtresse de sir Henry dans ses bras et contemplait une étoile solitaire avec une curiosité lasse. Il tenait à la main un mot qu'un serveur lui avait donné en lui faisant un clin d'œil. Il venait de Lucy et disait : « Henry est allé se coucher. Tu peux venir me voir. Tu sais où est ma chambre. » Il avait fait ce qu'Elizabeth voulait qu'il fasse et en dépit du mot qu'il tenait à la main, il se dit que c'était pour elle qu'il avait agi ainsi. N'ai-je pas, pensa-t-il, renoncé ce matin avec une totale sincérité à cette même récompense ? J'ai fait ce que j'ai fait pour Elizabeth et pourquoi n'aurais-je pas droit aux petits avantages qui vont avec ? Je ne pensais pas à ça quand je me tenais au banc des témoins. C'était un argument moral intéressant.

Carlyon pouvait désormais aller et venir à sa guise. Rien, pensa Andrews avec appréhension, ne pouvait l'empêcher d'entrer tranquillement ce soir même au White Hart. C'était tellement le genre de choses dont était capable Carlyon qu'Andrews sursauta et regarda derrière lui. La porte était fermée. Il se précipita pour tourner la clé dans la serrure. Quant au message qu'on lui avait remis, il était clair qu'il serait plus en sécurité cette nuit dans le lit de Lucy que dans sa chambre à lui. C'était là une raison que personne ne pouvait contester. C'est pour sauver ma peau, dit-il à l'étoile à laquelle il adressait instinctivement des paroles destinées à Elizabeth, et pour aucune autre raison. Je ne l'aime pas. Jamais je n'aimerai personne d'autre que toi, je le jure. Un homme peut aimer une femme mais il ne peut s'empêcher d'en désirer d'autres. Mais c'est l'amour, et non le désir, je le promets, qui m'a donné la force ce matin.

Après tout, dit-il à l'étoile, je ne te reverrai jamais, et dois-je pour autant ne plus jamais connaître d'autre femme ? Je ne peux venir te retrouver, car ils vont surveiller l'endroit et m'y attendre, et tu ne m'aimes pas. Je serais stupide… et il cessa de se parler à lui-même, comprenant brutalement combien son cœur désirait se montrer stupide. La raison, la raison, la raison. Je dois me raccrocher à ça, pensa-t-il. La raison et son corps semblaient former une alliance maléfique. Redoutant son propre cœur, il commença à jouer de la peur pour sa propre sécurité, et cette peur lui parut étrangement moins influente qu'à son habitude. Ses pensées se portèrent alors sur Lucy, le contact de son corps contre le sien et ses promesses récentes la nuit d'avant. Il l'imagina nue et dans des attitudes dégoûtantes et attendit que son corps soit aveuglé par le désir afin d'oublier quelque temps les diktats de son cœur. Mais, bizarrement, même son désir parut moins impérieux. Qu'est-ce que tu m'as fait ? lança-t-il, d'un ton désespéré, à l'étoile solitaire.

C'est alors qu'il entendit quelqu'un tourner prudemment la poignée de la porte. Il oublia l'étoile, Elizabeth, Lucy, tout sauf sa propre sécurité. En une foulée il fut devant la lampe à huile qui éclairait la pièce et l'éteignit. La pièce était encore trop éclairée, ou du moins le paraissait à ses nerfs à vif, du fait de la lueur de la lune qui entrait par la fenêtre. Il était trop tard pour se cacher derrière la porte, aussi Andrews se colla-t-il dos au mur et se maudit de ne pas avoir d'arme. Quel idiot sentimental il avait été en laissant son couteau derrière lui au cottage. Où étaient les deux estafettes, se demanda-t-il, censées le protéger ? Ivres et couchées, très probablement. Il fixa la poignée de la porte, fasciné. Elle était en marbre blanc et scintillait, caressée par la crête de vague lunaire, avec une précision trompeuse. Une fois de plus la poignée s'abaissa dans un silence étonnant puis remonta d'un coup comme une balle qu'on lance. Une lampe à huile apparut dans le corridor, diffusant une sorte de halo moqueur autour de la tête de Cockney Harry, lequel se tenait sur le seuil, le visage penché en avant et se déplaçant d'un côté puis de l'autre, comme un serpent.

Andrews se rencogna davantage contre le mur, et Cockney Harry se faufila dans la pièce. Comme s'il comprenait que la lumière du corridor jouait à son désavantage, il referma la porte derrière lui. « Andrews », murmura-t-il. Ses yeux ne s'étaient pas encore habitués à l'obscurité, et le silence le mettait mal à l'aise. Lui aussi s'adossa au mur, face à l'endroit où se tenait Andrews, comme s'il avait peur d'être agressé. Puis il le vit. « Te voilà donc », dit-il. Andrews serra les poings dans l'attente d'une agression, mais le contrebandier agita un couteau en signe d'avertissement dans les rayons de la lune. « Reste où tu es », dit-il tout bas, « sauf si tu veux tâter de ma lame. »

« Il y a des estafettes dans cet hôtel », dit Andrews, également à voix basse. « Qu'est-ce que tu veux ? »

« Je n'ai pas peur des estafettes », dit l'homme. « Mais dis-moi », ajouta-t-il d'un ton plaintif, « pourquoi cherches-tu la bagarre ? Je suis ici pour te rendre service. »

« Me rendre service ? répéta Andrews. Tu oublies qui je suis ? »

« Oh, je n'oublie pas que tu nous as dénoncés, mais une bonne action en appelle une autre.

Tu ne m'as pas dénoncé cette après-midi, or tu aurais pu le faire facilement. »

« Ce n'est pas par amour pour toi », dit Andrews. Ses poings demeuraient crispés en prévision d'une agression soudaine.

« T'es pas très reconnaissant », se plaignit Harry. « Tu veux pas connaître la nouvelle ? »

« Quelle nouvelle ? »

« Concernant Carlyon et les autres ? »

« Non. J'en ai fini avec eux », dit-il, et il ajouta, comme toujours avec un étrange serrement au cœur, dans un effort visant à surmonter définitivement toute douleur : « Je ne veux plus jamais revoir cet homme. »

« Ah, mais il n'en a pas fini avec toi. Ni avec ta jouvencelle. »

Andrews s'avança. « Qu'est-ce que tu veux dire ? »

« Recule un peu », et Harry fit briller de nouveau sa lame. « Ce que je veux dire, c'est qu'ils estiment qu'elle les a bernés – dans les grandes largeurs. »

« Carlyon ne lui ferait jamais rien. Je sais qu'il ne ferait rien. »

« Ah, mais il y a Joe. Il dit qu'on doit lui fiche la frousse, et Carlyon est bien d'accord, mais il ne sait pas ce que Joe et Hake appellent la frousse. Ils vont aller s'occuper d'elle demain ou après-demain. »

« Tu mens, et tu le sais. » Andrews haletait un peu comme un chien qui a soif ou a trop couru. « C'est une ruse pour que je retourne là-bas et que vous m'attrapiez. Mais je n'irai pas là-bas, je te le dis tout net. »

« Ma foi, c'est pour ça que je suis venu – pour te dire de ne pas y aller, au cas où tu l'envisagerais. Ils seront tous là-bas. Carlyon te tuera dès qu'il te verra. Même si Hake trouve que te tuer c'est trop doux. Il dit qu'ils devraient s'amuser un peu avec toi avant. »

« Eh bien, tu peux leur dire que je ne retournerai jamais là-bas. Ça ne sert à rien d'essayer de me piéger ainsi. »

« Bien. Maintenant que je t'ai mis en garde, on est quittes. La prochaine fois », Harry cracha par terre de façon expressive et agita de nouveau son couteau à la lueur de la lune, « compte pas sur moi pour être amical. » Il donna l'impression de glisser sur le sol. La poignée en marbre blanc remonta une fois de plus et le contrebandier disparut. Dans la rue, l'horloge de l'église St. Anne sonna avec une insistance agaçante la demie de onze heures.

Comme dans un rêve, l'homme était entré et comme dans un rêve, il était sorti. Pourquoi n'avait-il pas été un peu plus spectral au point de n'être qu'une vision ? Andrews avait désormais l'esprit tout retourné. Carlyon ne ferait pas de mal à une femme, pensa-t-il. C'est juste une ruse pour m'attraper. Mais était-il vraisemblable qu'il mette sur pied un tel plan pour un lâche comme moi ? Ils ne pouvaient rien espérer d'autre que de le voir fuir devant un danger. Une fois de plus, il se répéta qu'elle ne risquait rien, que Carlyon y veillerait, mais il n'arrivait pas à chasser de son esprit la vision de Joe et Hake. Demain ou après-demain. S'il partait ce soir, il pourrait la prévenir à temps, et tous deux pourraient alors s'enfuir. Mais uniquement s'il ne s'agissait pas d'une ruse. Peut-être qu'à l'instant même Harry, Joe, Hake, Carlyon et les autres se préparaient à l'accueillir sur les collines. Et pourtant, comme il serait agréable, et glorieux, de descendre la colline à l'aube, de guetter peut-être une volute de fumée indiquant qu'elle était réveillée, de frapper doucement à la porte et de voir son regard s'éclairer en le reconnaissant. Elle serait obligée de m'accueillir, pensa-t-il. Je l'ai mérité, car j'ai fait tout ce qu'elle m'a demandé de faire. Mélangeant ses récits d'enfance, il laissa courir son imagination – « J'ai gravi la colline de verre et Gretel m'attend. » Et après, pensa-t-il, je l'aiderai à préparer le petit-déjeuner et nous prendrons place devant le feu. Et je lui raconterai tout. Son exaltation momentanée décrut et laissa la froide réalité reprendre le dessus, à savoir le danger encouru par lui et par elle – et plus que cela, le fait de savoir qu'elle l'accueillerait comme un ami tout sauf bienvenu. Ni moi ni aucun autre homme ne l'approchera jamais. À quoi bon risquer sa vie – aussi misérable et avilie fût-elle, mais qu'il était le seul à savoir infiniment précieuse –, qui plus est en échange de quoi ? Un mot gentil. Il ne voulait pas de mots gentils. Qu'ils la fassent un peu souffrir. Il avait souffert, lui. Pourquoi les autres ne souffriraient-ils pas ? C'était le lot commun. Carlyon veillerait à ce qu'ils n'en fassent pas trop.

Comme son poing se crispait de perplexité, il sentit dans sa main le mot de Lucy. C'était là quelqu'un qui lui donnerait davantage que des mots gentils, sans exiger de lui qu'il se sente la moindre responsabilité. Sa raison tout entière exigeait qu'il la rejoigne, seul son cœur, et ce critique dur et abstrait qui pour une fois avait passé un pacte avec son cœur, s'y opposaient. Je ne risquerai rien avec elle cette nuit, pensa-t-il, et demain Carlyon et les autres seront partis de l'autre côté des collines et la route pour Londres sera sûre. Ma foi, s'il allait retrouver Elizabeth maintenant, il n'aurait pas l'argent qu'on lui avait promis pour fuir. Tu ne dois pas dépendre de cet argent, lui dit la raison, adoptant une noble attitude. C'est ce qui le décida. Ma foi, même l'honneur interdisait d'affronter le danger.

Il emprunta le corridor obscur et monta les marches, lentement, toujours un peu en proie au doute, en prenant sur lui. Dans une des pièces qui lui faisaient maintenant face dormait sir Henry Merriman. Sa décision n'était pas non plus sans risque, se dit-il, et il pouvait fort bien se retrouver sans argent, perdu dans ce dangereux Sussex. Il savait quelle était la chambre de Lucy et c'est prudemment qu'il tourna la poignée et entra. Il tenait toujours son mot dans sa main, comme s'il s'agissait d'un passeport.

« Me voici », dit-il. Il ne la voyait pas, mais sa main rencontra l'extrémité d'un lit.

Il y eut un petit soupir, un bâillement, et dans l'obscurité un murmure endormi. « Comme tu as tardé. »

Sa main tâtonna le lit jusqu'à ce qu'il sente un drap frais et, dessous, son corps. Il retira brusquement sa main comme s'il avait touché une flamme. Le mot tomba par terre. Oh, s'il pouvait pour une fois écouter son cœur et non son corps, s'il pouvait partir maintenant avant qu'il soit trop tard. Trois heures de marche sur les collines sous la lune et il serait de nouveau chez lui.

« Où es-tu ? dit-elle. Je ne vois rien dans le noir. Viens ici. »

« Je suis juste venu te dire… » Il hésita. Son cœur avait parlé, encouragé par une image d'Elizabeth affrontant Carlyon, sa tasse portée à ses lèvres, mais son corps l'avait interrompu en pleine phrase, car sa main gardait la sensation du corps de Lucy.

« Que tu t'en allais ? demanda-t-elle. Pauvre fou. »

Il sentit sa chair se dresser à son murmure.

« Retrouveras-tu jamais une occasion pareille ? murmura-t-elle avec une désinvolture non simulée. Tu sais ce que tu rates, n'est-ce pas ? »

Il recula d'un pas. « Comme tu es vulgaire », dit-il. Sa main chercha derrière lui la poignée de la porte, mais il ne la trouva pas.

« Tu sais que tu aimes ça », répondit-elle. Elle ne semblait pas argumenter mais plutôt le conseiller gentiment et froidement dans son propre intérêt. Son calme l'agaçait et l'attirait dans le même temps. J'aimerais la faire pleurer, pensa-t-il.

« Au moins, avant de partir », dit-elle, « allume et vois ce que tu rates. Tends la main. » Il obéit à contrecœur. Il sentit ses doigts toucher les siens. « Comme c'est symbolique », dit-elle en riant un peu. « Voici de quoi allumer la bougie qui est là-bas », et elle guida sa main vers la table près du lit.

« Non », dit-il.

« Tu as peur ? » demanda-t-elle, curieuse. « Tu es devenu bien chaste depuis hier soir. Es-tu tombé amoureux ? »

« Tombé ? Non... », répondit-il plus pour lui que pour elle.

« Et toi qui te vantais de toutes les femmes que tu avais connues. Tu n'as sûrement pas peur. Tu devrais avoir plus l'habitude de nous. »

Il lui tourna le dos. « Entendu », dit-il. « Je vais allumer la bougie puis je m'en irai. Je vous connais, vous autres les femmes. Vous ne laissez jamais les hommes en paix. » Sans regarder dans sa direction, il alluma la bougie. Cette dernière projeta une petite tache jaune sur le mur opposé et, dans cet éclat, il vit soudain avec une extraordinaire clarté le visage d'Elizabeth plissé par la peur au point d'en devenir laid, presque repoussant. Puis son visage fut masqué par deux autres visages, celui de Joe, sa bouche à barbe noire fendue par un rire, et celui du jeune demeuré Richard Tims, rouge et furieux. Puis ce fut juste la lueur jaune.

« Je ne peux pas rester », s'écria Andrews, « elle court un grave danger », et il pivota, la bougie à la main.

La jeune femme était étendue sur les draps. Elle avait jeté sa chemise de nuit par terre. Elle était mince, avec de longues jambes et des petits seins fermes. Avec une pudeur qui ne cherchait pas à faire illusion, elle posa ses mains à plat sur son ventre et lui sourit.

« Va, enfuis-toi alors », dit-elle.

Il s'approcha un peu plus et, les yeux fixés sur son visage pour ne pas voir son corps, commença à s'excuser, raisonner, supplier. « Je dois y aller », dit-il, « quelqu'un est venu me mettre en garde cette nuit. Une fille – je l'ai mise en danger. Je dois aller la voir. J'ai cru à l'instant même la voir sur ce mur, en train de hurler. »

« Tu rêves. »

« Mais les rêves deviennent vrais, parfois. Tu ne comprends pas – je dois partir. Je l'ai mise en danger. »

« Eh bien pars. Je ne t'en empêche pas, non ? Mais écoute. Quelle différence ça fera, si tu restes ici encore une demi-heure ? » Elle se tourna sur le côté, et Andrews ne put s'empêcher de suivre des yeux le mouvement de son corps. « Elle a froid », pensa-t-il, « mais je pourrais la réchauffer. »

« Allez », dit-elle. « Tu n'auras pas d'autre occasion, mais ça m'est égal. Je suis tout excitée – ce maudit printemps. Je vais aller voir Harry. Il est vieux et fatigué, mais au moins lui c'est un vrai homme. » Bien qu'elle ait parlé de partir, elle n'en fit rien, préférant le regarder avec des yeux vaguement amusés. Andrews s'humecta les lèvres, qui étaient sèches. Il avait soif. Il n'essayait plus de ne pas regarder son corps. Il savait à présent qu'il ne pouvait s'éloigner.

« Je vais rester », dit-il. Il posa un genou sur le lit, mais Lucy tendit les mains pour l'empêcher d'aller plus avant.

« Pas comme ça », dit-elle. « Je ne suis pas une catin. Enlève ces hardes. » Il hésita un moment et jeta un coup d'œil à la bougie.

« Non, je veux qu'il y ait un peu de lumière », murmura-t-elle, avec une petite nuance d'excitation dans la voix, « afin qu'on puisse se voir. »

Là encore, il obéit à contrecœur. Il sentit qu'il dressait une barrière de temps entre Elizabeth et l'aide qu'il pourrait lui apporter. Même en cet instant, il n'arrivait pas à oublier le rêve, la vision, le fantôme, bref, ce qu'il avait cru voir à la lueur de la bougie et qui ne disparut que lorsqu'il sentit le corps de la jeune femme étendue à ses côtés.

« Plus près », dit-elle. Les doigts d'Andrews se refermèrent sur les siens, pinçant la chair. Il enfouit sa bouche entre ses seins. Il ne voyait rien mais il l'entendit rire un peu. « Tu ne peux pas me faire de mal comme ça », dit-elle…

Il ouvrit les yeux et trouva étrange au début qu'une bougie brûle d'une flamme argentée. Puis il vit que la bougie était éteinte et que la lueur en question était celle du jour naissant. Il se redressa et regarda la femme à ses côtés. Elle dormait, la bouche légèrement ouverte, la respiration saccadée. Il vit d'abord son corps puis, non sans dégoût, le sien. Il posa maladroitement sa main sur son épaule, et elle ouvrit les yeux. « Je devrais couvrir ça », dit-il et, lui tournant le dos, il passa les pieds par-dessus le rebord du lit.

Au son de la voix de Lucy, il déduisit qu'elle souriait, mais son sourire, qui dans l'obscurité avait semblé le signe d'un mystère passionné, lui parut alors purement mécanique. Il éprouva du dégoût pour elle comme pour lui. Il lui semblait avoir erré, au cours des derniers jours, en marge d'une nouvelle vie, susceptible de lui donner du courage, voire de l'aider à s'oublier, mais voilà qu'il était retombé dans la fange d'où il avait émergé.

« Tu as pris du plaisir ? » demanda-t-elle.

« Je me suis vautré », dit-il, « si c'est ce que tu veux dire. »

Il l'imagina faire une moue boudeuse et détesta cette moue. « Ne suis-je pas plus agréable que toutes les autres femmes dont tu t'es vanté ? »

« Tu m'as fait me sentir encore plus sale », répondit-il. Est-il donc impossible de s'extraire de la fange ? pensa-t-il. J'ai eu la bêtise d'imaginer que je m'échappais, mais maintenant je suis tombé si bas que j'ai dû toucher le fond.

« Je serais capable de me suicider », dit-il tout haut.

La fille éclata d'un rire méprisant. « Tu n'en as pas le courage », dit-elle, « et de toute façon il y a cette jolie fille qui est en danger, non ? »

Andrews porta une main à sa tête. « Tu me l'as fait oublier », dit-il. « Je ne peux plus aller la voir après ça. »

« Comme tu es jeune », dit-elle. « Tu devrais savoir à présent que ce que tu ressens ne durera pas. Pendant une journée, on est dégoûté, déçu et désillusionné et on se sent tout sale. Mais très vite on redevient pur, assez pur pour recommencer à se souiller de nouveau. »

« On doit tôt ou tard en finir. »

« Jamais. »

« Es-tu un démon en plus d'être une catin ? » demanda Andrews, avec curiosité mais sans colère. « Veux-tu dire qu'il ne sert à rien d'essayer d'être pur ? »

« Combien de fois t'es-tu senti écœuré et dégoûté et bien décidé à ne plus jamais pécher ? »

« Un nombre incalculable de fois. Tu as raison. C'est inutile. Pourquoi ne puis-je pas mourir ? »

« Comme c'est étrange. Tu fais partie de ces gens – j'en ai déjà croisé – qui n'arrivent pas à faire taire leur conscience. Oh, comme ils deviennent bavards après ce genre de crise. Je l'ai souvent remarqué. Je croyais que tu voulais aller sauver ton amie. Pourquoi n'y vas-tu pas ? C'est ridicule de rester comme ça au bord du lit, nu et à philosopher. »

« C'est peut-être un piège et ils me tueront. »

« Je croyais que tu ne voulais pas y aller si c'était le cas. »

« Tu te trompes. » Andrews se leva. « C'est la raison même pour laquelle j'y vais. »

Quand il quitta l'hôtel, il ne prit aucune précaution particulière, mais descendit la rue en regardant droit devant lui. Il n'était pas habité par la peur de mourir mais par celle de vivre, de se souiller, de se repentir et se souiller de nouveau. Il sentait qu'il n'y avait aucune échappatoire. Il n'avait plus la moindre volonté. Au cours de certains moments exaltants, il avait rêvé d'emmener Elizabeth à Londres, de mériter son amour et de l'épouser, mais il comprenait à présent que, même s'il atteignait ce but suprême, ce serait juste pour la souiller et ne pas se purifier. Au bout d'un mois de mariage, pensa-t-il, je m'éclipserais pour aller voir des prostituées. L'air frais du petit matin ne lui fit aucun bien. La honte et le dégoût de soi le consumaient. Il aspirait avec un pathos ridicule à la simple purification d'un bain.

Il atteignit les collines alors qu'une première lueur orangée palpitait à l'est au-dessus de l'horizon. La fragile beauté de cet envol, semblable à un papillon aux ailes délicatement poudrées posé sur une feuille argentée, l'émut et accrut sa honte. S'il n'avait pas vu Lucy mais s'était rendu directement au cottage quelques heures plus tôt, cette lueur l'aurait encouragé. Quel prélude ç'aurait été à son retour.

Il ne faisait pas encore assez jour pour distinguer nettement la vallée. Seule la lueur rouge d'une fenêtre éclairée pratiquait par moments une brèche dans le voile gris ; quelques kilomètres plus loin, un coq chanta. Les collines étaient inanimées, hormis de temps en temps la forme menaçante et voûtée d'un arbre sombre. Andrews marchait, et peu à peu sa honte se noyait dans les ombres. Quand il s'en aperçut, il resta un moment immobile et tenta de la retrouver. La chose lui était déjà arrivée de nombreuses fois.

C'était le premier pas vers le retour du péché, cette distraction. Comment pourrait-il jamais rester pur si le sentiment de la honte était d'aussi courte durée ? Après tout, j'ai pris du plaisir, pensa-t-il malgré lui, alors pourquoi me repentir ? C'est là le rôle du lâche. Y retourner et recommencer. Pourquoi courir au-devant du danger ? Non sans effort, il arma sa volonté et courut, pour brider sa pensée, courut jusqu'à ce qu'il soit à bout de souffle, et il se jeta alors sur l'herbe.

L'herbe sur laquelle son front reposait se dressait en touffes froides, craquantes, salées. Si la vie avait ignoré le désir et l'envie d'agir, comme elle aurait été agréable. Si elle se résumait à cette fraîcheur, ce ciel argenté nuancé à présent de vert, ces ailes orangées qui se déployaient. S'il pouvait juste rester là à regarder et écouter – écouter Carlyon parler, et regarder l'enthousiasme dans ses yeux, sans aucun écho dangereux dans ses propres yeux. Il était étrange et incompréhensible que Carlyon fût son ennemi. Carlyon voulait sa mort, et pourtant son cœur se crispait encore un peu en entendant ce nom. Carlyon, qui était toutes ces choses que voulait être Andrews – courageux, compréhensif, désespérément romantique, non envers les femmes, mais envers la vie, Carlyon qui haïssait bien parce qu'il savait très clairement ce qu'il aimait – la vérité, le danger, la poésie. Si je le hais, pensa Andrews, c'est parce que je lui ai causé du tort, mais il me déteste parce qu'il croit que j'ai fait du tort à la vie. Il essaya de rire – cet homme n'était qu'un idiot romantique avec un visage laid. C'était le véritable secret de son humilité, de son courage, même de son amour de la beauté. Il cherchait sans cesse une compensation à son visage, comme si un singe vêtu de pourpre et d'hermine était davantage qu'un singe. Les qualités dont il s'était paré n'étaient que des rêves, qu'Andrews avait détruits par son geste. Ne restait que le corps massif, pesant, même quand il adoptait une posture désinvolte, les poignets épais, le crâne déformé. Dépouillez Carlyon de ses rêves, et ce qui reste m'est inférieur, pensa Andrews. Il eut soudain envie de piéger Carlyon en le poussant à commettre une indignité, en désaccord avec les rêves qu'il poursuivait. Ça lui prouverait qu'il s'agissait de rêves et non de lui-même.

Comment pouvait-on juger un homme quand tout passait par son corps et ses actes, et non par les rêves qu'il poursuivait aux yeux du monde ? Aux yeux de son équipage, son père était un héros, un roi, un homme ayant du panache, de l'initiative. Andrews savait ce qu'il en était en réalité – c'était une brute qui avait tué sa femme et détruit son fils. Et quant à moi, pensa Andrews, mes rêves valent bien ceux des autres, ce sont des rêves de pureté et de courage, mais je ne peux être jugé que d'après mon corps de lâche et de pécheur. Comment puis-je savoir qui est Carlyon dans l'intimité ? Disant cela, il se demanda avec inquiétude si Carlyon ne poursuivait pas ses rêves même quand il était seul. Supposons qu'après tout un homme, peut-être dans l'enfance, du moins à une époque lointaine, puisse choisir ses rêves, qu'ils soient bons ou mauvais. Alors, même s'il ne leur était pas fidèle, il fallait tenir compte de ces vaines rêveries. C'étaient des possibilités, et il était impossible de prédire si elles n'allaient pas, sans prévenir, prendre le contrôle et faire d'un lâche un héros.

Carlyon et moi sommes donc sur le même plan, pensa-t-il, en désirant ardemment le croire. Il suit ses rêves et je ne suis pas les miens, mais le simple fait de rêver est une bonne chose. Et je vaux mieux que mon père, car il n'avait pas de rêves, et cette part en lui que les hommes admiraient n'était pas due au fait qu'il suivait un idéal mais à son simple courage physique. Oh, comme Andrews aspirait aujourd'hui à ce simple courage physique, qui lui permettrait de se lancer à corps perdu dans son rêve. Il imaginait parfois que, si on lui accordait du courage ne serait-ce que le temps de tourner le dos à la peur, ses rêves seraient capables de l'emporter avec eux et de le pousser irrévocablement de l'avant, sans qu'il ait plus besoin de prendre des décisions ou de jouer les galants.

Il se leva et, en un geste quelque peu mélodramatique, écarta les bras comme s'il voulait donner du courage à son cœur, mais n'eut droit en retour qu'à une froide rafale de vent. Il se remit en marche. Pourquoi ne pouvait-il pas, comme l'avait dit Lucy, tuer sa conscience et être heureux ? Pourquoi, s'il avait de telles aspirations, même émoussées par le sentimentalisme, n'avait-il pas l'énergie suffisante pour les réaliser ? Il se dit qu'il était bien le fils de sa mère. Son cœur s'était laissé piéger par de vagues aspirations romantiques. Son père, quand il désirait quelque chose qui ne pouvait être obtenu autrement que par la force, s'était comporté en brute authentique – un loup de mer dans la vieille tradition élisabéthaine. Il venait du pays de Drake et parlait la langue de Drake. La mer lui avait même donné un peu du visage et des manières de Drake, la couleur, les traits, la barbe agressive, la voix puissante, le rire bruyant, ce que ceux qui ne le connaissaient pas dans ses moments sombres appelaient « une tendance chez lui ». Des larmes de pitié, d'apitoiement sur soi et un peu d'amour picotaient les yeux d'Andrews. Si je pouvais me venger des morts, pensa-t-il. N'existe-t-il pas un moyen de faire du mal aux morts ? Mais il savait que son cœur niais et sentimental n'aurait pas voulu se venger. N'était-il même pas possible de plaire aux morts, se demanda-t-il, et une réponse lui parvint du fond de son esprit, si doucement qu'elle parut surnaturelle à sa nature superstitieuse : « Ne fais pas comme ton père, ne détruis pas une femme. »

Tout en marchant d'un pas vif en direction de Hassocks, il se promit en silence de n'en rien faire. « Je veux juste la prévenir », dit-il, « puis je partirai. » Ce n'est qu'en évitant de la revoir qu'il pensait pouvoir la sauver.

Et pourtant, comme tout aurait été différent si Carlyon avait été son père. Il ne trouvait pas étrange de penser ainsi à l'homme qui voulait sa mort. Carlyon aurait rendu sa mère heureuse, et lui-même serait né avec de la volonté et du cran. Il se souvenait de sa première rencontre avec Carlyon.

Il marchait tout seul après avoir quitté l'école. Il avait une heure de liberté devant lui et, tout excité à cette perspective, il courut jusqu'en haut de la colline qui dominait l'établissement scolaire, afin d'échapper au plus vite à la vue des bâtiments de briques semblables à des casernes, et de voir au plus vite l'étendue de lande au loin, des champs de bruyère à l'infini, dans le soleil couchant. Il courait les yeux baissés, car il pensait aller plus vite ainsi. Il savait d'expérience que quand il aurait compté jusqu'à deux cent vingt-cinq, il serait à quelques pas du sommet. Deux cent vingt et un, vingt-deux, vingt-trois, vingt-quatre, vingt-cinq. Il leva la tête. Un homme se tenait dos à lui, tout comme il s'était tenu quelques jours plus tôt sur la route près de Hassocks. Il était vêtu de noir et donnait l'impression d'une masse d'une légèreté incongrue. Il fixait le soleil couchant, mais quand il entendit des pas derrière lui il se retourna avec une étonnante vivacité, comme si un tel bruit était associé dans son esprit au danger. Andrews vit alors pour la première fois les épaules larges, le cou épais et court, le front bas, fuyant et simiesque, et ces yeux sombres qui en un éclair firent voler en éclats l'impression animale qu'avait suscitée son corps. Ces yeux pouvaient parfois rire, être gais, mais leur nuance prédominante, comme le découvrit plus tard Andrews, était une tristesse mélancolique. Ils étaient toutefois souriants la première fois qu'il les vit, animés d'une sorte d'ahurissement joyeux.

« Tu as vu ça ? » dit Carlyon, d'un ton extatique, feutré et tremblant, le doigt tendu, et Andrews avait regardé au loin le ciel violemment embrasé, d'une teinte orangée, montant des cendres grises de la lande, hérissé de pointes vacillantes dans la brume bleue et poudreuse.

Ils contemplèrent un moment ce spectacle sans rien dire, puis l'inconnu se tourna vers lui et dit : « L'école. Je cherche l'école. » C'était comme s'il avait prononcé le mot prison devant un prisonnier évadé. « J'en viens », dit Andrews. « C'est là, tout en bas. »

« On ne peut pas voir le coucher de soleil de là-bas », fit remarquer Carlyon, qui eut l'air de condamner ainsi toute l'institution, les profs, les élèves, les bâtiments. Il fronça un peu les sourcils et demanda avec mépris : « C'est là où tu vas ? » Andrews acquiesça.

« Ça te plaît ? » À ces mots, Andrews regarda l'inconnu avec une étrange fascination. D'autres personnes lui avaient déjà posé cette question, mais pour la forme, et s'attendant à une fervente approbation. Ils ajoutaient en général une allusion enjouée aux châtiments corporels et une anecdote triste sur leurs années d'écolier. Mais l'inconnu lui parlait comme s'ils avaient tous deux le même âge, avec un léger mépris dans la voix comme si répondre par l'affirmative eût été indécent.

« Je la déteste », dit-il.

« Pourquoi y restes-tu, alors ? » La question, posée calmement, surprit l'enfant par ses implications de libre arbitre.

« C'est pire à la maison, dit-il. Ma mère est morte.

« Tu devrais t'enfuir », dit l'inconnu avec insouciance, puis, lui tournant de nouveau le dos, il contempla le coucher de soleil. Andrews l'observa. En cet instant, son cœur, dépourvu de tout objet d'affection, était fin prêt à adorer un héros. L'homme se dressait devant lui, les jambes légèrement écartées comme s'il se tenait en équilibre sur la terre qui tournait. Un marin, pensa Andrews, se rappelant que son père adoptait lui aussi la même posture.

Au bout d'un moment, l'homme se retourna et, voyant que l'enfant était toujours là, lui demanda s'il connaissait un écolier du nom d'Andrews.

Andrews le regarda, stupéfait. C'était comme si le personnage d'un rêve s'était avancé soudain dans la réalité et avait prétendu le connaître. « C'est moi », dit-il.

« Étrange », dit l'homme en l'observant avec un mélange d'appréhension et de curiosité. « Tu es bien pâle. Tu n'as pas l'air costaud. À la différence de ton père. J'étais un ami de ton père. »

L'usage du passé retint l'attention d'Andrews. « Je suis content que vous ne soyez plus son ami », dit-il. « Je le déteste. »

« Il est mort », dit Carlyon.

Il y eut un silence puis Andrews dit lentement : « Je suppose que vous serez choqué d'apprendre que ça m'enchante. »

L'inconnu éclata de rire. « Pas le moins du monde. J'imagine qu'il était particulièrement désagréable à terre. Mais c'était un grand marin. Permets que je me présente – je m'appelle Carlyon, capitaine et propriétaire de *La Bonne Fortune*, le bateau de ton père. » Il tendit une main. Andrews la prit. La poigne était ferme, brève et sèche.

« Comment est-il mort ? » demanda-t-il.

« Abattu d'une balle. Tu sais qui était ton père ? »

« Je crois », dit Andrews.

« Et maintenant, demanda Carlyon, que comptes-tu faire ? » Il eut soudain un geste gêné et alambiqué avec les mains. « Ton père m'a tout laissé. » Il ajouta aussitôt, en se détournant légèrement : « Tout te revient, sauf le bateau. » Il prononça ce dernier mot à voix basse, en prenant le même ton feutré qu'il avait utilisé pour commenter le soleil couchant. Sa voix était incroyablement musicale, même quand il débitait des phrases brèves, banales. Elle possédait une concentration, une pureté cristalline qui suggérait la profondeur et la tension, et qui, bien que profondément différente par le timbre, rappelait néanmoins le son d'un violon. Andrews l'écoutait avec une sorte d'avidité.

« Tu comptes y rester ? » demanda Carlyon, en désignant de la main le bas de la colline.

« Je la déteste », dit Andrews. « Elle est laide. »

« Pourquoi es-tu monté jusqu'ici ? »

« Y a que de la brique rouge en bas. Et une cour tout en graviers. Tous les deux mètres, on tombe sur un obstacle. Ici, en haut, il n'y a rien sur des kilomètres à la ronde. »

Carlyon hocha la tête. « Je sais », dit-il. « Et si tu venais avec moi ? »

Cela suffit pour qu'il prenne sa décision. Andrews aurait désormais suivi Carlyon jusqu'au bout du monde, et pourtant c'est Carlyon qui faisait preuve d'une impulsivité ridicule en étant prêt à partir tout de suite, sans autre forme de procès. Et ce fut Andrews qui insista pour que Carlyon se rende à l'école et procède aux arrangements.

Ce soir-là, Carlyon prit une chambre dans une auberge en ville et Andrews, alors qu'il lui souhaitait bonne nuit, posa la question qu'il avait eu envie de poser toute la soirée. « Vous voulez vraiment de moi ? » « Oui », avait répondu Carlyon. « Nous aimons tous les deux les mêmes choses. Eux ne les aiment pas, dans cette école, et mes gars, de chouettes types, note bien, ne les aiment pas non plus. Nous sommes faits pour être amis. »

« Faits pour être amis », répéta Andrews en riant tout en descendant la colline. Il avait gâché leur amitié. Il se demanda ce qu'il ferait, s'il avait le pouvoir d'annuler ce qu'il avait fait ; supporter de nouveau les railleries furtives, l'exemple de son père sans cesse brandi, la mer honnie et bruyante, le danger, mais aussi l'amitié de Carlyon, la cabine, à l'abri des regards de l'équipage, Carlyon qui parlait, Carlyon qui lisait, la certitude claire et revigorante de Carlyon de ce qu'il suivait. En agissant comme il l'avait fait, il n'avait effacé ni sa honte ni sa peur, mais les avait accrues toutes deux, et il avait perdu Carlyon. Et cependant, s'il pouvait remonter le temps, il laisserait derrière lui Elizabeth et ce désir sans cesse bafoué de s'arracher de la fange.

Absorbé dans le souvenir du passé, il ne vit pas l'heure s'écouler. Le jour s'était levé et une pâle lueur, d'un jaune crocus, avait absorbé les premières nuances argentées. Les lumières étaient de nouveau éteintes dans la vallée hormis quelques-unes qui brûlaient encore, mais sans éclat, telles les fleurs ternes et roussies d'un buisson sauvage. Parvenu à une éminence, Andrews fut surpris de voir le cottage à ses pieds, tout petit et plongé dans l'obscurité, ne donnant aucun signe de vie. Le faible soleil levant était incapable de percer à travers les arbres qui protégeaient le cottage, si bien que, alors que le monde baignait dans une claire averse d'or, ce dernier restait dans l'ombre. Mais aux yeux d'Andrews qui le contemplait du haut de la colline, le cœur battant devant la soudaineté de la vision, il gisait dans l'ombre encaissée du danger et de la mort. Dans la confusion où son cœur avait été jeté, Il ne savait pas, après avoir été arraché sans prévenir au passé, si c'était la peur ou l'amour qui l'agitait ainsi. Il observa le cottage comme si, ce faisant, il allait le contraindre à révéler les secrets qu'il détenait. Aucune fumée ne montait de la cheminée, aucune lumière n'apparaissait aux fenêtres. Cette absence de vie ne signifiait rien, car il ne devait pas être plus de sept heures, mais cela effraya Andrews. Et si Carlyon et ses hommes avaient déjà visité le cottage et que ce dernier était marqué à présent du sceau de leur vengeance ? Il ne servait à rien de se dire que Carlyon refuserait qu'on fasse du mal à une femme. Hake et Joe étaient avec lui. Il se demanda si Carlyon avait quitté *La Bonne Fortune*. S'il avait perdu son bateau, alors il n'était plus le chef. Andrews avait l'impression que des siècles s'étaient écoulés depuis qu'il avait regardé, en proie à l'exaltation, la fumée s'élever des cheminées du cottage.

Il s'approcha très lentement du bord de la falaise, les yeux rivés sur le cottage. Il avait une autre raison d'avoir peur. Peut-être qu'à l'intérieur, les contrebandiers attendaient qu'il tombe dans le piège tendu par Cockney Harris. Mais était-ce un piège ? Il était de son devoir d'avertir Elizabeth, mais depuis quand agissait-il pour accomplir son devoir ? En poussant la porte de ce cottage, il risquait, de se retrouver face à face avec Carlyon, Joe, Hake et les autres. Il se rappela la vision qu'il avait eue à la lueur jaune de la bougie dans la chambre de Lucy. Il resta là, sujet à ce qui même à ses yeux paraissait une hésitation pitoyable. Si seulement il n'était pas tombé amoureux de cette femme, pensa-t-il, comme il aurait été facile de descendre aveuglément cette colline. Le devoir accompli, il aurait été pur, triomphant, confiant en l'avenir, certain de s'être extrait une bonne fois pour toutes des griffes de son passé. Il revenait maintenant vaincu par son corps, découragé, désespéré, afin d'avertir d'un danger avant de s'en aller. Pourquoi ne pas renoncer à cette tentative pour devenir meilleur que je ne le suis et m'enfuir tout de suite, sans prévenir Elizabeth du danger qu'elle courait ? Une fois de plus, je me lance dans une entreprise vaine et épuisante qui consiste à m'élever. Et une fois de plus je vais être déçu. Pourquoi ne pas m'épargner cette amertume ? Cette pensée, suggérée par sa lâcheté, le frappa de plein fouet. Si elle s'était insinuée en lui furtivement, ça aurait pu marcher, mais, du fait de sa suffisance, elle ruinait son propre objectif. Son cœur se révolta. Il descendit la colline en courant presque, sans chercher à se cacher, désireux seulement de ne plus pouvoir revenir en arrière.

Alors qu'il atteignait la lisière de la forêt et que le cottage réapparaissait devant lui, tout comme il lui était apparu la première fois, il redevint prudent. Sans quitter des yeux la fenêtre, il parcourut sur la pointe des pieds l'espace à découvert entre le taillis et le mur. Pressant son corps contre ce dernier, comme s'il espérait être absorbé par sa solidité, il jeta discrètement un coup d'œil par la fenêtre. La pièce semblait déserte. Tout allait très bien, sûrement. Il fit trois pas le long du mur jusqu'à la porte et souleva doucement le loquet. À sa surprise, la porte s'ouvrit. Comme elle est imprudente, pensa-t-il. Elle devrait verrouiller sa porte. Voyant la pièce vide, il s'agenouilla et tira la clenche du bas. Celle du haut était cassée.

Il regarda autour de lui et poussa un soupir de soulagement en ne voyant aucun signe d'altercation. Ce n'était donc pas un piège, se dit-il. Je dois l'emmener loin d'ici ce matin même. Au centre de la pièce se trouvait la table de cuisine sur laquelle avait été posé le cercueil. N'aie pas peur, mon vieux, marmonna Andrews. Je ne la toucherai pas. Je vais la sauver des autres, c'est tout. Il frissonna légèrement. Maintenant qu'il ne marchait plus, l'air frais du matin le saisit. Il lui parut tout à fait possible que la pièce abrite un fantôme jaloux, aigri et méfiant. Je ne veux rien avoir à faire avec les spectres, pensa-t-il, et sa propre superstition le fit sourire. La pièce et la maison étaient silencieuses. Devait-il se rendre à l'étage et la réveiller ? Il sentit à quel point, avec quelle fougue, quelle impatience, il désirait la revoir. Si seulement il était revenu pur, ayant vaincu ses sordides pulsions pour elle. J'essaierai de nouveau, j'essaierai de nouveau, pensa-t-il, en s'en voulant de se moquer ainsi de lui-même. Peu m'importe si je ne cesse de déchoir. J'essaierai de nouveau. Pour la deuxième fois en vingt-quatre heures et pour la deuxième fois en trois ans, il pria : « Ô Seigneur, aide-moi. » Il se retourna soudain. C'était comme si un courant d'air chaud avait soufflé sur sa nuque. Il se retrouva face à la table et à la présence imaginaire mais perturbante d'un cercueil. N'aie pas peur, le vieux, implora-t-il. Je ne suis pas venu ici pour la courtiser. Elle ne me regarde même pas. Je veux la sauver, c'est tout.

Il s'ébroua légèrement, comme un chien. Quel idiot il faisait. Je vais préparer le petit-déjeuner, pensa-t-il, et lui faire la surprise. Des tasses étaient suspendues en rang au-dessus de l'évier. Il en décrocha une et resta là, en caressant le bord du bout des doigts, mais son esprit s'attardait dans le passé, ses yeux fixés sur un trou de serrure, son cœur tremblant comme devant une sainte. Puis la petite porte qui menait à l'étage s'ouvrit et il leva les yeux. « Est-ce toi, enfin ? » dit-il. Il avait parlé tout bas, d'une voix tremblante, comme en présence d'un mystère. La pièce était dorée par le soleil, mais il ne l'avait pas encore remarqué.

TROISIÈME PARTIE

10

Elizabeth se tenait au bas de l'escalier, sur la dernière marche, une main sur la porte ouverte, les yeux endormis et étonnés. « Toi », dit-elle.

Andrews fit tourner la tasse entre ses mains, gêné, peinant à trouver ses mots. « Je suis revenu », dit-il enfin.

Elle s'avança dans la pièce et Andrews regarda, fasciné, sa démarche chaloupée, la manière dont elle dressait le menton en se déplaçant. « Oh oui, je le vois bien », dit-elle en souriant vaguement. « Tiens, donne-moi cette tasse. Tu vas la casser. »

Andrews mit sa main derrière son dos, farouchement résolu à n'en rien faire. « Non », dit-il, « je tiens à cette tasse. C'est la tasse à laquelle nous avons bu tous les deux. »

« Ce n'est pas celle-ci », répondit Elizabeth, et comme Andrews la regardait d'un air étonné, elle pinça sa lèvre inférieure entre ses dents. « Je m'en souviens », ajouta-t-elle, « parce qu'elle avait le bord ébréché. Dis-moi – qu'est-ce que tu fais ici ? »

« J'ai des nouvelles », répondit Andrews à contrecœur. Une immense réticence à parler l'envahit. Car une fois qu'il se serait exprimé, quelle excuse aurait-il de rester ?

« Est-ce que ça peut attendre après le petit-déjeuner ? » demanda-t-elle, et quand il fit signe que oui, elle entreprit de dresser la table sans rien dire.

Ce n'est que lorsqu'ils furent assis qu'elle reprit la parole. « Tu as dû te lever tôt ? » Il acquiesça en marmonnant, ayant peur d'entendre la question qui l'obligerait à lui annoncer la nouvelle.

« S'est-il passé quoi que ce soit pendant mon absence ? demanda-t-il.

« Non », dit-elle, « il ne se passe jamais rien ici. »

« La porte n'était pas verrouillée. Tu trouves que c'est prudent ? »

« Elle ne l'était pas la première fois que tu es venu ici », répondit-elle en posant sur lui un regard naïf. « Je ne voulais pas que tu aies droit à un accueil moins chaleureux quand tu reviendrais. »

Il leva les yeux brusquement, en proie à une sorte d'espoir poignant, mais la candeur d'Elizabeth le rebuta. Ce qu'elle disait n'existait qu'en surface, pas en profondeur. « Tu savais que j'allais revenir ? »

Elle fronça les sourcils, comme perplexe. « Mais c'est ce qui avait été convenu, non ? On s'est quittés bons amis, n'est-ce pas ? »

« Tu es très généreuse. » Pour une raison inconnue, la voix d'Elizabeth l'emplit d'amertume, mais elle ne releva pas le sarcasme. « Je ne te comprends pas », dit-elle. « Tu dis des choses très troublantes. »

« Oh, je ne suis pas comme toi », dit Andrews. « Je ne sais pas qui je veux être. Tu es si limpide, si terriblement équilibrée. Moi je suis tordu. »

« Suis-je si limpide ? » demanda-t-elle. Elle posa son couteau et, son menton sur une main, le regarda avec curiosité par-dessus la table. « Savais-tu, par exemple, que j'avais hâte que tu reviennes ? On se sent seul ici. Quand je suis descendue l'autre matin, j'étais désolée que tu sois parti. Je me sentais coupable. Je n'aurais pas dû te convaincre d'aller à Lewes. Je n'avais aucun droit de te pousser à prendre des risques. Est-ce que tu me pardonnes ? »

Andrews bondit et, se dirigeant vers la cheminée, lui tourna le dos. « Tu te moques de moi », dit-il.

Elizabeth sourit. « Dis donc, tu es vraiment tordu », dit-elle. « Comment peux-tu penser ça ? Non, nous sommes amis. »

Il se retourna, le visage écarlate. « Si jamais tu prononces une fois de plus ce mot… » dit-il d'un ton menaçant. Voyant son visage blanc, perplexe, mais apaisé, il se calma. « Je suis désolé », dit-il. « Je n'ai qu'un seul ami et je l'ai trahi. Je ne veux pas te trahir. »

« Tu ne me trahiras pas », dit-elle. « Tu as laissé ton couteau. »

« Je me disais que tu en aurais peut-être besoin. »

« Tu savais que tu en aurais peut-être besoin. »

Il lui tourna le dos une fois de plus et donna un coup de pied dans les braises. « J'ai été stupide », marmonna-t-il. « Du sentimentalisme. Ça ne veut rien dire. »

« J'ai trouvé ça courageux », dit-elle. « Je t'ai énormément admiré pour cela. »

Là encore, Andrews rougit. « Tu te moques de moi », dit-il. « Tu sais que tu me méprises, que je suis un lâche. » Il rit. « Ma foi, je t'ai trahie deux fois à Lewes, et je te trahis maintenant, sans que tu le saches. Alors ne te moque pas de moi en feignant l'admiration. Vous autres les femmes, vous êtes fourbes. Seule une femme pourrait en rajouter ainsi. » Sa voix se brisa. « Tu as gagné. Tu vois que ça marche. »

Elizabeth se leva de table et vint à côté de lui devant le feu. « Comment m'as-tu trahie ? » demanda-t-elle.

Andrews répondit sans la regarder. « Une fois avec une femme. »

Il y eut un silence. Puis Elizabeth dit froidement : « Je ne comprends pas en quoi c'est me trahir. C'est une trahison à ton égard, peut-être. Quelle autre trahison ? »

« Il a été rapporté pendant le procès que tu m'avais protégé. »

« Pendant le procès ? » fit-elle. Sa voix tremblait pour une raison qu'il ne comprenait pas. « Tu y es donc allé ? »

« J'étais à la barre des témoins », dit-il, l'air sombre. « Ne me félicite pas. C'est en partie de ta faute. L'autre raison était la boisson et une catin. Qu'est-ce que tu dis de ça ? »

« Bien joué », fit-elle.

Il haussa les épaules. « Tu en fais trop. Tu n'es pas aussi rusée que je le croyais. Je commence à m'habituer à cette moquerie. Tu dois changer d'approche. »

« Cette femme », demanda Elizabeth, « qui était-ce ? Comment était-elle ? »

« C'était mon égale. »

« Je croyais que c'était une catin. Dis-moi, était-elle plus belle que moi ? »

Andrews leva des yeux étonnés. Elizabeth le regardait avec un sourire inquiet. « Jamais je ne te comparerais », dit-il. « Vous appartenez à deux mondes différents. »

« Certes, mais j'aimerais savoir. »

Il secoua la tête. « Impossible. Je ne pourrais comparer que vos corps, or je ne connais pas le tien. »

« Je suis comme les autres femmes, non ? » fit-elle tristement.

« Non », dit-il, sa voix sujette à un soudain enthousiasme. « Pas comme les autres. »

« Je vois », dit-elle, avec froideur cette fois-ci. « Eh bien, dis-m'en plus sur tes trahisons. En quoi suis-je trahie parce que tu as aimé cette femme ? Tu es le genre d'homme qui fait ça fréquemment, j'imagine. »

« Ce n'était pas de l'amour », dit-il.

« Y a-t-il une différence ? Les hommes aiment bien couper les cheveux en quatre. » Elle regarda elle aussi la table de la cuisine comme si, à ses yeux également, celle-ci représentait un certain fantôme jaloux, toujours présent.

« Et lui, que ressentait-il ? » demanda-t-elle.

« Voulait-il te faire du mal ou voulait-il, même sans succès, agir de façon désintéressée ? »

« Les deux, dans son cas », dit-elle. « Dis-moi – tu as parlé d'une troisième trahison. C'était quoi ? »

Le moment était venu. « Je suis venu ici pour te prévenir – et j'ai tardé, et tardé… »

« Me prévenir ? » Son menton se dressa comme de défi. « Je ne comprends pas. »

« Carlyon et les autres veulent te punir pour m'avoir protégé. Ils seront ici aujourd'hui ou demain. » Il lui rapporta le message de Cockney Harry. « Apparemment, ce n'était pas un piège », ajouta-t-il.

« Mais tu as cru que c'en était un », dit-elle, intriguée, » et pourtant tu es venu. »

Il l'interrompit. « Tu dois partir tout de suite. »

« Pourquoi ne m'as-tu rien dit plus tôt ? »

« Je détestais l'idée que tu partes », dit-il simplement, « et j'ai gâché la seule chose décente que j'aie faite. »

« Et tu penses que je devrais vraiment partir ? »

« Oui », dit-il, puis la voyant frémir à ce mot péremptoire, il ajouta rapidement : « Tu dois prendre tout l'argent que tu as et te rendre n'importe où – à Londres, peut-être – jusqu'à ce que ça se calme. »

« Non », dit Elizabeth. « Je n'en vois pas la nécessité. »

« Bon sang », protesta Andrews, « dois-je te forcer à partir ? »

« Pourquoi devrais-je fuir ? J'ai ça », et elle désigna l'arme vide qui se trouvait à sa place habituelle.

« Elle est vide. »

« J'ai des cartouches. »

« Tu ne sais pas comment t'en servir. Tu me l'as dit. »

« Mais toi, si », dit-elle.

Andrews tapa du pied furieusement. « Non », dit-il, « non. J'ai pris assez de risques comme ça pour toi. Vous êtes toutes pareilles, jamais satisfaites. »

« Tu veux dire que tu ne resteras pas pour m'aider ? »

« Tu ne te rends pas compte de ce que tu demandes », dit-il. « J'ai peur d'eux. J'ai plus peur de la douleur que de tout le reste au monde. Je suis un lâche. Je n'en ai pas honte. Je te le dis. »

Elle sourit en tordant la lèvre, d'un air triste mais amusé. « Oublie cette idée », dit-elle.

Il frappa le sol du pied avec une violence d'enfant. « Ce n'est pas une idée. C'est un fait. Je t'ai prévenue. Maintenant je m'en vais. » Il ne la regarda pas, de peur que sa détermination flanche, et se dirigea vers la porte comme un homme soûl en se tenant exagérément droit.

« Je reste », l'entendit-il dire derrière lui. Il se retourna et déclara d'un ton désespéré : « Tu ne sauras pas te servir de l'arme sans moi. »

« Je n'en ai pas eu besoin avec toi », répondit-elle.

« Ces hommes sont différents. Ce ne sont pas des lâches. »

« Ils doivent être lâches », dit-elle avec une logique imparable, « s'ils veulent se venger sur moi. »

Dehors, le soleil l'attirait avec son or pâle. Quelle femme osait se mesurer au soleil par sa beauté et même sa sérénité ? Sa couleur semblait s'assoupir sur la terre et, dûment endormie, briller du rêve intraduisible et secret d'un lieu exalté. Pars, pars, pars, disait sa raison, et alors qu'il contemplait la lande assoupie, son cœur ressentait la même urgence. Il convoqua le critique en lui qui, si souvent par le passé, avait vainement tenté de le remettre sur le droit chemin, mais le critique demeurait silencieux, il restait à l'écart et semblait dire : « C'est l'heure de ton ultime et grande décision. Je ne t'influencerai pas. » Devant lui, tel quelqu'un lui tournant le dos avec dédain, se dressait la colline qu'il avait franchie il y a des lustres en proie à une terreur aveugle. Si seulement la peur pouvait m'aveugler de nouveau, pensa-t-il non sans allégresse, je pourrais fuir cet endroit. Même la fille derrière lui ne disait rien, attendant, comme le reste du monde, qu'il prenne de lui-même sa décision. Or il n'avait pas l'habitude de s'en remettre ainsi à sa seule volonté. « Je pars », dit-il une fois de plus avec hésitation, dans le vain espoir qu'Elizabeth flanche, mais elle resta silencieuse. Il s'interrogea un peu. Il était de toute évidence ensorcelé, car jamais par le passé il n'avait trouvé aussi difficile de fuir le danger. Pour se mettre en mouvement, il essaya d'imaginer ce qui lui arriverait s'il tombait entre les mains de Hake ou de Joe, sachant qu'une mort certaine l'attendait entre celles de Carlyon. Mais au lieu de ça, il vit de nouveau l'éclat de la bougie jaune et le visage d'Elizabeth déformé par un hurlement. Impossible ! Il ne pouvait pas la laisser. La porte qu'il venait d'ouvrir, il la referma soudain, mit le verrou et revint au centre de la pièce, la tête basse.

« Tu as gagné une fois de plus, dit-il. Je vais rester. »

Il leva les yeux vers elle, plein d'un ressentiment furieux. Les yeux d'Elizabeth brillaient, mais il remarqua alors qu'ils ne brillaient qu'en surface et que cet éclat n'altérait pas plus les sombres profondeurs que le clair de lune la surface métallique d'un étang.

« Écoute », dit-il, « tant qu'à se montrer inconscients, autant en tirer le meilleur parti. As-tu des outils, des planches ? Je veux réparer le verrou du haut. » Elle le conduisit dans la remise, où il avait dormi précédemment, et lui trouva du bois, des clous, une scie, un marteau. Maladroitement, car il n'avait pas l'habitude de travailler avec ses mains, il bricola une clenche et la fixa en place. « Ça devrait faire l'affaire », dit-il. Elle se tenait tout près de lui et il était sur le point de la prendre dans ses bras. Mais une pensée l'en empêcha. J'ai déjà les vivants contre moi, pensa-t-il, je n'ai pas besoin des morts en plus. Pour prévenir un retour de la tentation, il voulut se concentrer sur leurs moyens de se défendre. « Les cartouches ? » demanda-t-il. « Où sont-elles ? » Elle les lui apporta et il chargea l'arme, laissant les autres sur la table, à portée de main. Puis il alla devant la fenêtre, examina les alentours, se rendit une fois de plus dans la remise afin de vérifier que la fenêtre était bien trop haute pour qu'un assaut par le flanc aboutisse. « Nous sommes prêts à les accueillir », dit-il sombrement. Une question l'oppressait. Si Carlyon arrivait en premier, serait-il capable de tirer ? Il jeta un coup d'œil en biais à Elizabeth. C'était elle ou Carlyon. Il allait devoir tirer, et pourtant il priait pour que ce soit Hake ou Joe qui se présente devant son arme.

« À quelle distance se trouve ton plus proche voisin ? » demanda-t-il.

« À moins d'un kilomètre et demi », dit-elle. « Il a une ferme – et une cave. »

« Tu veux dire que c'est un ami de ces hommes ? » demanda Andrews. « Si jamais il entend des coups de feu, il avertira certainement Shoreham. »

« Tu as vécu longtemps en mer, n'est-ce pas ? » dit Elizabeth. « Tu ne connais pas cette région, pas assez proche de la côte pour être patrouillée, pas assez éloignée pour qu'on ne traite pas avec les contrebandiers. Ici, nous sommes dans leur pré carré. » Elle joignit les mains de façon inattendue. « Oh, comme tout ça est amusant, finalement », dit-elle.

« Amusant !, s'exclama-t-il. Tu ne vois pas que quelqu'un va mourir ?

« Tu as si peur de la mort », dit-elle.

« J'ai peur de disparaître », dit Andrews, en posant sa main sur le canon de l'arme, se rassurant ainsi. « Je n'ai que moi, j'ai peur de perdre ça. »

« Il n'y a aucun danger », dit-elle. « Rien n'est jamais fini. »

« Oh, tu crois en Dieu et tout ce fatras », murmura Andrews. Il tapa du pied, gêné, sans la regarder, rougissant un peu. « Je t'envie », dit-il. « Tu sembles si sûre de toi, si équilibrée, sereine. Je n'ai jamais connu ça – ou alors seulement un très court instant, quand j'écoutais de la musique. J'écoute de la musique en ce moment. Continue de me parler. Tant que je t'écoute, tout ce chaos » – il porta une main à sa tête – « reste à distance. »

« Qu'entends-tu par chaos ? » demanda Elizabeth, l'air vaguement perplexe.

« C'est comme s'il y avait six personnes différentes en moi, dit-il lentement. Chacune exige une chose différente. J'ignore laquelle est moi. »

« Celle qui a laissé le couteau et celle qui reste ici maintenant », dit-elle.

« Mais qui sont ces autres personnes, alors ? »

« Le diable. »

Il éclata de rire. « Comme tu es d'un autre temps. »

Elle se planta devant lui. « Regarde-moi », dit-elle. Non sans hésiter, il leva les yeux et, voyant son visage irradier (le seul verbe capable de définir cet éclat, qui donnait à son visage l'apparence d'un cristal pâle contenant un soleil ou une étoile), il dut lutter pour ne pas la prendre dans ses bras. Mais je ne dois pas, se dit-il, je ne gâcherai pas ces quelques heures avec elle. J'ai sali tout ce que j'ai touché. Je ne la toucherai pas. Il enfonça ses mains dans ses poches et la frustration conféra à son visage un air sombre, hostile. « Dis-moi pourquoi tu es revenu me mettre en garde », demanda Elizabeth, « alors que tu ne crois pas en l'âme immortelle. Tu as risqué ta vie. »

« Je suis un sentimental », dit-il en souriant.

Son expression vaguement perplexe atténua un instant l'éclat de son visage. « Pourquoi minimiser toujours tes bonnes actions », demanda-t-elle, « et te vanter de tes mauvaises ? »

Il se mordit la lèvre, furieux. « Si tu veux savoir pourquoi je suis revenu », dit-il, « je vais te le dire. N'oublie pas que c'est de ta faute si toute cette paix est gâchée. »

« Personne ne peut gâcher ma paix », dit-elle. « Je t'écoute. »

Il se rapprocha et lui sourit d'un air enragé comme s'il allait lui faire du mal et la détestait pour cela. « Je suis revenu parce que je t'aimais. » Il guetta un sourire, voire un rire, mais elle l'observait gravement, et son visage rougit si imperceptiblement que ce n'était peut-être que le fruit de son imagination.

« C'est bien ce que je pensais », dit-elle sans bouger, « mais pourquoi tous ces secrets ? »

Il la contempla, étonné. La naïveté dans ses yeux le frappa et l'effraya quelque peu. « Faut-il que ce soit au passé ? » dit-elle. « Tu m'aimais. C'est tout ? Ce n'est plus le cas à présent ? »

Il s'humecta les lèvres, mais ne put parler. « Si tu n'es pas capable de dire que tu m'aimes », fit-elle en souriant lentement mais sans la moindre nuance de moquerie, « redis-moi que tu m'aimais il y a une heure ou deux. »

« Tu crois que… » Il n'acheva pas. Ses mains se tendirent vers elle avec hésitation, ses doigts apeurés par le contact irrévocable. Puis, le cœur battant, il retrouva sa voix : « Je t'aime », dit-il. « Je t'aime. » Il la tenait maintenant, mais à distance. « Je t'aime moi aussi », dit-elle, les yeux fermés et son corps tremblant un peu. Il ferma les yeux afin qu'ils soient tous deux dans l'obscurité, qui ne contiendrait plus qu'eux. Se tendant maladroitement dans le noir, leurs bouches s'égarèrent au début puis se trouvèrent. Au bout d'un moment, ils se parlèrent à voix basse, de peur que le bruit ne disperse l'obscurité.

« Pourquoi as-tu tardé autant ? »

« Comment me serais-je douté… j'avais peur. »

« Suis-je pire que la mort ? Tu n'avais pas peur d'elle. »

« Je n'ai plus peur. Tu m'emplis de toi. Ça veut dire courage, paix, sainteté. »

Il ouvrit les yeux. « Sais-tu qu'ils t'ont appelée par ton nom de famille au tribunal ? C'était très étrange d'apprendre que tu t'appelais autrement qu'Elizabeth. Un nom propre qui te rattache à la terre. Je l'ai déjà oublié. Ouvre les yeux et dis-moi que ce n'est pas un rêve. »

Elle ouvrit les yeux. « Comme tu parles », dit-elle, « toi qui étais si silencieux sur les choses importantes. »

« Je suis excité », dit-il. « J'ai envie de rire et crier et chanter. J'ai envie de me soûler follement. »

Il se dégagea et commença à faire les cent pas dans la pièce. « Je suis si heureux », dit-il. « Je n'ai encore jamais ressenti cela. Quelle étrange sensation c'est – le bonheur. »

« Ce n'est que le début », dit Elizabeth. « Nous avons l'éternité. »

« Nous avons au moins toute la vie. Ne gâchons pas le temps présent pour un "peut-être". Promets-moi que tu vivras longtemps et lentement. »

Elle rit. « Je ferai de mon mieux. »

« Viens ici », dit Andrews et quand elle s'approcha, il la regarda avec stupéfaction. « Je peux te demander de venir, et tu viens. Mais tu ne devrais pas. J'aimerais que tu comprennes à quel point je suis indigne de toi. Ne ris pas. Je sais que tous les hommes disent la même chose. Mais moi c'est vrai. Je suis un lâche. Inutile de secouer la tête. Tu ne pourras jamais me faire complètement confiance. Je t'ai dit que j'ai passé la nuit avec une femme. Je suis sale, je te le dis, souillé. »

« Est-ce que tu l'aimes ? »

« Tu es très jeune après tout, n'est-ce pas ? Les hommes ne vont pas avec des catins pour ça. »

« Alors ça ne me fait rien. Regarde », elle tendit les bras et son menton se dressa une fois de plus en un geste instinctif de combat. « Je me tiendrai désormais à jamais entre eux et toi. »

Une ombre passa sur le visage d'Andrews. « À jamais, ça veut dire longtemps. Tu dois rester avec moi pour toujours. Tu ne dois pas mourir avant moi. Si tu mourais, je m'effondrerais. » Il rit. « Voilà que je parle de la mort alors que je suis en train de renaître. » Il jeta un regard inquiet à l'endroit où s'était trouvé le cercueil. « Il ne s'interposera pas entre nous, n'est-ce pas ? » implora-il. « Ce doit être un fantôme jaloux. »

« Juste un fantôme », dit Elizabeth. « Plaignons-le. Il a été gentil avec moi à sa façon. Il disait que s'il ne pouvait m'avoir, alors il ne laisserait jamais un autre homme m'avoir. » Ses doigts caressèrent doucement le bord de la table. « Pauvre fantôme », murmura-t-elle. « Si vite vaincu. »

La pensée du mort déclencha une série d'associations dans l'esprit d'Andrews. « C'est Mrs

Butler qui a prononcé ton nom au tribunal », dit-il. « Viendra-t-elle ici ? »

« Pas avant quatre jours », dit Elizabeth.

« Et nous serons alors partis. Où irons-nous ? » Mais ce n'étaient pas des questions matérielles – se nourrir, gagner sa vie – qui passaient, image par image, dans le cerveau d'Andrews. Il pensait aux saisons qu'ils verraient ensemble ; à l'été, la mer bleue, les falaises blanches, les coquelicots dans les blés dorés ; se réveiller par un matin d'hiver et voir les cheveux d'Elizabeth étalés sur l'oreiller, son corps tout contre le sien, avec dehors le profond et blanc silence de la neige ; de nouveau le printemps, le bruissement des haies et le chant des oiseaux. Ils écouteraient de la musique ensemble – des orgues dans de sombres cathédrales parlant d'une paix triste, le chagrin des violons, des notes froides égrenées par un piano, comme de l'eau s'égouttant lentement dans un long silence plein d'échos. Et toujours la musique de sa voix, qui lui paraissait, à la lumière de ce nouveau bonheur stupide et grisant, plus belle que tout instrument.

« Ne partons pas tout de suite », dit-elle, des rides obstinées autour de sa bouche. « Qu'a dit déjà ce Harry Cockney ? Ils viendront aujourd'hui ou demain. Nous les affronterons d'abord puis nous partirons. »

Il haussa les épaules. « Si tu veux. Je paierai n'importe quel prix, je crois, pour ce bonheur. »

« Tu ne m'as pas encore raconté ton histoire », dit-elle.

Il hésita. « Nous devrions faire le guet. »

Elle eut une moue méprisante. « Ils ne viendront qu'à la nuit tombante », dit-elle. « Asseyons-nous ici par terre devant la cheminée. » Elle sourit. « J'en ai assez d'être vieille et sage. Je veux être une enfant et qu'on me raconte une histoire. »

Elle se lova dans le creux de son bras et il lui raconta les deux derniers jours ; comment il avait regardé la fumée monter de la cheminée du cottage et cru que c'était un vol d'oiseaux blancs autour d'une sainte (« J'avais des pensées tout sauf chastes », l'interrompit-elle) ; il évoqua la vache aux yeux doux qui avait bu à ses côtés dans la mare bleue et l'oiseau qui chantait. Il fit durer le récit de sa marche lente avec des détails méticuleux, peu désireux, comme il l'avait été dans la réalité, d'arriver à Lewes. Mais quand il en fut à cette partie de l'histoire, il prit un plaisir quasi masochiste à insister sur sa lâcheté, son ivresse et sa concupiscence. « Je n'ai pas su faire ton portrait », dit-il sèchement. « J'ai été stupide de croire que je pourrais jamais te dessiner. » Il lui parla de Lucy, de la scène au tribunal, de l'acquittement et de l'arrivée de Cockney Harry. « Je t'ai sortie de ma tête », dit-il. « J'avais peur de venir jusqu'ici pour t'avertir. Je suis monté coucher avec cette femme. »

« Mais tu es venu, finalement », dit-elle.

« Oui, mais je regrette de n'être pas venu plus tôt, quand j'étais moins sale. »

« Oublie tout cela, dit-elle. Tout a changé, maintenant. Nous avons juste l'avenir, pas le passé. »

« J'ai peur que le passé fasse irruption. »

« N'aie pas peur. » Elle pressa soudain sa bouche contre la sienne avec une sorte de férocité sauvage. « C'est notre dévouement. Si nous restons soudés, il n'y aura pas de place pour le passé. »

« Ne le provoque pas », l'implora-t-il.

« Tu es tellement superstitieux. Il en va toujours ainsi chez ceux qui ne croient pas en Dieu. »

Il lui prit le visage à deux mains et l'attira vers le sien. « Comme tu es raisonnable », dit-il. « Je n'arrive pas à croire que tu es plus jeune que moi. Tu as l'air si sage. Chère raison. »

« Chère folie », répondit-elle.

« Dis-moi, tu n'as pas peur de cette chose qui nous est arrivée – tomber amoureux ? C'est si perturbant. Si puissant que j'ai l'impression que ça pourrait me propulser à tout moment au Paradis ou en Enfer. »

« Je n'ai pas peur. »

« Et pourtant, pour toi, c'est bien pire, dit-il. Ça doit te faire souffrir. »

« Je n'ai pas peur de ce genre de souffrance », dit-elle. « Tu l'exagères tellement. La colère, je la redoute – ce chaos qui fait rage dans la tête – mais pas la souffrance qu'elle peut causer. »

« Que crains-tu plus que tout ? »

« La haine », dit-elle.

« Pendant des années, j'ai désiré être en paix, sûr de moi, équilibré. Je pensais pouvoir y parvenir par la musique, la fatigue, certaines choses. J'y suis arrivé à présent. Tu es tout cela. Ça t'étonne tant que ça que je te désire ? Ce serait pire qu'avant si je devais te perdre aujourd'hui. Tu te souviens de la parabole de la pièce balayée et des démons qui sont entrés, pires que les premiers. Tu dois me posséder, continuer de me posséder, ne jamais me laisser seul avec moi-même ! »

Tout en parlant, il sentait son exaltation vaciller. Tu ne tiendras jamais le coup, se moquait son cœur. Ce sont de bien beaux sentiments. Ce ne sont pas les tiens, espèce de lâche, ivrogne, brute. Ce sont les trompettes qui annoncent une nouvelle trahison. Il semblait impossible, en sondant les profondeurs paisibles de ses yeux, d'imaginer qu'un homme puisse lui offrir un bonheur plus permanent que celui qu'elle possédait déjà en elle. Il essaya d'imaginer ce visage étonnamment jeune et sage vieillir lentement dans la sérénité du mariage, des rides apparaître, les cheveux noirs grisonner, la sagesse s'approfondissant. Imaginer un seul instant qu'un homme puisse satisfaire un visage aux yeux si tristes relevait du blasphème. S'enfonçant de plus en plus dans un romantisme juvénile, il comprit que ses yeux n'étaient pas tristes du fait d'un chagrin personnel. Sa sérénité diffusait comme un rire autour de sa bouche et à la surface de ses yeux – un rire qui pouvait tour à tour être désinvolte, moqueur, profond. C'était, et son sentimentalisme le fit rire, de la compassion pour la vie ici-bas, ainsi qu'un violent désir de renoncer à la chair pour aller plaider leur cause devant un tribunal divin.

Elizabeth interrompit ses pensées et se leva en tremblant légèrement comme pour dissiper de vagues songeries. « Réveille-toi », dit-elle. « Tu auras beau protester, je compte être pragmatique. » Elle alla chercher l'arme qui était posée contre le mur. « Montre-moi comment on la charge », dit-elle.

Andrews prit l'arme dans ses mains, sortit la cartouche puis leva les yeux, soudain soupçonneux. « Pourquoi veux-tu savoir ? » demanda-t-il. « C'est moi qui vais m'en servir pour tirer. Est-ce que tu penses », il hésita, honteux devant cette pensée qu'il sentait justifiée, « que je vais m'enfuir ? »

Elizabeth rougit. « Je n'ai jamais imaginé une telle chose », dit-elle, furieuse. « Écoute-moi et crois-moi, même si tu ne dois plus jamais croire un mot de ce que je dis. Je te fais absolument confiance. »

« Merci », dit Andrews.

« Je vais te dire ce à quoi je pensais », reprit Elizabeth, peu sûre d'elle. « Je ne supporte pas que tu puisses imaginer que je ne te faisais pas confiance. C'était juste ça – j'ai compris que je me montrais égoïste une fois de plus, comme je l'ai été quand je t'ai envoyé à Lewes. Je ne risque pas grand-chose, mais toi, si. Ils veulent ta peau – moi, ils veulent juste me faire peur. S'ils me trouvent seule et armée, ils s'en iront, mais si tu es là ils n'abandonneront pas facilement. Ne m'interromps pas, écoute-moi jusqu'au bout. Pars avant que le soir tombe. La route sera déserte. Rends-toi à Londres. Je peux te prêter de l'argent. Nous conviendrons d'un rendez-vous et je te rejoindrai dans quelques jours. »

« Je ne te laisserai pas », dit Andrews. Il fut surpris de voir à quel point la tentation avait été vaincue. « Soit tu viens avec moi maintenant, soit nous restons ici tous les deux. »

« Je ne partirai pas », dit-elle, obstinée. « Marcher n'est pas mon fort. Nous nous déplacerions lentement et nous serions plus facilement poursuivis. Mieux vaut les affronter entre quatre murs qu'à découvert. » Elle rit. « Regarde-moi. Je ne suis pas musclée. Je me suis toujours vue comme mince. Ne m'ôte pas mes illusions. Tu m'imagines courir pendant des kilomètres, passer par-dessus des haies, patauger dans des fossés ? Je serais un sacré handicap. »

« En ce cas, je reste », dit-il, tout aussi têtu.

Elle l'observa un moment, l'air perplexe comme si elle essayait de mettre au point une nouvelle façon de le convaincre. « Tu es courageux, tu sais », dit-elle.

« Ce n'est pas ça », répondit Andrews. « Je n'ai pas le courage de te quitter. »

Il s'approcha de l'endroit où les tasses étaient suspendues en un rang parfait au-dessus de l'évier. « Faisons comme si nous étions mariés depuis des années », dit-il, « et accomplissons des tâches ordinaires, agréables, comme préparer à manger, faire la vaisselle, parlons-nous comme si nous nous étions vus la veille et allions nous voir demain. Ce nouvel amour est trop grisant, trop exalté encore pour moi, trop proche de la douleur. »

« L'autre amour viendra bien assez tôt, dit Elizabeth. Je ne veux pas de ces choses ordinaires. Tu me connaîtras si bien dans un an. »

« J'aimerais pouvoir le croire », dit Andrews.

« Gardons cette fraîcheur tant qu'on peut, même si c'est douloureux », murmura Elizabeth avec une soudaine virulence. « Ne vois-tu pas à quelle vitesse passe le temps. Il ne reste que quelques heures avant la tombée du jour. Oh, je sais qu'on ne court aucun danger, mais j'ai quand même un peu peur. C'est la haine, de nouveau, la haine qui vient. »

« La porte est verrouillée. »

Elizabeth tapa du pied avec une rage soudaine. « Fais comme tu veux », dit-elle. « Nous feindrons ce que tu veux, serons indifférents alors que tout est nouveau pour nous, ferons semblant d'être sans rien alors que nous avons tout. »

« Je n'ai pas parlé d'indifférence », dit Andrews. Il la prit dans ses bras. « Voilà comment je t'embrasserai dans cinq ans. »

Elle rit. « Si je suis saine d'esprit, alors tu es fou », dit-elle. « Y eut-il jamais pareille alliance ? Allez, prends ce torchon et sèche ces deux tasses. »

Il était tôt dans l'après-midi quand Elizabeth déclara qu'elle devait se rendre au village pour acheter de quoi manger. « Je serai partie au moins une heure », dit-elle, et elle lui indiqua ce qu'il pouvait faire pour s'occuper, quelles assiettes mettre sur la table, quels coins balayer. Au début, il voulut l'empêcher de partir et quand elle déclara que l'amour ne nourrissait pas assez son homme, il insista pour l'accompagner.

« Non », dit-elle. « Tu dois rester ici pour garder la forteresse. En outre », reprit-elle en le regardant, les yeux plissés, vaguement inquiets, « si jamais les voisins apprennent qu'un homme dort ici… »

Il maudit les voisins, car à leurs yeux Elizabeth semblait quelqu'un de sain, de pragmatique, une personne prudente, respectable. Il n'arrivait pas à faire coïncider son courage et sa candeur avec de la respectabilité, et il le lui dit.

« Tu veux que je sois comme les catins ? » dit-elle. « N'ai-je pas promis de me donner à toi ? Mais pas ce soir, pas avant qu'on soit mariés. »

« Comme tu es sage », dit-il, sa colère dirigée moins contre elle que contre sa propre incapacité à apprécier ces choses auxquelles elle croyait de toutes ses forces. « Dois-je moi aussi mettre les choses au point ? Tu ne peux pas m'aimer si tu as besoin d'attendre qu'on nous débite des paroles officielles. Ou bien as-tu peur que je t'abandonne demain et que tu perdes ta précieuse respectabilité ? » Le sentiment de sa propre injustice le poussait à la bombarder férocement de questions.

« Tu ne comprends pas », dit-elle. « Ce n'est pas ce que tu appelles de la respectabilité. C'est de la croyance en Dieu. Je ne peux pas changer pour toi. Je préférerais te quitter. »

« Qu'a-t-Il fait pour toi, ton dieu ? »

Sa naïveté lui était évidente dans la façon dont elle relevait son défi. Elle ne le balayait pas avec un vague flot de mots, comme l'aurait fait une autre femme pieuse. Elle ne dit rien, chercha une réponse. Il vit ses yeux embrasser la pièce en une quête pathétique. Enfin, comme si elle présentait des excuses, elle lui fit cette brève réponse : « Je suis vivante. »

« Eh bien moi aussi, dit-il. Mais je n'éprouve aucune reconnaissance. »

« Il y a eu ce matin », dit-elle, « et l'avenir. »

« Ne louons pas l'avenir trop tôt », rétorqua-t-il.

« Mais tout de même », dit-elle en dressant le menton, « je ferai ce que j'estime être bien. » Sans le regarder, elle décrocha un panier qui était suspendu à un clou dans le mur et alla ouvrir la porte. Toujours en lui tournant le dos, elle dit : « Je t'aime, mais si tu ne respectes pas mes conditions, tu dois partir. » Elle claqua la porte derrière elle et s'éloigna d'un pas vif sur le sentier qui menait à la route.

Elle ne revint qu'au bout de deux heures, après un temps suffisamment long pour qu'Andrews réfléchisse à ses paroles, se repente et se maudisse d'avoir gâché ce premier moment extatique par une dispute. Il fit ce qu'elle lui avait demandé et se montra plus scrupuleux qu'habituellement dans l'accomplissement des tâches, les considérant comme une pénitence pour ses paroles inconsidérées. Il savait qu'il faudrait plus d'une demi-heure à Elizabeth pour parvenir jusqu'au village, et pourtant une heure s'était à peine écoulée que déjà il s'inquiétait, se torturant à l'idée d'une possible rencontre entre Elizabeth et ses ennemis sur la route. Il était inutile de se répéter qu'il ne pouvait rien lui arriver en plein jour. Il était hanté néanmoins par sa première vision du cottage, quand ce dernier s'était haussé soudain devant lui dans l'obscurité, dans un isolement apparent.

Maintenant qu'il n'avait plus rien à faire pour s'occuper, il donnait des signes d'impatience, faisait les cent pas dans la pièce, se mit même à se parler tout seul : « La laisser partir fâchée », dit-il. « C'était une réaction de brute. Supposons que quelque chose lui arrive maintenant avant que je puisse lui dire combien j'ai eu tort. Ce n'est pas de respectabilité dont elle a fait preuve, mais de sainteté. » Les yeux toujours rivés sur l'endroit où s'était trouvé le cercueil, il s'adressa alors au fantôme de Jennings, non pas comme s'il croyait vraiment qu'une part du défunt ait survécu, mais plutôt pour prévenir cette très improbable éventualité. « Veille sur elle », implora-t-il, « si tu le peux. Toi aussi tu l'aimais. » Il lui sembla que le fantôme, s'il existait, avait un avantage injuste en tant que protecteur. Il pouvait voyager plus vite que la pesante chair et en des endroits où le corps ne pouvait se rendre. En outre, pensa Andrews de façon saugrenue, et avec plus ou moins de sincérité, il sera écouté de Dieu ou du Diable. Toutefois, la pensée de Jennings, et le fait de jouer avec l'idée de l'immortalité, mirent brutalement fin à la déambulation d'Andrews. Jennings avait juré de son vivant qu'aucun autre homme que lui ne toucherait Elizabeth, et lui, Andrews, avait profité de son état émotif pour faire à l'esprit jaloux une promesse qu'il n'avait pas tenue. Le fantôme était-il passé maintenant dans le camp ennemi, se demanda-t-il, prêt à lui dérober le glorieux trophée qu'il convoitait ? Les fantômes n'existent pas, se dit-il pour se rassurer. Il donna un coup de pied puéril au pied de la table comme pour marquer d'un sceau audacieux son incrédulité, car la table lui semblait représenter désormais le cercueil ouvert, lequel s'était interposé entre Elizabeth et lui lors de leur première rencontre avec une hostilité instinctive.

Au même moment (il n'avait entendu aucun bruit de pas), le loquet se souleva et Elizabeth entra. La honte au visage, Andrews éloigna son pied de la table, mais Elizabeth n'avait rien remarqué. Il devina en la voyant qu'elle avait des nouvelles. Son visage était tout excité et ses yeux pétillaient.

« Des nouvelles », dit-elle, « et quelles nouvelles ! Tu devines ? » Elle posa le panier sur la table et le regarda, les mains sur les hanches.

Mais il avait trop hâte de savoir de quoi il s'agissait. Les minutes, depuis qu'elle l'avait quitté, avaient pris une valeur exagérée. « Pardonne-moi », dit-il d'un ton implorant, « j'ai été stupide et brutal. Tu avais raison. Sois patiente et essaie de m'enseigner ta sainteté. »

« Oh, ça », dit-elle, renvoyant au néant toute la colère passée. « Mais j'ai des nouvelles. » Ses yeux étincelaient. « Nous avons gagné. N'avais-je pas raison de rester ici ? »

Le soulagement, l'arrêt soudain de l'angoisse et de la double peur, tout cela était trop pour qu'Andrews y croie. « On les a arrêtés ? » demanda-t-il.

« Non, mais ça ne saurait tarder. Ils sont en fuite – et loin d'ici. Cet homme, comment tu l'as appelé déjà ? ah oui, Cockney Harry, il a été vu près de Chichester. Et les autres, ceux qui ont été acquittés, sont de nouveau derrière les barreaux pour contrebande. Seul le demeuré s'est échappé. »

« Mais je ne comprends pas. On les a relâchés. Pourquoi seraient-ils en fuite ? »

« Ah, c'est là que c'est fou. De nouvelles preuves. On ne peut pas les inculper de nouveau pour meurtre, mais la contrebande, ça c'est une autre affaire. » Elizabeth elle aussi avait dû avoir peur, car dans son excitation et son soulagement, elle empilait les mots les uns sur les autres. « Ils ont trouvé leur bateau. »

Andrews fit un pas en avant. « Carlyon », murmura-t-il, sa voix asséchée par l'angoisse, une angoisse folle et irraisonnée pour la sécurité de Carlyon.

« Ils ne tarderont pas à l'attraper. » Sa confiance et son insouciance agacèrent Andrews.

« *La Bonne Fortune* », dit-il tout bas. « Il aimait ce bateau. Et maintenant je l'en ai dépossédé. » Il resta sans rien dire un moment, imaginant Carlyon en train d'apprendre la nouvelle. Il n'y aurait ni larmes ni cris de chagrin. Il le savait. Il croyait voir le menton trop proéminent se dresser, le front bas et dégarni se plisser de perplexité, tandis que le cerveau cherchait une façon de remédier à cette perte accablante. Après, il le savait, viendraient la colère et l'idée de vengeance – le châtiment, ainsi que l'appelait Carlyon.

La voix d'Elizabeth, dénuée à présent de toute nuance triomphale, l'arracha à ses pensées. « Je suis désolée », dit-elle. Il leva les yeux et, en voyant qu'elle était déjà revenue de l'excitation causée par la nouvelle, il fut empli d'une compassion et d'une tendresse sans aucun lien avec le désir. Il voulut la toucher, mais uniquement comme on toucherait une enfant triste qu'on a privée d'un plaisir. Qu'était après tout son amitié avec Carlyon en comparaison de ça ? Aimer Carlyon, lui qui osait menacer cette… enfant ? Le haïr, plutôt.

« Je suis maladroite », dit Elizabeth, « j'ai oublié que vous étiez amis. »

« Non, non », protesta-t-il. « Mais ce n'est pas une bonne nouvelle pour nous. Carlyon sera désespéré. Il ne ferait pas de mal à une femme, mais maintenant qu'il a perdu son bateau, il n'a plus d'autre autorité que sa force. Je connais Joe. »

« Mais l'homme à Chichester… »

« Un seul d'entre eux. Ça peut être une feinte pour éloigner la police. N'oublie pas qu'ils avaient l'intention de venir ici ce soir. Et regarde – il fait moins jour qu'il y a une demi-heure. » Il s'approcha de la porte et scruta dehors. La colline était dorée par le soleil, mais une ombre voilait sa base et progressait insidieusement. »

« Éloigne-toi de la porte », dit Elizabeth d'une voix légèrement tremblante.

« Aucun danger », répondit Andrews. « Ils ne prendraient pas un tel risque en tirant d'aussi loin. S'ils manquaient leur cible, nous serions prévenus. Non, ils vont approcher discrètement quand il fera nuit. Quand est-ce que le jour tombe ? »

« Dans deux heures, peut-être, si on a de la chance. »

« La chance n'est pas de mon côté », dit Andrews en jetant un coup d'œil à la porte. « Le vent chasse les nuages devant le soleil. Il fera nuit bien avant que deux heures se soient écoulées. »

Il revint lentement sur ses pas et se tint immobile au centre de la pièce, regardant Elizabeth mais sans chercher à s'approcher. « Écoute », dit-il, « il est possible que ces hommes me fassent la peau. » Sa voix était pleine d'appréhension. « J'ai toujours trop attendu, aussi je tiens à te dire que je t'aime comme je n'ai jamais aimé personne ou quoi que ce soit avant. Même moi-même. Faut-il que j'aie été stupide et aveugle cette après-midi pour te faire une scène en ces quelques heures incertaines. Je suis désolé. Je crois que je commence à comprendre. Je te demanderai uniquement d'être à moi quand nous serons mariés, et ce comme une faveur que je ne mérite pas. Tu avais raison. Tu es une sainte. Je vois mal comment je pourrais te toucher sans te souiller, mais bon Dieu », sa voix devint violente et il fit un pas vers elle, « je te servirai, oh comme je te servirai. »

Désireux d'imposer à la mort et à l'obscurité l'image d'Elizabeth, il ferma les yeux et la conserva en esprit tandis qu'elle l'écoutait parler, le menton dressé, le visage légèrement empourpré. Il l'entendit lui répondre, les mots se déposant, doux, tendres et frais dans le brasier de son cerveau.

« Et moi je veux que tu saches », dit-elle, « que je t'ai aimé ou su que je t'aimais depuis que j'ai trouvé le couteau que tu as laissé. Mais je ne suis pas une sainte. Je suis comme tout le monde. Je n'ai rien d'une fanatique. Seul mon cœur aspire au bien. Mais mon corps, ce corps ordinaire, commun, n'en a cure. Il te veut, même s'il a peur. Mais il doit attendre. Aide-moi encore quelques heures. »

Andrews ouvrit les yeux en l'entendant parler d'heures, et regarda par la fenêtre derrière lui. « Je veux entendre encore une chose », dit-il. « Dis-moi que tu me pardonnes de t'avoir entraînée dans cette histoire. »

« Je suis heureuse », dit-elle simplement. « Mais sans mon insistance, tu ne serais jamais allé à Lewes. Pardonne-moi. »

« Je te pardonne », dit Andrews en souriant à contrecœur, « pour m'avoir poussé à faire la seule chose juste que j'aie jamais faite. »

Ils se dirigèrent l'un vers l'autre et pendant un moment restèrent l'un contre l'autre sans dire un mot. Des voiles pénombreux se déposaient lentement dans la pièce. Un craquement soudain, émis dans le silence par la vieille table, leur rappela que le soir tombait. Andrews, dont toute l'attention avait été fixée sur le souvenir des traits d'Elizabeth, son front, son cou, ses cils, son menton, recula et se tourna dans un mouvement nerveux vers la fenêtre. « Je n'ai jamais pensé que ça arriverait aussi vite », dit-il, et tous deux surent qu'il parlait de la nuit. Son cœur battait avec une insistance désagréable et ses jambes le portaient à peine. « Pourquoi sommes-nous restés ? » demanda-t-il avec un sentiment de désillusion, comme s'il venait juste de découvrir que son courage n'avait été que de la bravade.

« Tu as peur ? » demanda Elizabeth sur le ton du reproche.

« Non, non », protesta-t-il. « C'est juste ce crépuscule. Il est venu si soudainement. Comme si une main avait éteint la lumière. » Il fit les cent pas dans la pièce. La magie ne fait pas bon ménage avec le danger, pensa-t-il. Ils ne pouvaient s'en remettre à la magie.

« Je déteste cette attente », dit-il lentement. « Je voudrais qu'ils arrivent », mais au fond de lui il priait désespérément pour trouver du courage et se cramponnait à l'image d'Elizabeth comme à un bijou dans son cœur. Il vit qu'elle se tenait devant la fenêtre et regardait dehors. Il nota avec étonnement que ses doigts s'étaient refermés sur sa robe comme si même sur elle l'attente exerçait son emprise.

Il tapa dans ses mains. « Bien sûr, il ne sert à rien de s'inquiéter. » Sa voix se brisa nerveusement. « Il est encore tôt. Ils ne viendront pas tout de suite. » Il la vit se pencher en avant et presser son visage contre la vitre. « Est-ce que tu vois quelque chose ? » s'écria-t-il.

« Non, rien », dit-elle, ses doigts encore crispés, mais en s'exprimant d'une voix douce comme si elle s'adressait à un enfant ayant peur du noir.

« Je t'en prie », dit Andrews, agacé, « ne fais pas de mouvements brusques. » Il était extraordinaire de voir combien la conscience de l'obscurité avait privé la pièce de toute magie, même de tendresse ; à la place, il n'y avait plus que la peur et l'agacement. « Nous avons parlé trop longtemps », dit-il, « au lieu de monter la garde. »

Le dos toujours tourné, Elizabeth dit lentement : « Trop longtemps ? Et moi qui pensais qu'une vie entière n'y suffirait pas ! »

« Ce n'est pas ce que je voulais dire », protesta-t-il. « Oh, nous serons bientôt de nouveau amants, mais pour l'instant – nous ne devons pas perdre de temps. »

Elle se retourna et l'observa avec une sorte de tendresse attristée. « Supposons que nous perdions du temps en ce moment », dit-elle, « nous avons eu si peu d'heures ensemble. Nous ignorons combien il nous en reste. Que ces hommes aillent au diable. Parle-moi, ne fais pas attention à la nuit. La nuit appartient aux amants. Parle-moi. Cesse de tendre l'oreille ou de faire le guet. »

« Tu es folle ? » dit Andrews.

« Tu as dit que j'étais la raison même. »

Soudain, Andrews s'assit à la table et enfouit son visage dans ses mains. Oh Seigneur, pria-t-il en silence, si Tu existes, donne-moi du courage. Ne me laisse pas la trahir une nouvelle fois. Je croyais avoir vaincu cette lâcheté pour de bon.

Elizabeth vint le rejoindre. Il sentit ses doigts sur ses cheveux, qui jouaient avec, les tiraient, les tordaient comme pour le taquiner. Il entendit son rire. « Ne t'inquiète pas », dit-elle, « ça n'en vaut pas la peine. »

Il leva les yeux vers elle et dit d'une voix tremblante, à deux doigts de craquer complètement : « J'ai peur. Je suis un lâche. »

« Un vieux refrain », dit-elle d'un ton moqueur, tout en l'observant avec une inquiétude nerveuse à peine voilée. « Je sais que c'est faux. »

« Non, c'est la vérité. »

« Lewes, le couteau, ton avertissement », lui rappela-t-elle.

Il écarta tout ça d'un geste. « J'ai peur, horriblement peur. Et si je t'abandonnais quand ils seront là, si je m'enfuyais ? »

« Tu ne le feras pas. Je te répète que tu n'es pas un lâche. C'est une illusion qui t'accompagne. » Elle lui prit le menton entre les doigts et le força à relever la tête afin qu'elle puisse le regarder dans les yeux. « Tu m'as prouvé ton courage par trois fois », dit-elle lentement. « Tu le feras une fois de plus et ensuite tu seras en paix. Tu voulais la paix. C'est ainsi que tu la trouveras. Cher, tendre idiot, tu t'es toujours torturé au sujet de ton courage. Tu as eu tort de le faire. »

Il secoua la tête, mais elle était obstinée, obstinée, comme si elle défendait une chose dans laquelle elle mettait toute sa foi, et ce en éprouvant une certaine peur, comme si elle redoutait qu'on lui prouve qu'elle avait tort. Un soudain raidissement dans son corps effraya Andrews. « Tu as entendu quelque chose ? » murmura-t-il, et le tremblement dans sa voix atteignit sa propre conscience et lui montra dans un éclair de désespoir la distance entre deux moments séparés juste par quelques minutes – ces secondes magiques pendant lesquelles ils avaient été deux amants courageux et égaux – et maintenant il n'éprouvait plus que de la peur, comme un mur humiliant entre eux.

« Non », dit Elizabeth, « je n'ai rien entendu. Je veux juste voir à quel point il fait nuit. Nous devrons bientôt allumer une bougie. » Elle s'approcha de la fenêtre et jeta un œil dehors. Puis elle se retourna aussitôt. Ses doigts s'étaient crispés, mais Andrews ne le remarqua pas. « Écoute », dit-elle. « Il nous faudra de l'eau pour cette nuit. Tu dois prendre un seau et te rendre au puits sans tarder, avant que ça devienne dangereux. Le seau est là, dans le coin, là. Apporte-le. » Sa voix était vive et autoritaire, et Andrews obéit.

Sur le seuil, face à la nuit qui s'épanouissait dehors telle une sombre fleur déployant rapidement ses pétales, elle lui donna des indications. « Prends le chemin derrière ces arbres. C'est à deux minutes, pas plus. » Toujours en scrutant la nuit, elle insista : « Vas-y tout de suite, allez ! »

Comme il hésitait, elle se tourna vers lui, furieuse. « Ne feras-tu même pas une petite chose pour moi ? » s'écria-t-elle, et elle le poussa avec les mains. Engourdi, surpris par son ordre, il eut un geste vague dans sa direction, qu'elle repoussa. « Des adieux ? Pour une absence de deux minutes ? » se moqua-t-elle. « Je t'embrasserai quand tu seras revenu. Bientôt. »

Le seau à la main, il se dirigea vers le sentier, mais le doux écho, presque implorant, de ce « bientôt » lui caressa la joue et le fit se retourner.

Une fleur blanche sur une fine tige tremblant dans le crépuscule – voilà ce qu'il crut voir. Mais cette vision n'était pas une illusion car une main s'avança dans la nuit pour prendre appui sur la porte. Il faisait trop sombre pour qu'il distingue son visage, mais dans ses yeux il put imaginer ce sourire qu'il connaissait bien, parce qu'il ne pouvait pas voir la peur.

11

Le dos voûté à cause du poids du seau, Andrews fit demi-tour et s'en retourna au cottage. Le ciel, où caillaient des nuages sombres et lourds, avait précipité la tombée du jour. Dans une percée au-dessus de lui, une unique étoile brillait nerveusement d'un éclat pâle entre les nuages en fuite. La lueur qu'elle émettait par intermittences rappelait celle de la lanterne tournante d'un phare, et quand elle disparaissait ce devait être pour éclairer une autre parcelle sur un autre endroit de la terre. À l'ouest, dans le ciel, une lumière jaune pâlissait rapidement, éclairant le bord inférieur d'une nappe de neige grise et sale. Au sud-ouest, l'ombre avait désormais complètement recouvert la colline et englouti sa bosse méprisante dans l'obscurité. La fraîcheur glaciale de l'air se mêlait à la peur et faisait frissonner désagréablement Andrews.

Il avait presque parcouru la cinquantaine de mètres le séparant du puits, mais un dernier virage lui cachait le cottage. Titubant du fait de sa charge, il alla de l'avant. « L'imprudente », pensa-t-il, en voyant la porte du cottage ouverte, et il fut encore plus étonné en distinguant une bougie allumée. Depuis l'intérieur, elle éclairait la porte de son éclat doré qui suintait jusqu'au-delà du seuil.

Andrews posa son seau par terre et recula, la bouche sèche, ses poumons comme privés d'air. Dans l'éclat décroissant de la bougie, une silhouette imposante s'était avancée avec une prudence inutile, révélant son identité à Andrews qui reconnut aussitôt la carrure inattendue de Joe. « Oh mon Dieu », pria-t-il, « aide-moi. Il va constater mon absence et partir à ma recherche. » Sans attendre que Joe entre dans le cottage, Andrews prit ses jambes à son cou. Ce n'est que lorsqu'il fut arrivé au puits que sa conscience l'obligea à s'arrêter. Elizabeth était seule dans le cottage. « Mais elle a l'arme », se dit-il, et il attendit de longues secondes une détonation qui ne vint pas. « Rentre vite, vite, vite », disait son cœur à son corps hésitant, mais ce message, bien que répété, était impuissant face à la foule des raisons que son corps effrayé avait à disposition. « C'est moi qu'ils veulent, ils ne lui feront aucun mal », se dit-il, puis, de nouveau : « Carlyon doit être là. Il veillera à ce qu'ils ne lui fassent rien. » Face à sa responsabilité, l'agacement s'empara de lui. « C'est de sa faute à elle », se dit-il. « Pourquoi m'a-t-elle envoyé chercher de l'eau ? Pourquoi a-t-elle laissé la porte ouverte ? Elle cherchait les ennuis. Si elle avait songé un tant soit peu à ma sécurité, elle aurait été plus prudente. » Après tout, s'il revenait maintenant, que pourrait-il faire ? Il n'était pas armé.

Et cependant, il devait faire quelque chose, même son corps réticent l'admettait. Le parti le plus sage à prendre était sans le moindre doute d'aller chercher de l'aide. Elizabeth lui avait dit que le plus proche voisin se trouvait à moins de deux kilomètres. Prudemment, il s'éloigna du mur et se dirigea vers la route, ses yeux épuisés par la surveillance méticuleuse, terrifiée, ses oreilles guettant le moindre bruit venant du cottage derrière lui. Ce dernier restait enveloppé dans un silence absolu, inquiétant et intrigant. « Elle ne m'a même pas appelé », pensa-t-il, et il se sentit blessé malgré sa peur.

Les ailes palpitantes d'une chauve-souris piquèrent sur lui et il leva une main nerveuse pour se protéger le visage. Le vent soufflait dans ses oreilles et lui semblait le passage du temps filant autour de lui. Des minutes qui avaient été poussives s'envolaient. Les secondes passaient si vite qu'elles n'étaient plus perceptibles mais se mêlaient en un ruban tourbillonnant de temps actionné par un moteur dont les pulsations étaient celles de son propre cœur et les innombrables bruits de son cerveau. Il n'osait pas courir, car courir c'était renoncer à la prudence. Il eut une vision furtive de lui-même, petite silhouette noire levant lentement les pieds, du pas laborieux d'un homme pris au piège d'une tourbière, tandis que les secondes, les minutes, sûrement les heures, fonçaient en rugissant. À un moment, il s'immobilisa en croyant voir une silhouette sous un arbre, qui l'observait sans rien dire. Le cœur battant de panique, Andrews fixa à son tour la silhouette, n'osant bouger de peur de se faire repérer, s'efforçant dans l'obscurité de superposer des traits familiers sur le visage invisible. Puis les nuages se dispersèrent un instant pour permettre la percée d'une lune fière et orange, et avant qu'ils se regroupent à nouveau la silhouette aux aguets se révéla n'être rien d'autre qu'une bande de lierre pendant à un arbre.

Enfin la route apparut, sente poisseuse et vaguement luisante sur la surface mate de la nuit. Pleine d'ornières et inégale, elle parut dure, lisse et sûre aux pieds d'Andrews comparée au sentier qu'il venait de quitter. Il se mit à courir. Courir était rassurant. Il sentit qu'il faisait enfin quelque chose pour sauver Elizabeth. L'effort physique ne laissait pas de place aux atermoiements de sa conscience. Il sentit qu'il était de nouveau en rythme avec le temps.

Au bout d'une dizaine de minutes, une bâtisse se dressa d'elle-même hors de la nuit sur sa gauche. Basse et trapue, elle dégageait dans le soir parfumé au laurier une odeur de bétail et de fumier. Comme Andrews poussait la grille et se dirigeait sur le chemin vers une grosse porte cloutée, un chien, quelque part derrière la maison, tira sur sa chaîne et rompit le silence avec un bruit rauque, plus un beuglement qu'un aboiement. Avant qu'Andrews ait le temps de frapper, une fenêtre s'ouvrit en grand au-dessus de sa tête et une voix léthargique lui demanda qui diable il était. Andrews crut reconnaître une des voix ayant présenté ses derniers hommages à Jennings quelques jours plus tôt.

D'une voix légèrement hachée par le manque de souffle, il lança : « J'ai besoin d'aide. Chez Jennings. Des contrebandiers. Ils agressent la fille. »

Andrews eut l'impression qu'il s'écoulait plusieurs secondes entre le moment où le fermier s'exprima et celui où ses paroles atteignirent ses oreilles. Quand ce fut le cas, elles ne valaient pas le temps qu'elles avaient mis à lui parvenir.

« Ben voyons ! »

Andrews avait retrouvé son souffle. Il s'emporta. « C'est la vérité. Vous devez m'aider. Vous avez des hommes ici. Des chevaux. »

« Des contrebandiers, dis-tu ? » fit l'homme. « Je veux rien avoir à faire avec des contrebandiers. » Andrews se rappela alors qu'Elizabeth l'avait prévenu qu'il était vain d'attendre de l'aide de ses voisins.

« Une femme », supplia-t-il désespérément.

« Juste une sale putain », répliqua le fermier avec un naturel accablant.

Andrews perdit inconsidérément son sang-froid. « Sale menteur », s'écria-t-il.

L'homme au-dessus de lui s'étira d'un air endormi. « Non mais dégage », dit-il. « Tu me gâches mon repas. Pourquoi tu vas pas l'aider, toi ? »

La question frappa de plein fouet la conscience d'Andrews. Pourquoi, oui ? fit-elle en écho avec une tristesse désespérante. Elle croyait en moi, pensa-t-il, puis se la rappelant telle qu'il l'avait quittée, quand elle l'avait laissé partir précipitamment sur le sentier menant au puits, il s'interrogea. Il entendit de nouveau son « bientôt » résonner, implorant, oui, mais sans y croire. Elle était sacrément pressée de m'éloigner, pensa-t-il. Jusqu'à cet instant, la peur ne lui avait laissé aucune chance de réfléchir. Il avait été agacé par l'imprudence de la bougie et de la porte ouverte. Maintenant, pour la première fois, il s'interrogeait sur cette imprudence. Effrayé par la conclusion sur laquelle débouchaient ses pensées, il les interrompit. « Si vous ne voulez pas m'aider », supplia-t-il, « au moins prêtez-moi un cheval. J'irai en ville chercher des gendarmes. »

« Ce qu'il faut pas entendre », se moqua la voix léthargique. « Et je le reverrai quand, mon cheval ? T'as qu'à l'aider, toi ! »

« Je suis seul et sans arme. »

« Et pourquoi que je me ferais descendre pour une sale traînée ? » demanda l'homme d'un ton revêche. « Laisse-la tranquille. Ils lui feront pas de mal. C'est des gentils, ces contrebandiers. »

Laisse-la tranquille. C'était là, naturellement, la conclusion logique ; c'était juste son amour aveugle, agité, insatisfait qui exigeait de lui un acte courageux. Laisse-la tranquille – et dans un éclair de révélation, il sut que c'était là ce qu'elle lui avait donné une chance de faire. Elle avait vu Joe arriver et elle avait éloigné Andrews. C'était la raison de son impatience et l'incrédulité perceptible dans ce « bientôt » murmuré. Il se rappela ce qu'elle lui avait dit : « Je n'avais aucun droit de te faire prendre des risques. » Le cinglant au visage comme la lanière d'un fouet, une pensée le frappa : elle a fait confiance à ma lâcheté. Et elle a eu raison, raison, raison. Se sacrifier avait été facile, vu la lâcheté d'Andrews. Et pourtant, repensant à ce « bientôt », il sut qu'elle avait espéré, même vaguement, qu'il revienne, mais de son plein gré, en amant, et acceptant le danger. Il serra les poings et dit à l'homme à la fenêtre, son corps se recroquevillant de panique à ses propres paroles : « Je vais y retourner. »

Il entendit un bruit, comme si le fermier était sur le point de fermer la fenêtre, et joua sa dernière carte. « Leurs têtes sont mises à prix », dit-il, avant d'ajouter « Ils sont en fuite. Ils n'ont plus de bateau. »

La voix, moins léthargique à présent, dit : « Je vais pas risquer ma peau pour de l'argent. »

« Personne ne vous demande de la risquer », dit Andrews. « Envoyez un homme à cheval à Shoreham chercher les gendarmes. »

« Tu vas vouloir qu'on partage ? » demanda l'homme, réticent.

« Non », dit Andrews, « je veux juste que vous me prêtiez un cheval pour retourner au cottage. » Entendant ses propres paroles, son cœur devint un champ de bataille livré à l'exaltation et la peur.

« Bouge pas », dit le fermier, « je descends. »

Il allait gagner, gagner finalement, il le sentit, dans cette course contre la montre. « Oh mon Dieu, mon Dieu, mon Dieu », pria-t-il, « donne-moi le courage d'aller jusqu'au bout. » Le couteau, Lewes, son retour, et la quatrième fois, afin de trouver la paix qu'il désirait, à en croire Elizabeth. Mais ce n'est pas la paix que je veux à présent, juste elle. Oh Seigneur, protège-la jusqu'à mon arrivée.

Il accepta que l'autre l'étudie attentivement à la lueur d'une lampe. Même aux yeux du fermier méfiant, son impatience désespérée semblait un gage d'honnêteté. « Je vais aller moi-même à Shoreham », dit l'homme. « Tu connais le montant de la récompense ? » Ce faisant, il ouvrit la porte de l'écurie et approuva en marmonnant en entendant Andrews lui répondre aussitôt : « Cinquante livres par tête. » Néanmoins, un reste de suspicion le poussa à choisir la pire rosse de l'écurie pour Andrews. Mais aux yeux de ce dernier, c'était un Pégase ailé comparé à ses pieds épuisés.

Pendant un court instant, alors qu'il s'éloignait des lumières pâles et tremblotantes de la ferme, la nuit lui sembla deux portes sombres ne s'ouvrant que pour se refermer sur lui. Puis il pressa sa monture, lui murmurant des paroles passionnées pour qu'elle défonce de sa tête le mur noir qui sans cesse reculait. Il ressentait encore dans son cœur cet étrange mélange d'exaltation et de peur, parce qu'il faisait enfin ce qui était juste et dangereux. Ces deux émotions l'empêchaient d'avoir un plan. Son seul but était d'atteindre le cottage dès que possible et de se jeter sur la première personne qu'il trouverait là-bas. Il se ferait probablement tuer, puis ses agresseurs s'en iraient, leur mission accomplie. « Tu t'es fiée à ma lâcheté pour veiller à ce qu'il ne m'arrive rien », lança-t-il dans la nuit. « Tu as eu tort, tort, tort », mais son cœur se serra en comprenant qu'elle avait eu raison. « Plus vite, saleté », lança-t-il au cheval, en le frappant impitoyablement au flanc, jusqu'à ce que la pauvre bête, qui était âgée et dotée d'une vue médiocre, trébuche dans sa tentative pour obéir. L'œil roulant nerveusement dans son orbite pour surveiller le bâton brandi, l'animal aplatit les oreilles et hennit moins en signe de protestation contre ce traitement cruel que comme pour s'excuser de ne pouvoir obéir.

Un cri lui parvint des buissons au bord de la route, un peu plus loin. Une silhouette surgit devant lui et tendit les deux bras pour arrêter cheval et cavalier. Sa monture fit un écart et s'arrêta. La silhouette s'approcha et posa une main sur les rênes. « Où c'est que tu vas ? » demanda une voix, et Andrews reconnut la voix de Tims.

Il posa sa main sur le poignet qui retenait les rênes et le tordit. « Qui est au cottage ? » demanda-t-il.

Le jeune garçon gémit de douleur et répondit : « Joe et Carlyon. »

« Et qu'est-ce que tu fiches ici ? »

« Ils m'ont dit de faire le guet. » Une grimace perplexe déforma son visage. « C'était pas vrai, hein, Andrews ? Tu m'as pas envoyé au trou ? »

« Pourquoi sont-ils au cottage ? » demanda Andrews.

« Ils ont dit qu'ils allaient t'y attendre. Ils veulent te causer. »

« Lâche mes rênes. »

« Mais Andrews, tu m'as pas dit. C'est pas vrai, hein ? »

Andrews cravacha son cheval pour l'obliger à avancer.

Obstinément, le garçon s'accrocha aux rênes et trébucha.

« Lâche-moi ! » s'écria de nouveau Andrews.

« Mais, Andrews… » Ce dernier leva le bras et frappa le jeune au visage avec son bâton. Sa bouche se tordit en un cri de douleur, sa main lâcha les rênes et pendant un court instant avant que l'obscurité les sépare, Andrews vit des yeux de chien se lever vers lui, emplis de douleur et d'incompréhension. Dans un geste instinctif de dégoût de soi, Andrews lança le bâton vers une haie invisible et, se penchant en avant par-dessus la tête du cheval, pressa sa monture, « Plus vite, mon vieux, plus vite, plus vite. »

Carlyon est là-bas, se dit-il, tout doit bien se passer. Cette certitude, qui était comme un soulagement, dissipa toute hostilité. Il allait retrouver un ami et il pressa l'allure du cheval pour retrouver son ami au plus vite. Elle ne risquait rien avec Carlyon. Qu'importait la colère de Carlyon contre lui ? Il était désormais le gardien d'Elizabeth, censé la protéger des Joe et des Hake de ce monde aigri. Le claquement des sabots sur la route imprimait sa cadence dans son cerveau jusqu'à composer un poème qu'il murmurait à la nuit qui filait autour de lui dans le bannissement. Carlyon qui lisait, Carlyon qui parlait lentement, le visage extatique, ébloui par le choc de la beauté. Carlyon, mon ami Carlyon. Un visage dans le soleil couchant sur une colline parlant de choses inconcevables. Un singe pareil à un dieu et un héros. « Tu peux avoir tout ce que tu veux, tout sauf le bateau. » Ce dernier mot prononcé à voix basse, comme s'il parlait de quelque chose de sacré et de pur. *La Bonne Fortune.*

Andrews se rappela alors que Carlyon avait perdu son bateau. Ce n'était pas vers un ami qu'il chevauchait mais vers un homme qu'il avait dépossédé non seulement de son gagne-pain, de son unique maîtresse, mais aussi de son unique rêve, un rêve d'aventure aveugle, stupide et sentimental. Il n'avait pas eu besoin de la perte d'un bateau pour briser le rêve. La trahison s'en était chargée. La perte ne faisait que rendre l'éveil irrévocable. L'un de nous sera mort ce soir, pensa-t-il, et le cheval, comme allié au corps qui se recroquevillait, ralentit son allure. « Plus vite, mon vieux, plus vite. » Oh, arriver là-bas avant que son courage le quitte à nouveau. Il ne devait pas penser à l'avenir, mais c'était là un conseil impossible à suivre. « Ô Seigneur », pria-t-il, « fais que ça ne soit pas moi. Il est brisé et fini. La mort ne le gênera pas, mais moi je n'en suis qu'au début. »

La lumière du cottage. Ça faisait moins d'une semaine depuis qu'il l'avait vue pour la première fois, après avoir gravi la colline. Aujourd'hui comme avant, il avait peur, mais la différence était immense. Un gouffre séparait les deux silhouettes, qui ne se réduisait pas au temps. L'un s'en était approché avec une prudence décroissante. L'autre, ayant laissé le cheval errer à sa guise, courait désespérément afin de vaincre la peur avant d'ouvrir la porte du cottage. Fuyant la turbulence du temps qui passe, le chaos de ses propres pensées et de ses peurs tumultueuses, il s'avança dans un silence si profond que ce dernier formait un bloc de glace qui le maintenant appuyé contre la porte, incapable de bouger, de parler ou de ressentir quoi que ce soit.

Assis à la table, Carlyon lui faisait face, les yeux ouverts, respirant, voyant, sachant, mais sans parler ni bouger, et ne témoignant ni haine ni surprise. Elizabeth lui tournait le dos, assise elle aussi à la table, mais Andrews n'avait pas besoin de voir son visage, car ses épaules voûtées et sa tête ballante ne laissaient aucun doute : elle était morte. Mais cette certitude n'avait rien à voir avec la réalité de la mort, et se traduisait par des images trop éculées ou trop conventionnelles pour ébranler l'esprit. Il regardait ce corps absolument inerte, qui n'avait désormais pas plus de grâce ou de beauté qu'une poupée de chiffon. Son regard se reporta, toujours aussi perplexe, sur Carlyon, qui le dévisageait sans parler ni bouger. Sur la table, hors de portée de Carlyon, gisait un pistolet, son chien relevé.

Faisant péniblement pression contre le mur glacial du silence, Andrews s'avança. De même qu'un membre gelé retrouve douloureusement la sensation, de même son front ressentit une douleur sourde, palpitant à un rythme régulier et affolant. Non sans prudence, il tendit les doigts et toucha l'épaule d'Elizabeth. La chaleur émanant de sa peau fusa dans son cerveau, éclaircit son esprit stupéfait et provoqua une révolte passionnée.

Elle ne pouvait pas être morte. C'était impossible, trop injuste, trop définitif. La chair avait réagi sous ses doigts exactement comme si elle avait été vivante. Il n'y avait qu'une différence. Le visage ne s'était pas tourné vers lui. Il avait peur de toucher son visage. Elle est juste blessée, ou endormie, pensa-t-il. Tant qu'il ne touchait pas son visage, elle le resterait. « Elizabeth, Elizabeth », supplia-t-il mais à voix basse, tout doucement pour ne pas la réveiller, au cas où elle aurait été juste endormie. Il refoula l'information au fond de son esprit comme une plaie interne et se raccrocha avec une obstination désespérée à l'espoir. Il se mit à prier tout haut d'une voix ténue, ignorant la présence de Carlyon : « Ô Seigneur, fais qu'elle soit juste endormie », murmura-t-il, « fais qu'elle soit juste endormie. » Il sentit qu'il pourrait rester là immobile pendant des heures, des jours, des semaines, des années, sans jamais émettre un seul son susceptible de la réveiller, persuadé qu'il y avait une chance pour qu'elle soit juste endormie.

« À quoi bon ? » lança Carlyon. « Elle est morte. » La soudaineté de ces paroles fit tressaillir Andrews, et il crut sur le moment que son cœur allait cesser de battre. Il essaya de respirer, privé d'air à jamais, espéra-t-il. Mais son cœur retrouva son rythme odieux et régulier, et Andrews se remit contre son gré en mouvement. Il s'empara du pistolet posé sur la table et le brandit. « Tais-toi », fut cependant tout ce qu'il réussit à dire d'une voix tremblante.

« À quoi bon ? » répéta Carlyon d'une voix insensible qui égrenait les mots lentement et pesamment dans l'air comme si c'étaient des plombs. « Elle est morte. »

« Tu mens », murmura Andrews, mais l'attente était insupportable. Il se tourna et serra le corps d'Elizabeth contre lui. Le visage de la jeune femme retomba sur son épaule, et ses yeux qu'il avait crus irréprochables le fixèrent avec une absence d'expression stupide et figée. « Mon propre couteau », dit-il lentement, en faisant le lien avec la tache rouge sur ses vêtements.

Il laissa le corps de la jeune femme s'affaler sur la chaise et se redressa en portant les mains à son front. Le désespoir et une sorte d'effroi se précipitaient vers lui comme depuis le bout d'un long tunnel, mais pour l'instant il s'interdisait d'admettre qu'Elizabeth ne lui parlerait plus jamais, qu'il ne la sentirait plus jamais dans ses bras, même s'il devait vivre encore cinquante ans. Après sa mort, il entrerait dans une éternité vide. Il fixa Carlyon assis à l'autre bout de la table, mais les yeux d'Andrews étaient vitreux et il ne le voyait qu'à travers un voile tremblant. Il tenait toujours le pistolet, mais ne ressentait aucune colère pour Carlyon. Devant cette destruction totale d'une vie qui avait donné un sens et une possibilité à la sainteté et la divinité, la haine semblait puérile. Il s'agissait – c'est ce qu'il sentit confusément – non d'un acte perpétré par un vivant ayant détruit une vie, mais par des morts, la victoire du vieil homme qui l'avait précédé dans ce cottage et celle de son père. Il n'avait jamais affronté Carlyon, seulement son père. Son père avait fait de lui un traître et son père avait assassiné Elizabeth et son père était mort et inaccessible. Inaccessible ? Vraiment ? L'esprit de son père n'errait pas. Il avait élu domicile dans le fils qu'il avait créé. Je suis mon père, pensa-t-il, et c'est moi qui l'ai tuée.

À cette pensée, le désarroi qui l'étreignait laissa place à une sorte de chagrin bienheureux. Il se jeta à genoux devant le corps et commença à le caresser mais sans verser de larmes, baisant ses mains, mais non son visage, car il craignait de croiser l'imbécillité de ses yeux fixes. Si je ne m'étais pas enfui – cette pensée le fit se plier en deux de douleur. « C'est mon père qui a fait ce que je suis », déclara-t-il. Mais comment pouvait-il le prouver, tuer cet esprit nocif et conserver après ça son moi authentique ?

La voix de Carlyon l'apaisa. « Francis, ce n'est pas moi qui l'ai tuée. » Il n'y avait rien d'aberrant à ce que son ennemi l'appelle par ce nom de Francis, car ce n'était pas son ennemi. Son ennemi était son père, il gisait au fond de lui et l'avait troublé jusqu'à ce qu'il s'en prenne à son ami.

« Joe est arrivé le premier », dit Carlyon. « Je n'étais pas là. Elle ne voulait pas lui parler, elle semblait attendre quelqu'un. Ça l'a rendu nerveux, il a essayé de savoir où tu étais. Il s'en est pris à elle. Elle s'est poignardée elle-même. Il est parti. »

« Est-ce que tu me hais, Carlyon ? » demanda Andrews. Un plan s'était insinué en lui pour traiter avec son père, et c'était comme si, apeuré, l'esprit de son père s'était recroquevillé dans un tout petit espace, laissant le cerveau d'Andrews plus clair et plus simple qu'il ne l'avait jamais été.

« Non », dit Carlyon. « C'est toi qui dois me haïr. Tu peux tirer si tu veux. Moi, je vais attendre la police. Elle ne va pas tarder, n'est-ce pas ? »

Andrews hocha la tête. « Je suis désolé d'avoir agi ainsi contre toi », dit-il. Leurs mains se joignirent par-dessus la table. « C'est extraordinaire », dit Andrews. « Nous dormions, et elle nous a réveillés. » Sa voix se brisa et il lâcha la main de Carlyon, car ses paroles avaient fait surgir une vision horriblement nette de cette parfaite sérénité qu'il ne connaîtrait plus jamais. « Carlyon », dit-il, « et si tu partais maintenant – avant que la police arrive ? »

« À quoi bon ? » dit sombrement Carlyon, contemplant le visage de la morte en face de lui. « Ils me retrouveront. Je serais presque content qu'on me pende pour ça. Quelle affaire stupide. Elle valait tellement mieux que nous tous. »

« Pars », répéta Andrews. « Ne comprends-tu pas que je veux rester seul avec elle ? » Ses mains se crispèrent en un spasme de peur, la peur du chagrin qui s'imposerait quand il n'y aurait plus de voix pour le distraire, et pourtant, s'il devait tuer son père, il fallait qu'il soit seul.

Carlyon se leva et Andrews lui tendit le pistolet. « Tu peux en avoir besoin », dit-il. « Écoute. Me promets-tu de ne plus jamais croiser mon chemin ? »

« Je te le promets », dit Carlyon. « Nous avons été stupides. Tout ça est fini. »

« Je ne parlais pas du passé », dit Andrews. « Promets. »

« Je promets. » Ils ne se serrèrent pas la main car Andrews se retourna soudain et resta dos à la porte en luttant contre l'envie de lancer à Carlyon : « Ne pars pas. J'ai peur de me retrouver seul. » Les mains sur les yeux, il sentit des larmes affluer pour la première fois. Mais aucune d'elles n'était due au départ de son ami et au fait qu'il ne le reverrait pas. Son hostilité envers Carlyon semblait à présent puérile, un jeu bête et dangereux avec le feu, tout comme l'amour qu'il éprouvait pour lui. C'était comme un rêve dont on se souvient plusieurs heures après – dépourvu de la moindre réalité. Les deux musiques s'étaient battues pour la victoire finale – l'une enjôleuse, irréelle, nimbée de romantisme et de poésie, l'autre précise, sonnante, saine, une voix sculptée dans du marbre blanc. L'une l'avait quitté pour un monde vague, l'autre se taisait dans la mort, mais le silence avait gagné.

Il était seul avec le corps de son amour et il n'osait pas ôter les mains de son visage. S'il avait vécu avec elle un peu plus longtemps, il aurait peut-être fini par croire à l'immortalité et la résurrection, mais désormais son cœur comme son cerveau niaient cette possibilité. Le printemps, l'été et l'hiver pourraient se succéder éternellement, mais leurs corps individuels jamais plus ne se rencontreraient. Il avait à peine commencé à entendre sa voix et il avait à peine touché son corps, et maintenant il ne l'entendrait ni ne la toucherait plus jamais. Il savait à présent comment une seconde pouvait s'éterniser, et il ne supportait pas l'idée du passage des années vides.

Ôtant ses mains de ses yeux mais gardant ces derniers baissés pour ne pas voir son visage, il s'agenouilla à côté d'Elizabeth. « Sais-tu », demanda-t-il à voix basse, « que c'est moi qui t'ai tuée ? » Car y avait-il quoi que ce soit en lui qui ne fût pas son père ? Son père était sa concupiscence, et sa lâcheté était l'œuvre de son père. Il trouverait un moyen. Il avait un plan, mais il n'osait pas y penser trop précisément, de peur que son père, redoutant la défaite et la mort, ne se lance dans un ultime combat et ne prenne l'ascendant.

Son propre couteau. Il le lui avait laissé afin qu'elle se défende et elle s'était ôté la vie avec. Quel abîme d'effroi et de désillusion avait dû la pousser à ce sacrifice. Il l'imagina apeurée, désespérée, ayant peur de le trahir. Elle avait murmuré « bientôt » sans y croire, mais elle avait dû espérer, jusqu'à ce qu'il soit trop tard et qu'elle sache qu'il ne reviendrait pas.

Il souleva la main de la morte et la posa contre sa bouche. « Pourquoi étais-tu aussi sage ? » murmura-t-il. « Mon amour, mon amour, si tu avais attendu, Carlyon serait arrivé. » Le printemps, l'été, l'automne, l'hiver. « Pensais-tu que je t'aimais si peu au point de vivre éternellement sans toi ? » Il se mit à pleurer, des sanglots secs, lacérant, hachés, qui le laissèrent à bout de souffle. Son cerveau se sentait épuisé et pourtant il n'arrivait pas à se reposer. Des soupirs et des bruits, sans lien entre eux, la plupart dénués de sens, se succédaient et se bousculaient dans son cerveau qui finit par saigner et souffrir. Une ronce de mûrier dans un chemin boueux, une voix stridente qui parlait, s'exprimant dans un pub bondé, un homme à la barbe hirsute, une roue qui tournait sans fin et de plus en plus vite, une gerbe d'étoiles qui s'enfonçait dans un vaste espace sombre et vide, des voix se changeant en cris, le sifflement du vent dans les espars, le bruit de l'eau, un visage rouge se précipitant vers lui en hurlant des questions, puis le silence, un visage blanc éclairé par des bougies, l'obscurité, et un cœur qui souffrait.

La quatrième fois. La quatrième fois il trouverait la paix. Il en avait besoin maintenant plus que jamais. Même disparaître était moins effrayant que la persistance de ce douloureux cauchemar. Il posa les mains sur les genoux d'Elizabeth et dit tout haut, en essayant non sans mal de reprendre son souffle, « J'essaierai. »

Très loin, à travers le bruit de sa propre respiration saccadée, il entendit le gravier du sentier crisser sous de nombreux pas. Pour la deuxième fois, il leva les yeux vers le visage d'Elizabeth. Les yeux vides ne lui faisaient plus horreur. Il voyait en eux un espoir, un faible espoir susceptible d'être une lueur de foi. Quelque chose les avait quittés pour les laisser ainsi, et il se demanda comment un couteau aussi réel avait pu frapper quelque chose d'aussi immatériel. S'il demeure une part de toi dans la pièce, pensa-t-il, tu verras. Une fois de plus, il baisa ses mains et une fois de plus, le bruit du gravier piétiné lui parvint.

Il comprit alors qu'il ne lui restait plus que quelques minutes avec Elizabeth et qu'il n'aurait même pas le droit d'assister à son enterrement. Il prit le corps dans ses bras et le serra contre lui avec plus de passion qu'il n'en avait montré de son vivant. Bien qu'il sût qu'il déversait vainement ses paroles dans un silence sourd, il murmura de nouveau à son oreille les premiers mots fiers qu'il ait jamais prononcés. « Je réussirai. » Puis il lui ferma les yeux, car il ne voulait pas qu'un aussi beau corps soit humilié devant des inconnus, et il la rassit sur la chaise. Les poings serrés, il attendit que la porte s'ouvre, attendit mais sans appréhension, sachant qu'il devait sauver à la fois son ami des poursuites, et se sauver lui de son père.

Les bruits de pas avaient fini par s'arrêter devant la porte. Il était clair que, dehors, on craignait une résistance. Bientôt, une voix familière exigea qu'on ouvre la porte. Adossé à la table où était assise la mort, Andrews ne répondit rien. Après un autre silence, la poignée fut tournée avec une détermination brutale, et la porte s'ouvrit alors en grand.

Entra d'abord avec lenteur et prudence, l'arme au poing, l'homme qui s'était moqué d'Andrews quand ils attendaient ensemble dans la salle réservée aux témoins. D'autres hommes le suivirent avec une égale prudence et se placèrent le long du mur, d'où ils se tinrent prêts à tirer, jetant des coups d'œil nerveux ici et là, comme s'ils craignaient une soudaine agression.

« C'est donc toi, Andrews, une fois de plus », dit le meneur avec un sourire qui se voulait moqueur. Andrews lui rendit son sourire. Il se sentait en fait serein et sûr de lui, heureux de sa décision.

« Où sont tes amis ? »

« Ils sont partis », dit-il et, souriant en entendant le mot « amis », il perçut un écho amical de la voix de Carlyon. « Ils sont tous partis dans la lumière et je suis seul à attendre ici. » Ils s'en étaient allés dans une lumière crue, tandis que lui demeurait dans une obscurité rafraîchissante. Elle apaisait son cerveau brûlant de ses doigts frais comme les doigts d'une femme, et la douleur et la tristesse touchaient à leur fin. Bientôt, l'obscurité gagnerait en profondeur et dans cette obscurité, allez savoir s'il n'y avait pas l'espoir de trouver quelque chose qu'aucun couteau ne pourrait blesser ? Ce n'était plus avec désespoir mais sur le ton du reproche qu'il pensa – si tu avais attendu un mois de plus, une semaine de plus, j'aurais pu croire. Maintenant j'espère.

« Ils sont partis », répéta-t-il, le regard tourné non vers l'homme qui s'adressait à lui, mais vers Elizabeth. Les yeux de l'officier suivirent son regard et demeurèrent fixés, en proie à une horreur et un dégoût de plus en plus grands.

« Qu'est-ce que c'est ? » dit-il, et il contourna alors la table pour se poster devant le corps. « Elle est morte », ajouta-t-il, sa voix réduite à un murmure. Il leva les yeux. « C'est eux qui ont fait ça ? Ils sont bons pour la potence, maintenant. »

« C'est moi qui l'ai tuée », dit Andrews. « Vous trouverez mon nom sur le couteau. » Tu ne risques plus rien à présent, Carlyon, pensa-t-il, mû non par un amour aigri ou jaloux, mais par une amitié calme et amusée. Nous sommes quittes. Et cependant c'est vrai – je l'ai bel et bien tuée, ou plutôt mon père en moi. Mais, père, toi aussi tu vas mourir.

Se penchant en avant, plus pâle que quand il était entré, l'homme arracha le couteau et lut le nom gravé grossièrement par une main d'écolier. « Ordure », dit-il. Il donna un ordre à ses hommes.

« Je vais vous suivre sans faire d'histoires », dit Andrews. « Ne vous ai-je pas fait venir ? » Ils l'observèrent avec des yeux perplexes, méfiants et totalement incompréhensifs, mais ne firent aucune tentative pour lui attacher les mains.

« Il n'y a plus aucune raison de rester », dit Andrews et il se dirigea vers la porte. Ils le suivirent comme s'il était leur chef et, une fois dehors, firent cercle autour de lui sans rien dire. Il faisait très sombre, mais la lune, tel un vaisseau sur un lac au milieu des terres, voguait dans un espace bleu foncé entre les nuages, dispensant une pâle lumière sur leur splendeur froissée. Une étoile l'accompagnait.

Andrews ne se retourna pas vers le cottage. Tout regret avait disparu, même le souvenir du corps disgracieux abandonné derrière lui. À sa grande surprise, il se sentait heureux et en paix, car son père avait été tué, et pourtant un moi demeurait, un moi qui ignorait la concupiscence, le blasphème et la lâcheté, et ne connaissait plus désormais que la paix et un goût pour l'obscurité qui grandissait autour de lui. Tu avais raison, dit-il, espérant, sans y croire encore, qu'il existait quelque chose dans la nuit susceptible de l'entendre, la quatrième fois a apporté la paix. Le fantôme de son père avait été têtu, mais il avait été vaincu, et Andrews n'avait plus besoin d'être écartelé entre ce fantôme et le critique implacable qui avait coutume de s'exprimer. Je suis ce critique, dit-il avec le sentiment d'une révélation exaltante.

C'étaient les hommes autour de lui qui semblaient abattus par la découverte de la morte. Ils marchaient d'un pas pesant et nerveux, oubliant le prisonnier tant son geste leur faisait horreur. Ils ne savaient pas à quel point ils allaient commettre une erreur. Conscients de sa présence parmi eux, ils détournaient le regard comme honteux d'escorter un homme aussi insensible. Andrews distinguait à présent deux étoiles, ou bien c'étaient deux bougies jaunes dans la nuit autour de lui. L'une était l'unique compagne de la lune, l'autre scintillait d'un éclat plus vif à la ceinture du policier devant lui, et elle portait son propre nom. Lentement, sa main se tendit à l'insu de tous pour accomplir une mission de la plus haute importance, car entre les deux bougies il y avait un visage blanc et fixe qui le regardait sans compassion et sans désapprobation, avec sagesse et sérénité.

POSTFACE

Le premier roman de Graham Greene que j'ai lu était *Le Fond du problème* (1948). Je suis né et j'ai grandi en Afrique de l'Ouest (au Ghana puis au Nigeria) et ce livre m'avait été recommandé comme étant l'un des rares romans anglais importants se déroulant dans cette région du continent. Le roman de Greene a pour cadre la Sierra Leone, un pays que j'avais visité et qui bénéficie en grande partie du même climat et de la même topographie typique que les deux pays d'Afrique de l'Ouest que je connaissais bien. Je n'avais que dix-sept ans – dans mon souvenir – quand j'ai lu *Le Fond du problème*. Je suis inévitablement passé à côté de tas de choses mais ce roman a eu un effet profond et soudain sur moi, car le monde que Greene décrivait (même si le roman se passe pendant la Seconde Guerre mondiale) me fut immédiatement familier. Les gens, le paysage, la chaleur, la pluie, l'ennui, les insectes, le bruit, les senteurs et les odeurs, tout cela était validé par mon expérience personnelle. Je pense aujourd'hui que cette première lecture m'a poussé à devenir moi-même romancier, car j'ai compris, en lisant le roman de Greene, combien une expérience personnelle pouvait fournir les éléments indispensables à une fiction. Ce fut comme une révélation. Je tenais là un roman littéraire de qualité qui décrivait, dans le détail, un monde que je connaissais déjà. Je commençais à comprendre, peut-être de façon inconsciente, comment une fiction pouvait être créée à partir des aspects même les plus quotidiens de la vie. Je voyais comment la vie pouvait être transformée en art.

Ainsi commença ma fascination pour Graham Greene – à la fois pour l'œuvre et pour l'homme. Je ne l'ai jamais rencontré mais je connais de nombreuses personnes qui ont eu cette chance. J'ai écrit sur lui, je l'ai commenté, j'ai écrit des articles sur ses romans, j'en ai adapté un en film, j'ai contribué à des documentaires sur sa vie et, bien sûr, j'ai énormément fréquenté son œuvre.

Il est question ici de *Deux hommes en un*, son premier roman. Il convient de préciser qu'il s'agit là du roman d'un jeune homme. Greene n'avait que vingt-quatre ans quand le livre a été publié en 1929. Il s'était marié récemment et travaillait comme secrétaire de rédaction au *Times*. Toutefois, la publication du livre fut un vrai succès, et même un succès étonnant ; il est paru également aux États-Unis et a été traduit en allemand, néerlandais, norvégien, danois et suédois. Ce succès a poussé son éditeur anglais à proposer à Greene une avance de 650 £ pour son roman suivant (plus de 40 000 £ d'aujourd'hui), une somme suffisante pour convaincre Greene de quitter son travail et devenir un écrivain à temps complet.

Des années plus tard, Greene hésita à laisser circuler en librairie ce livre de débutant. Cette histoire de contrebandiers dans l'East Sussex du dix-neuvième siècle, où le protagoniste Francis Andrews trahit un de ses compagnons, tout comme son histoire d'amour avec Elizabeth, le châtiment final et la tragédie causés par sa trahison : ce sont là, il faut le dire, des éléments assez mélodramatiques et alambiqués. Greene a toléré sa réimpression comme un témoignage de son jeune moi, de son esprit et de ses débuts juvéniles. Garder ce livre disponible était pour lui un « geste sentimental à l'égard de son propre passé, cette époque d'ambition et d'espoir », ainsi qu'il l'a écrit dans une préface à sa réédition.

Au départ, rien ou presque en apparence ne semble annoncer les grands romans qu'écrira Greene plus tard. Sa prose descriptive et ses dialogues semblent appartenir davantage à une romance historique surchauffée. Un exemple, pris presque au hasard, suffira :

« Désireux d'imposer à la mort et à l'obscurité l'image d'Elizabeth, il ferma les yeux et conserva en esprit son image tandis qu'elle l'écoutait parler, le menton dressé, le visage légèrement empourpré. Il l'entendit lui répondre, les mots se déposant, doux, tendres et frais dans le brasier de son cerveau. »

Comparez ce passage avec le Graham Greene classique, à son époque la plus affirmée, mesurée et mature :

« Le docteur Eduardo Plarr se tenait sur le petit port du Parana, parmi les bastingages et les grues jaunes, et regardait un panache de fumée horizontale étirée au-dessus du Chaco. Il formait entre les barres rouges du soleil couchant comme une bande sur un drapeau national. » (*Le Consul honoraire*, 1973).

Une telle juxtaposition est injuste – peu de romanciers survivraient à une comparaison similaire sur des décennies – mais on peut tirer un certain bénéfice littéraire de *Deux hommes en un* si l'on replace ce roman dans le contexte de l'œuvre de Greene. Un premier roman peut révéler involontairement les thèmes qui stimulent l'écrivain, et ce texte de Greene ne fait pas exception. Un homme traqué, une fuite, une trahison, des remords, un suicide, le péché mortel, le respect et l'adoration, tout cela figure dans *Deux hommes en un* et ce sont tous là des sujets que Greene reprend incessamment dans son œuvre.

Le personnage de la pieuse Elizabeth – l'objet de l'amour d'Andrews –, presque trop honnête pour être vraie, est particulièrement parlant. Il y a également là un élément autobiographique. Le mariage du jeune Greene avec la jeune et tout aussi excentrique Vivien Dayrell-Browning était caractérisé par une dévotion asexuée et quasi religieuse pour elle de la part de son mari. Cette relation semblait relever d'un amour vertueux et d'une idolâtrie qui étaient presque malsains. Nous savons par ses biographes que Greene a été presque immédiatement infidèle à Vivien et qu'il allait voir des prostituées à Londres, exactement comme, dans le roman, Andrews est infidèle à Elizabeth avec Lucy, la prostituée. L'ambivalence de Greene, presque immédiate, à l'égard de son mariage et de sa nouvelle religion d'élection, le catholicisme romain, est déjà flagrante dans cette première fiction. Les tourments de la trahison, le dégoût de soi, l'hypocrisie, la duplicité, la culpabilité, le doute moral – le fait de vivre une double vie – sont des aspects clés et constants du « Greeneland » et font leurs premières et timides apparitions ici dans *Deux hommes en un*. Naturellement, le titre oriente le lecteur dans la bonne direction.

Comme c'est le cas pour de nombreux romanciers qui me fascinent, mon rapport à l'œuvre s'accompagne assez vite d'une fascination similaire pour leur vie. Quand Graham Greene est mort en 1991, on m'a demandé de participer à un documentaire télévisé sur sa personne. J'ai été alors frappé de constater – et je le suis encore à ce jour – que ce qui était particulièrement important de montrer, c'était l'écrivain professionnel, exemplaire, parfait. Le corpus de l'œuvre est extraordinaire : romans, nouvelles, scénarios, journalisme, poésie, critique, polémique, récits de voyage, pièces de théâtre, livres pour enfants, biographie et autobiographie – il semble qu'il n'y ait aucun genre ou sous-genre littéraire auquel Greene ne se soit pas attaqué et où il n'ait excellé, dans une large mesure. Je dois dire que c'est là une prolixité typiquement anglaise – il est rare de rencontrer dans d'autres cultures littéraires un zèle et une diversité similaires chez un auteur. *Deux hommes en un* mérite sa place dans l'incroyable corpus de Greene comme les prémices d'une carrière plus que remarquable. Graham Greene est sans doute la plus grande incarnation d'une vie d'écrivain au XXe siècle.

— William Boyd

Les romans de Graham Greene

The Man Within (1929), paru sous le titre *L'Homme et lui-même* (1931), traduit par Denyse Clairouin, puis sous le titre *Deux hommes en un* (2025), traduit par Claro

The Name of Action (1930)

Rumour at Nightfall (1931)

Stamboul Train (1932), paru sous le titre *Orient-Express* (1935), traduit par Denyse Clairouin

It's a Battlefield (1934), paru sous le titre *C'est un champ de bataille* (1953), traduit par Marcelle Sibon

England Made Me (1935), paru sous le titre *Mère Angleterre* (1948), traduit par Germaine de Tonnac-Villeneuve, puis sous le titre *Les Naufragés* (1956), traduit par Marcelle Sibon

A Gun for Sale (1936), paru sous le titre *Tueur à gages* (1947), traduit par René Masson

Brighton Rock (1938), paru sous le titre *Rocher de Brighton* (1947), traduit par Marcelle Sibon

The Confidential Agent (1939), paru sous le titre *L'Agent secret* (1948), traduit par Marcelle Sibon

The Power and the Glory (1940), paru sous le titre *La Puissance et la Gloire* (1948), traduit par Marcelle Sibon

The Ministry of Fear (1943), paru sous le titre *Le Ministère de la Peur* (1950), traduit par Marcelle Sibon

The Heart of the Matter (1948), paru sous le titre *Le Fond du problème* (1950), traduit par Marcelle Sibon

The Third Man (1949), paru sous le titre *Le Troisième Homme*, suivi par *Première Désillusion* (1950), traduit par Marcelle Sibon

The End of the Affair (1951), paru sous le titre *La Fin d'une liaison* (1952), traduit par Marcelle Sibon

The Quiet American (1955), paru sous le titre *Un Américain bien tranquille* (1956), traduit par Marcelle Sibon

Loser Takes All (1955), paru sous le titre *Qui perd gagne* (1956), traduit par Marcelle Sibon

Our Man in Havana (1958), paru sous le titre *Notre agent à La Havane* (1959), traduit par Marcelle Sibon

A Burnt-Out Case (1960), paru sous le titre *La Saison des pluies* (1960), traduit par Marcelle Sibon

The Comedians (1965), paru sous le titre *Les Comédiens* (1966), traduit par Marcelle Sibon

Travels with My Aunt (1969), paru sous le titre *Voyages avec ma tante* (1970), traduit par Georges Belmont

The Honorary Consul (1973), paru sous le titre *Le Consul honoraire* (1973), traduit par Georges Belmont et Hortense Chabrier

The Human Factor (1978), paru sous le titre *Le Facteur humain* (1978), traduit par Georges Belmont et Hortense Chabrier

Doctor Fischer of Geneva or The Bomb Party (1980), paru sous le titre *Dr Fisher de Genève* (1980), traduit par Robert Louit

Monsignor Quixote (1982), paru sous le titre *Monsignor Quichotte* (1982), traduit par Robert Louit

The Tenth Man (1985), paru sous le titre *Le Dixième Homme* (1985), traduit par Robert Louit

The Captain and the Enemy (1988), paru sous le titre *Le Capitaine et l'Ennemi* (1989), traduit par Robert Louit

Cet ouvrage a été mis en pages par

<pixellence>

Achevé d'imprimer en mars 2025
par Normandie Roto Impression s.a.s.
61250 Lonrai
N° d'impression : 2500890
N° d'édition : 652886-0
Dépôt légal : avril 2025

Imprimé en France